Burkhardt Gorissen
Der Viehhändler von Dülken

Burkhardt Gorissen, 1958 geboren, Ausbildung zum Kaufmann. In den 80er Jahren als friedensbewegter Liedermacher unterwegs. Veröffentlichungen von Erzählungen und Gedichten in verschiedenen Literaturzeitschriften. 1989 sendete der Hessische Rundfunk sein erstes Hörspiel »Wieder«, das in der Theaterversion »Vorabend Wieder« 1992 vom Landestheater Kiel aufgeführt wurde. Es folgten weitere Hörspiele und Radio-Features, sowie das Sachbuch »Ich war Freimaurer« (2009). Sein Romandebüt veröffentlichte er im Jahr 2011 mit »Teufels Brüder«.

Burkhardt Gorissen

Der Viehhändler von Dülken

Historischer Kriminalroman vom Niederrhein

Originalausgabe
© 2014 KBV Verlags- und Mediengesellschaft mbH, Hillesheim
www.kbv-verlag.de
E-Mail: info@kbv-verlag.de
Telefon: 0 65 93 - 998 96-0
Fax: 0 65 93 - 998 96-20
Umschlaggestaltung: Ralf Kramp
unter Verwendung von: © nazlisart - Fotolia.com
und eines Gemäldes von Aelbert Cuyp
Redaktion: Nicola Härms, Rheinbach
Druck: CPI books, Ebner & Spiegel GmbH, Ulm
Printed in Germany
ISBN 978-3-95441-189-4

Prolog

Unter den weißen Flügeln meines Engels schwebte ich über das flache Land, das sich in endloser Weite unter mir ausdehnte. Lautlos sanken wir durch durchscheinende Wolkenschleier. Ich fühlte mich so schwerelos, als wäre mein Körper nicht viel mehr als jener kleine, kaum erkennbare Schatten, den die Sonne auf dem Boden nachzeichnete. Erst langsam begriff ich – mein Traum vom Fliegen hatte sich bewahrheitet. Von diesem erhabenen Blick auf die Welt hatte ich mein Leben lang geträumt. Ausgerechnet an diesem 15. Mai 1648, an dem nur einige Meilen von hier entfernt die spanischen und niederländischen Gesandten den Frieden von Münster beschworen, genoss ich die Freiheit, allen Erdanziehungskräften zum Trotz, die Winzigkeit der irdischen Gegebenheiten vom Himmel aus zu betrachten. Was waren das für Felder, die nicht mehr mit Toten bedeckt waren, sondern mit wogenden Ähren und blühenden Bäumen? Die Flüsse und Seen glitzerten in der aufgehenden Sonne wie ein fein gesponnenes Netz von Adern. Kopfweiden säumten die Äcker, und die Pappeln ragten so friedlich auf, nicht mehr wie blattbehangene Schwerter, bereit, in den Himmel zu stoßen, sondern Wächter auf dem Weg zum Paradies. Ja, ich glaube, das war es, ich näherte mich dem Paradies. Nur die irrsinnig hohe Geschwindigkeit ängstigte mich ein wenig, und mein irrendes Menschenauge suchte irgendwo einen Halt, den es nicht fand, denn alles ging zu schnell, um es fassen zu können. Der Engel legte die Flügel zum Sturzflug an und umklammerte mich fester.

»Du hattest ein ereignisreiches Leben, Tillmann Swart«, sagte er mit seiner sanften, beruhigenden Stimme, die fast kindlich klang und trotzdem nicht in Widerspruch zu seiner hünenhaften Gestalt stand. Sein rundliches Gesicht mit den vorspringenden Wangenknochen und der hohen, runden Stirn erinnerte an einen Prälaten, doch er hatte nicht die rosige Gesichtsfarbe, wie sie Prälaten zu eigen ist, sondern sah aus wie ein Albino. »Die größte Freude erwartet dich noch.«

Eine noch größere Freude als das Fliegen?

»Es gibt Freuden, von denen der Erdenbewohner nichts weiß«, sagte der Engel, und ich zweifelte keine Sekunde daran, dass er Gedanken lesen konnte.

In meinem Zustand fielen Hellsicht und Trance zusammen. Zudem bewirkte der Sturzflug, dass ich meine Sinne nicht mehr ordnen konnte. Mir wurde schwindelig, und im gleichen Maß, in dem ich tausend Bilder auf einmal wahrnahm, die sich im gleichen Moment wieder in Luft auflösten, setzte sich bei mir ein Gedanke durch, der meine schöne Illusion zu zerstören drohte: Was, wenn alles nichts anderes als ein Traum war?

Ich schloss meine Augen, damit keine Bilder mehr von außen eindrangen, und versuchte mich darauf zu konzentrieren, wie ich in diesen Zustand geraten war.

Am Morgen jenes 15. Mai 1648 war ich wie gewöhnlich um sechs aufgestanden und hielt Andacht. Sonnenstrahlen fluteten still durch den Morgenfrieden. Ich sah zu den Feldern hinaus, die mit dem bitteren Blut der letzten Schlachten gedüngt worden waren. Beim Frühstück bemerkte ich an meinem linken Fuß einen schmerzhaften Einstich. Sofort blickte ich hinunter und erblickte auf den Kacheln einen wütenden Skorpion, der mit seinem aufgerichteten aberwitzig langen Stachel wie ein Mahnmal dastand. »Ein Skorpion?«

Unmöglich, nach den ganzen obskuren Morden konnte es in Dülken keinen Skorpion mehr geben. Ich verdrängte die Existenz des sagenumwobenen Tieres, dem auch Kleopatra zum Opfer gefallen war, und legte den Kanten Brot wie ein Heiligtum in den Schrank, denn Brot war knapp im Dreißigjährigen Krieg. Zur Feier des Tages nahm ich ein Gläschen ›Dülkener Gold‹, einem geneverähnlichen Schnaps, der die Verdauung anregte und am Gaumen einen angenehmen Wacholdergeschmack hinterließ.

Viel Zeit zum Nachdenken blieb mir ohnehin nicht. Ich hatte das Geschäft meines Vaters aufzulösen. Der stolze Viehhändler von Dülken, Henricus Swart, war am Ende doch Opfer kriegerischer Gewalt geworden. Nein, mit dem Tod meines Vaters wollte ich mich nicht beschäftigen. Nicht jetzt. In seinem Arbeitszimmer stützte ich mich auf das Stehpult und schrieb ein paar Zahlen auf, nicht in sein Kontenbuch, sondern auf ein Stück gekrümmtes Pergament, das ich in den Trümmern fand. Ich gebe es zu, statt die Reste des väterlichen Erbes zu bilanzieren, arbeitete ich an Formeln und Zeichnungen für einen Flugapparat. Es kam häufig vor, dass Menschen in Extremsituationen das scheinbar Absurdeste tun. Aber ja, der Traum vom Fliegen brannte mir im Gehirn. Durch die Erbschaft müsste mir neben meinen Einkünften, die ich als Angestellter des Kaufmanns Samael Knorr in Maastricht bekam, so viel in die Kasse spülen, um die immensen Kosten für ein Fluggerät aufbringen zu können. Dieses Mal würde es mir gelingen. Meinen Fantasien konnte ich nicht lange nachhängen, mein Fuß schmerzte. Ich verspürte zudem ein unangenehm heftiges Stechen in der Brust, jeder Atemzug brannte wie Feuer, typische Symptome nach einem Skorpionstich.

Ich versuchte mich zu beruhigen, wie ich es vor Jahren von einem Eremiten gelernt hatte. Meine Arme und Beine wurden schwer wie Blei, bald spürte ich sie fast nicht mehr. Doch mein Herzschlag beruhigte sich nicht, und ich bekam kaum noch Luft. Unruhig griff ich mir an den Hals, japste, keuchte, würgte. Dann beugte sich ein Schatten über mich, doch das nahm ich kaum mehr wahr. Mein Blick wurde zum Vogel und schwebte über die Baumwipfel in den wolkenlosen Himmel.

»Wende deinen Kopf und schau hinter dich.«

Ich wandte den Kopf. Hinter uns lag alles im Zwielicht, dennoch erkannte ich eine kleine Stadt, die, von Feldern umsäumt, eiförmig angeordnet war.

»Dülken?«

»Richtig erkannt!«, antwortete der Engel.

Auf den Türmen der Stadtmauer wehten weiße Fahnen. Aufgeregte Menschen liefen durch die finsteren Straßen. Es schien ein besonderes Ereignis zu geben.

»Die Menschen haben gerade einen Kometen gesehen«, sagte der Engel.

»Wie am Tag meiner Geburt«, sagte ich.

Mit dem Ausbreiten seiner Flügel stoppte der Engel den Sturzflug ab, ohne dass ihn dieser Verstoß gegen die Schwerkraft allzu viel Mühe zu kosten schien: »Das ist der Tag deiner Geburt!« Jäh zerriss ein Blitz die dünnen Wolkenschleier, und wir wurden nach unten geschleudert. Durch den Blitz hatte sich unser Tempo derart gesteigert, dass ich fürchtete, wir müssten in wenigen Augenblicken mit voller Wucht auf die Erde prallen, was uns unweigerlich zerreißen würde. Einzig der modrige Pfuhl auf dem Marktplatz könnte den Aufprall lindern. Tatsächlich stießen wir hinein, es war, als würden wir von Watte aufgefangen. Die stärksten Arme der Welt nahmen mich mit in eine andere Welt. Um uns herum wurde alles still. Ich fühlte mich wie gelähmt. Erinnerungen durchdrangen mein fieberhaft arbeitendes Hirn, meine Gedanken ließen meinen Leib auf der Erde zurück, bis auch sie endeten. Die Nacht, die mich umgab, bestand nicht nur aus der totalen Finsternis, hinzu kam eine absolut undurchdringliche Stille, wie ich sie selbst während meines Aufenthalts beim Eremiten nicht kennengelernt hatte.

»Du wirst dich wundern, an welche Dinge sich Menschen erinnern, wenn ihr Leben in einem Bilderreigen an ihnen vorbeizieht«, sagte der Engel, seine Stimme hatte einen blechernen Klang bekommen. »Das sollte dich nicht beunruhigen. Die Wurzel des Erkennens liegt in dir.«

Die Worte des Engels drangen an mein Ohr und klangen auf ihre Weise vertraut, aber auch fremdartig, als kämen sie aus einer anderen Welt.

»Wir sind in einer anderen Welt«, begann der Engel. »Was du siehst, ist der Tag deiner Geburt.«

»Daran habe ich beim besten Willen keine Erinnerung«, gab ich meinem Protest Ausdruck, was den Engel keineswegs beeindruckte.

»Dass es dir nicht bewusst ist, heißt nicht, dass du nichts davon weißt.« Ein freundliches Lachen sprang von seinen Lippen. »Du wirst nach und nach die ganzen Bilder deines Lebens sehen.«

Das wollte ich nur zu gern verstehen, zugleich durchflutete mich eine gewaltige Angst. »Soll das heißen, ich bin tot?«

»Was heißt schon tot?« Der hünenhafte Engel sah mit seinen wässerigen, rötlichen Albino-Augen durch mich hindurch. »Wir haben noch nichts zu Ende gebracht.«

»Warum redest du immer in Rätseln, verdammt?«, stieß ich zornig aus und schlug meine geballten Fäuste gegen seine Brust, was erschreckenderweise ziemlich hohl klang.

»Bleib ruhig, löse dich von allem.« Unbeeindruckt schob mich der Engel in einen dunklen Raum, der kaum mehr als vier Quadratmeter maß.

Vor mir, auf einem kleinen, schwarzen Tisch, stand eine flackernde Kerze, dahinter ein verstaubter Spiegel neben einem Totenkopf, vor dem wiederum ein aufgeschlagenes Buch lag, das Vaters Rechnungsbuch nicht unähnlich sah, allerdings waren die Blätter nicht angegrautes Pergament, sondern leuchteten blütenweiß aus sich heraus. Ich inspizierte den Tisch und die mit vielen Siegeln versehene Kerze, ohne eines der Siegel zu erkennen, geschweige denn deuten zu können, deshalb widmete ich mein Interesse dem Totenschädel. Plötzlich rührte sich der Zeigefinger meiner linken Hand, wie von Geisterhand geführt – die des Engels war es nicht, das hätte ich bemerkt –, und schrieb in den Staub des Spiegels. Das

Schreiben in Spiegelschrift hatte ich von Samael Knorr gelernt, der nach dem Eremiten mein Meister gewesen ist. Es gehörte zur Eigenart der Alchimisten und Mystiker, um die Spiegelwelt sichtbar zu machen. Kaum hatte ich meinen Namen geschrieben, zog das Buch mit den weißen Blättern meine ganze Aufmerksamkeit auf sich.

»Was steht in dem Buch?«

»Die Ereignisse deines Lebens«, sagte der Engel mit seiner ruhigen Stimme.

»Viel scheine ich nicht erlebt zu haben«, antwortete ich verächtlich. »Sonst wären die Seiten wohl nicht leer.«

»Im Gegenteil.«

Die Geisterkerze flackerte unter unseren schwachen Atemstößen. Ich betrachtete mich im Spiegel wie einen Fremden: Ein pferdehaft in die Länge gezogenes Gesicht mit einer bleichen Narbe an der rechten Schläfe, ein Kranz hochstehender Haare, fleckig getönt wie erntereifer Roggen. Meine glasigen Augen erschütterten mich. Meine Hände, die ich seit jeher als zu groß empfunden hatte, fuhren durch das befremdliche Gesicht. Bauernhände, mehr für die Hacke als für die Feder gemacht.

»Hör auf, dich an Äußerlichkeiten festzuhalten«, sagte der Engel und zog mit seinem Flügel einen Lichtbogen. »Ich lasse jetzt dein Leben wie einen Bilderreigen an dir vorbeiziehen.«

»Also bin ich tot?«, fragte ich erneut und diesmal in einer Lautstärke, die mich selbst erschreckte, was dem Engel dennoch keine klare Antwort abnötigte.

Von einem Bilderreigen hatte er gesprochen. Ich sah immer noch dieses eine Bild von der kleinen Stadt, die sich in Aufruhr befand, weil der Komet seine Bahn zog, der Tag meiner Geburt.

»Du wirst nun dein Leben auf die leeren Seiten in das Buch des Lebens schreiben«, sagte der Engel. »Werde still.«

In dem Bemühen, mich zu lösen, verkrampfte ich nur noch mehr.

Meine Kindheit krümmte sich vor mir. Geheimnisse, die in den dunklen Palästen meines Herzens für immer versunken zu sein schienen, drangen dank der magischen Künste des Engels an die Oberfläche meiner Gedanken. Also begann ich mein Leben niederzuschreiben, ganz ohne Tinte und Feder, die Buchstaben flossen aus meinem Zeigefinger. Während ich schrieb, schaute ich kein einziges Mal auf die weißen Seiten, sondern immerzu auf die Bilder, die der Engel an meinem Auge vorbeiziehen ließ, und ich muss sagen, es war ein großartiger Bilderreigen.

1618 war auch ohne den Kometen ein bemerkenswertes Jahr: der Erste Prager Fenstersturz, der Zweite, Auslöser des Dreißigjährigen Krieges. Wenn man so will, wurde in diesem Jahr der Schnitt angesetzt zu einer neuen europäischen Ordnung, die gleichzeitig eine neue Weltordnung bedeutete. Man könnte sagen, dieser Goldene Schnitt markierte die Zäsur zwischen Antike, Mittelalter und Neuzeit. Wo wir gerade von Zahlen sprechen, mit der Zahl 1618 wurde seit der Renaissance der Goldene Schnitt bezeichnet. Zugegeben eine Spielerei am Rande, der Engel ermahnte mich, von solcherlei weitschweifigen Gedanken abzusehen und nicht vom Kleinen ins Kleinste zu kommen, eine sehr niederrheinische Eigenschaft. Nein, ich wollte den Faden nicht verlieren, aber als der Engel mich mahnte, hatte ich ihn bereits verloren.

»Schau hin!«, sagte er.

Ich blickte in die Nacht um mich herum und sah die ganze Pracht des Sternenhimmels.

Erstes Buch

»Mein Vater hat euch mit Peitschen gezüchtigt,
ich werde euch mit Skorpionen züchtigen.«
Altes Testament, 2. Chronik 10, 11

1. Bild: Der Komet

Die Nacht vom 10. auf den 11. November 1618 zeigte die ganze Pracht des Sternenhimmels, von der majestätisch ausgebreiteten Milchstraße bis zum Polarstern. Der dichte Hochnebel der letzten Tage hatte sich vollkommen in die Niederungen der niederrheinischen Bruchlandschaft verzogen, wo er zwischen Teufelsknüppeln und Schilfgras wogte wie die Decke eines unruhig Schlafenden, jederzeit bereit, wieder die Ebene zu überziehen.

Nichts ließ auf irgendetwas Verdächtiges schließen, bis die Stille dieser Nacht vom Alarm des Nachtwächters Jacob Bockweißkorn zerriss, dessen Ruf vom aufgeregten Läuten seiner Glocke unterstützt wurde: »Er ist da!«, rief der klein gewachsene, vierschrötige Mann in seinem braunen Umhang unablässig und stürmte mit seinen kleinen, ungelenken Schritten vom Osttor zum Westtor. Sein spitzer Nachtwächterhut wackelte bei jedem Schritt. »Er ist da!«

Es klang nicht wie die Warnung vor großer Gefahr, sondern eher wie der hysterische Aufschrei eines Entdeckers. Was die Dülkener aus ihrem Schlaf auf die schlammigen Straßen trieb, war etwas, das sie wie die Wiederkunft des Messias erwarteten, ein Komet. Unleugbar ein Zeichen des Himmels. Er kam auf im Tierkreiszeichen des Skorpions, zwischen Mars und Merkur, sollten die Chronisten später schreiben. Ein Komet mit langem Schweif und heller als der Mond. Das Jüngste Gericht stand bevor. Edmund Herrmani, der Dechant von Sankt Cornelius, hatte drohend davor gewarnt, und, als wäre das gar nichts, in den Flugschriften, die die fahrenden Händler von außerhalb mitbrachten, war vom Ende der Welt die Rede. Und hatte der graugesichtige

Weissager auf der Sankt-Ulrich-Kirmes am 4. Juli nicht von fürchterlichen Schicksalsschlägen und einem großem Krieg gesprochen?

»Er ist da!«

Genau zu dem Zeitpunkt, als der Komet seine Bahn über die niederrheinischen Auen zog, ereignete sich im Haus von Henricus Swart, des Viehhändlers von Dülken, ein freudiges Ereignis.

»Er ist da!« Erleichtert erklang der helle Ruf der wohlbeleibten Hebamme, deren rosiges Gesicht von der Anstrengung genauso erhitzt war wie das der jungen Mutter. Eine ungeheure Mattigkeit durchströmte ihren Körper. »Ja, da isser ...«

Ich, Tillmann Marinus Bartholomäus Swart, erblickte das Licht der Welt nicht wie üblich mit einem Schrei, sondern, wie die Hebamme zu berichten wusste, mit einem Lächeln auf dem roten, verklebten Gesichtchen. Jedenfalls hatte man es mir zeitlebens so berichtet, und jetzt sah ich es selbst.

Wenn das nicht auf ein sonniges Gemüt schließen ließ! Henricus Swart, der stolze Vater, hatte erwartet, dass sein Erstgeborener ein Junge würde. Ein nicht zu unterschätzendes Geschenk der Natur, denn die Zeiten waren hart und Mädchen schwer zu verheiraten. Mit stapfenden Schritten eilte er auf die schlammigen Straßen des Städtchens hinaus und rief jedem zu: »Ein Jung isses geworden, ein Jung!«

Die kosmischen Begebenheiten blieben davon ungerührt, und die meisten Dülkener Sterngucker auch. Die Bahn des feurigen Kometen ließ sich verfolgen, bis der Morgenstern an den Nachthimmel trat. Doch die Sonne wollte nicht aufgehen. Aus den Niederungen stiegen wieder die fauligen Schwaden auf, nebelgewordene Rachegeister, die Himmel und Erde trennten. Es waren finstere Zeiten im Anmarsch ...

2. Bild: Die Toten

Finstere Zeiten und fette Beute für den Sensenmann. Auf seinem kahlen Schädel trug er einen roten Kardinalshut oder den gelben Schleier einer Dirne, manchmal einen Jungfernkranz oder die blutverschmierte Krone eines korrupten Königs. Jedenfalls las er seine reiche Ernte von der Straße des Todes auf. Darüber zogen wir schließlich alle, Ritter, Räuber, Heere, Huren, Bettler, Bänker, Mägde, Mönche, Katholiken, Protestanten; plumpe Leiber, habgierige Hände, todtraurige Gesichter. Und die Toten sangen im Chor:

»Was ihr seid, das waren wir.
Was wir sind, das werdet ihr. Tandaradei ...«

Der Krieg hatte nur ein Gesicht: morden, meutern, marodieren. Wer nicht davonlief, den brachte er ums Leben. Mit brünstigem Geifer walzten Soldaten Soldaten nieder. Morddurst und Raublust, und abends soffen sie ihre Angst weg, setzten ihren ganzen Sold aufs Spiel, und wer noch was übrig hatte, verplemperte es bei den Dirnen, für die Lust einer Nacht.

»Dickmamsell, Knickmamsell
Heißa hopp, Hurengestell.
Die Trommeln schallen weit und breit.
Frisch auf zum Streit! Tandaradei ...«

Die Tambourmajore schritten den Truppen voran und trommelten für den Sieg, ein großes, blutdürstiges Tamtam. Neben ihnen die Fahnenträger, Jungs von zwölf oder dreizehn, manche auch erst zehn oder elf, so alt wie ich war in jenem März 1629, halbe Kinder also, grölende Köppe allesamt. Die Anwerber zogen von Ort zu Ort und versprachen das Goldene vom Himmel, und weil die Pastöre mit fixer Hand den Krieg heiligten, stand fest, dass der Krieg nichts anderes sein konnte als das Strafgericht Gottes.

Ich hatte Glück, ich musste nicht Söldner werden. Meinen Vater trieb der Ehrgeiz nach Anerkennung und Reichtum, ihm gehörten das Haus auf der Mühlengasse und ein Feld am Viersser Weg, wir hatten genug zu essen, und zwei Mägde und zwei Knechte erledigten die niederen Arbeiten. Wir wohnten ein wenig beengt; meine beiden Schwestern, mein Bruder und ich teilten uns die kleine Mansarde, und einer der Knechte musste draußen im Stall schlafen. Doch keiner konnte sich wirklich beklagen, vor allem nicht, weil mein Vater als äußerst erfolgreich und durchsetzungsfähig galt, weshalb ihm neben einer gewissen Achtung unbedingte Kreditwürdigkeit zuwuchs, die ihm erlaubte, einen Anbau zu errichten. Doch er wollte mehr, sein Ehrgeiz schien unermesslich. Vor allem lernte er schnell. In diesem verdammten Krieg musstest du mit jedem Geschäfte machen, der dir über den Weg lief. Dann hattest du Fleisch und Brot. Für die Hungermäuler gab's gebratene Kuhfladen und getrockneten Dung als Mittagsmahl. Friss oder stirb.

Wie jeder, der im Fernhandel tätig war, wusste mein Vater, dass eine lange Reise besonderer Vorsichtsmaßnahmen bedurfte. Auf den Handelsstraßen warst du über weite Strecken in Gottes Hand, was nicht unwillkürlich Schutz bedeutete, denn die Straßen, durch den Krieg noch unsicherer geworden, waren beliebte Räuberziele, was mein Vater nur zu genau wusste, schließlich machte er so ein Geschäft nicht zum ersten Mal. Allerdings handelte es sich diesmal um eine Größenordnung, die normalerweise nur Viehhändler aus Köln oder anderen großen Städten stemmten. Zur Sicherheit hatte mein Vater drei Söldner aus der kurkölnischen Armee angeheuert, allesamt kräftige Männer, bewaffnet mit Messern, Degen und Hakenbüchsen. Mein Vater hatte ihnen einen Goldtaler pro Tag versprochen, so viel, wie sie in einer Woche auf dem Schlachtfeld verdienen konnten, allerdings nicht einmal den fünfzigsten Teil von dem, was er an einem Jungstier verdienen würde. Bezahlen würde er sie natürlich erst nach getaner Arbeit, denn dass es sich um Schlitzohren handelte, sah man ihnen an.

Der Weg nach Hamburg brachte viele Unwägbarkeiten mit sich, abgelegene Wälder und Heide zogen sich weithin, doch sie mussten passiert werden, um den kürzesten Weg zu nehmen, den mein Vater favorisierte. Für gewöhnlich hausten dort irgendwelche Galgengesichter, Köhler oder Rindensammler, hinzu kam die ganze Palette von Ausgestoßenen: behaarte Riesen, milchgesichtige Gnome, Leprakranke mit abgefaulten Gliedmaßen, Aussätzige, deren grindige Visagen wie Giftpilze aussahen. Man musste sie genauso fürchten wie das fahrende Volk und alles andere lichtscheue Gesindel, dem man das Recht auf Leben abgesprochen hatte und das sich auf den Handelsstraßen herumtrieb, um sich irgendwie das Notwendige zum Leben zusammenzuklauben: »… unser tägliches Brot gib uns heute!«

»Amen!«, sagte mein Vater, während er den Kanten Brot segnete: »Schlag dir die Backen voll, Tillmannchen, gleich gibt's nix mehr. Und wir haben einen langen Weg vor uns.«

Mein Vater konnte fressen wie ein Scheunendrescher, ich aß nie viel. Ich war ein Hungerkind.

»Wenn ich das Geschäft gemacht hab, bin ich ein gemachter Mann, Tillmannchen. Ich werde das Haus der Witwe Brockers kaufen!«

»Das große Haus auf dem Domhof?«, rief ich staunend mit meiner hellen Stimme.

»Genau das!«, antwortete mein Vater, den Kopf in mokantem Stolz in den Nacken gelegt.

Wir hatten in einer Herberge vor den Toren Hamburgs übernachtet. Für mich war es die erste Fernreise. Ich hatte meinen Vater schon einige Male auf Viehtransporten begleitet, von Dülken bis Köln waren es zwei Tage, bis Koblenz drei. Hamburg war schon ein anderes Kaliber. Immerhin, mein Vater kannte die Strecke gut, er hatte schon einige Transporte auf dem Buckel. Normalerweise ließ sich der Weg in neun Tagesmärschen bewältigen. Für diesen Transfer veranschlagte er nur sieben, wie ich sagte, er bevorzugte immer den kürzesten Weg, was kein Fehler sein musste, denn jeder zusätzliche Tag bedeutete ein höheres Risiko, deshalb wollte er auch die Tiere direkt nach Köln treiben und nicht wie sonst zuerst nach Dülken. Ein Gros hatte er geordert, zwölfmal ein Dutzend. Für die 144 Jungstiere musste er beim Pfandleiher Barusi einen hohen Kredit aufnehmen. 144 auf einen Schlag, eine fast unüberschaubare Menge. »'n Jros? Du bis verröck, wie willste dat jerejelt kriejen? Wenne ma nich für dein Jrößenwahn bezahls!«, hatte ihn einer gewarnt. Doch Holsteinisch-Friesisches Galtvieh war für die Zucht gesucht, und mein Vater verstand sich auf das Geschäft. Außerdem musste man sagen, der Preis in Hamburg war saugut, falls diese Bezeichnung für Rinder zulässig ist, auf dem Kölner Viehmarkt konnte er sie für den doppelten Preis wieder losschlagen. Das Geschäft seines Lebens!

Die Erinnerung an den 24. März 1629 fiel immer wie eine Lähmung über mich. In der Nacht hatte es ein noch ein wenig gefroren, frischer weißer Tau bedeckte Felder und Wege. Mein Vater war guter Dinge, als wir durch das Dammtor in die große Stadt einritten. Hamburg war anders als Köln. Ganz anders. »Hier isses nich so eng wie in Dülken«, sagte mein Vater mehrmals. Er hatte recht, hier waren die Straßen breiter und die Häuser höher. »Selbst Köln ist dagegen noch ein Dorf.« Die Nicolaikirche in der Alsterschleife hatte einen schlanken Turm, wohingegen der Kölner Dom mit seinen unvollendeten Türmen aussah wie ein äsender Riese. Beim Anblick der großen Speicherhäuser am Hafen überkam mich ein seltsames Fernweh, das leise Schauer über meinen Rücken trieb. Ich genoss die frische Meerbrise, die Luft war rau und klar, und auch die Menschen erschienen mir rauer und klarer. In der Herberge hatte ich zum ersten Mal etwas vom »großen Teich« gehört, an dessen anderem Ende ein anderer Kontinent lag: »Amerika, das Land der Träume«, ein Ausdruck, der die Fantasie meiner empfindsamen Seele mächtig beflügelte. Mir kam es vor, als herrsche hier in Hamburg ein freierer Geist. Doch konnte man von Freiheit reden, wenn das Schwert des Krieges über den Köpfen hing?

»Herrgottssakrament!«, raunte mein Vater, der wie immer überwältigt war von der Größe des Hamburger Viehmarktes. »Herrgottssakrament!«

Ziegengesichtige Schafzüchter trieben ihre blökende Herde in den Pferch. Schweinsäugige Schweinezüchter schoben ihre schwabbeligen Schweine ins Gatter. Frisches Blut, würstchenrosa Landschweine, fleckige holsteinische Marschschweine, auf raschelnder Seite. Tiere muhend in den Verschlägen, gebrandmarkte Kühe. Gesundes Fleisch, berstend vor Kraft. Der Geruch ihres frischen Dungs klebte sich in der Nase fest. Die Züchter in ihren grob genagelten Stiefeln stapften durch die Spreu, lauter stiernackige, hundsstirnige, schweinsrüsselige Gestalten. Sie tätschelten mit flacher Hand ein prallfleischiges Hinterviertel: »Dat is man erste Quali-

19

teit!« Manchmal ließen sie ihre Gerten auf einem Tierrücken federn und brachten so das protestierende Muhen zur Ruhe.

»Das sind die Unsrigen!« Mein Vater ging zielsicher auf ein Gatter am Ende des Marktes zu. »Das Gros hab ich geordert!« Er tätschelte die Flanke eines schwarz-weiß gescheckten Zuchtstiers.

Der Viehzüchter grapschte sich ein Pergament von einem Stoß und zog eine rote Grimasse. »Du bis der Swart Henricus, stimmt's?«

Wobei er das »st« spitz sprach und nicht, wie ich es vom Niederrhein kannte, wie ein »scht«.

»Ein Gros!«, sagte mein Vater mit seiner wuchtigen tiefen Stimme, die im typisch singenden Tonfall des Niederrheins kehlig klang.

»'n Gros, jau, im Namen des Herren, dat is man eine richtige Packung, gewaschen im Blut des Lammes!«

Die beiden stellten sich etwas abseits hinter die massigen Rücken der Stiere, damit man nicht sah, was passierte, doch ich wusste, mein Vater händigte dem Züchter das Geld aus. Er trug es in einem Brustbeutel bei sich, der so schwer war, dass er seinen Rücken krümmte. Der Züchter kam zufrieden zurück. Die Summe hatte offenbar gestimmt.

»Dann man tou«, sagte er. Ein Feixen zog sein Gesicht in die Breite.

»Jau«, sagte mein Vater und rieb über seine fleischige Nase.

Um neun in der Früh, an jenem unseligen 24. März 1629, brach unser Treck in Hamburg auf. Durch den Regen der letzten Wochen waren die Wege schlammig und schwer. Das tat dem Stolz meines Vaters keinen Abbruch. Er saß hoch zu Ross wie ein Feldherr, der weitblickend seine fast unüberschaubare Herde führte. Ein einsamer Streiter.

»Ich werde so reich sein, dass ich dir deinen größten Wunsch erfüllen kann!«

»Wirklich, Vater, meinen größten Wunsch?« Ich zögerte, meinen Wunsch auszusprechen. Normalerweise behielt ich ihn für mich, weil die meisten Menschen nicht verstanden, was ich meinte. »Dann wünsche ich mir Flügel …«

Mein Vater drehte sich zu mir um. Sein verständnisloser Blick traf mich, als wäre es einer der Blitze, die aus dem herannahenden Gewitter gen Erde schossen.

»Was, in Gottes Namen, willst du mit Flügeln? Kein Mensch braucht Flügel. Möge dir der Heilige Geist lieber mehr Verstand geben, als sich etwas völlig Unnützes zu wünschen, Tillmannchen. Zum Beispiel ein Pferd.«

Ein Pferd, gut, ein Pferd. Ich hielt es für klüger, nichts zu entgegnen und nur zu nicken.

»Ein schönes Pferd. Ein Rappe, oder?«

Ein Rappe, so wie seiner, ein edles Pferd, ein guter Renner, fünf Fuß hoch, mit prächtigem Schweif und dichter Mähne, schmalem Kopf, feinen Ohren, die jede Gefahr erspürten, und kleinen, runden Hufen, trotzdem fähig zu schnellem Galopp.

»Rappen sind immer besondere Pferde!«, sagte mein Vater und rieb wieder seine fleischige Nase.

Wenn ich jetzt ein Schimmel sage, regt er sich bestimmt auf, dachte ich, denn Dekkers, unser Nachbar, hatte einen Schimmel, und Vater hasste den Schmied und seinen Schimmel ganz sicher auch.

Mein Vater wollte keine Antwort, er pfiff eine Melodie. So fröhlich hatte ich ihn noch nie erlebt. Offenbar sah er unermesslichen Reichtum vor sich. Ja, ich glaube, ich konnte in seinen Gedanken lesen, er begehrte nicht nur das große Haus der Witwe Brockers, sondern strebte danach, ein noch größeres neu zu bauen, vielleicht an der Heistergasse, wo nur ein paar ungenutzte Gärten lagen. So war er, mein Vater. Er mochte ein kalt kalkulierender Kaufmann sein, doch er hatte nicht die Kraft zu träumen verloren. Bestimmt waren seine Träume eher materialistischer Natur, schließlich hatte ihn sein Erfolg zu einem angesehenen Bürger in Dülken gemacht, was notgedrungen seiner Eitelkeit schmeichelte. Er galt als einer der erfolgreichsten Viehhändler am ganzen Niederrhein, sein Ruf sprach sich schnell herum, und man wusste, mit ihm ließen sich gute Geschäfte machen, und so kam es, dass er nicht nur den Geldwechsler Barusi belieh, sondern auch von dem ein oder anderen Nachbarn, wenn es gerade notwendig war. »Geld kommt und Geld geht«, pflegte er zu sagen, obwohl ich mir sicher bin, dass er das Kommen und nicht das Gehen meinte, dazu arbeitete er zu hart. Die Härte, die ihm das Leben abverlangte, äußerte sich in seinem Gesicht, was die breiten Wangenknochen und die fleischige Nase noch verstärkten, ein niederrheinisches Gesicht. Sein struppiges strohblondes Haar und sein breiter Hals gaben Zeugnis von Festigkeit, und seine stechend blauen Augen blickten mit jener Entschlossenheit, die ein Viehhändler brauchte, damit ihn die rasende Welt nicht unter ihren Füßen zertrampelte. Zweifellos besaß er eine zärtliche Seite, die er tunlichst versteckte, um bloß keine Schwäche zu zeigen. Nie schlug er mich oder meine Geschwister, auch meine Mutter nicht, was in diesen rauen Zeiten nicht selbstverständlich war. Schlimmstenfalls strafte er uns mit Verachtung. Doch seine Geschäftspartner, seine Knechte und Mägde bekamen seine Härte zu spüren.

3. Bild: Der Verlust

Am Mittag des 24. März sollte mein Vater die ganze Härte des Bösen zu spüren bekommen. Die Luft roch nach Schwefel, als hätten sich die Pforten der Hölle geöffnet. Auf dem Hinweg waren wir gut durchgekommen, weder kämpfende Truppen noch marodierende Banden konnten uns etwas anhaben, und zwei allzu lästige Bettler schlug einer der angeheuerten Söldner mit ein paar Peitschenhieben in die Flucht. Von so viel Glück konnten wir auf dem Rückweg nicht mehr reden. Das Gewitter zog genau auf uns zu. Der Regen peitschte die Herde, als wollte er sie fressen. Die scheuenden Tiere traten die Flucht an. Zwischen dem Gekreisch eines aufschwirrenden Krähenschwarms trieb mein Vater die Jungstiere zu einer Lichtung, damit sie nicht weiter auseinanderliefen. Der Himmel schickte einen Unheilsboten in Form einer Krähe, die mit angewinkelten Schwingen auf ihn hinabstürzte. Mein Vater fuchtelte mit seiner Reitpeitsche in der Luft, als sie dicht über ihm den Sturz auffing und wieder emporschnellte.

»Teufelsbrut!«

Sie kehrte wieder, gefolgt von einer kreisenden schwarzen Wolke. Hunderte Krähen flatterten über uns, als wollten sie die Jungstiere auseinandertreiben, doch sie zogen in steiler Kurve weit über die Baumwipfel hinaus. Bestimmt lag hinter den dunklen Schatten der Lüneburger Heide eine geheime Botschaft der Rachegötter.

»Nicht so weit! Nicht bis auf die Koppel!«, befahl mein Vater mit seiner kehligen Stimme.

Doch die Söldner gehorchten den Befehlen meines Vaters nicht, als verfolgten sie einen anderen Plan. Sie trieben die

Zuchtstiere weit in die Heide hinaus. Kaum war das Gekrächz der Krähen verklungen, hörten wir herangaloppierende Hufe. Niemals in meinem Leben sollte ich vergessen, wie das kernige Gesicht meines Vater plötzlich weiß und durchscheinend wurde, als er bemerkte, dass die Söldner gemeinsame Sache mit der Räuberbande machten, die uns entgegengeritten kam.

»Wohin der Weges, edler Herr?« Der Kopf des Anführers sah aus wie brennendes Feuer. Sein rechtes Auge war blutunterlaufen, sein linkes blind. »Ich hatte gar nicht gehofft, so reiche Beute zu machen. Meine Komplizen haben nicht gelogen.« Die Feder an seinem Hut glänzte rot, vielfach mit Blut getränkt.

»Macht, dass ihr weiterkommt! Gute Reise!«, zischte mein Vater, dessen Stimme zwar noch kehlig, aber nicht mehr fest klang. Der Rappe bäumte sich im stolzen Schwung seines prächtigen Schweifes auf.

Der Anführer stieß ein gackerndes Lachen in die Luft, bevor er mit seiner falsettartigen Stimme befahl: »Treibt die Herde weiter weg!«

»Das sind Zuchtstiere allererster Güte. Sie haben mich mein Vermögen gekostet«.

Die Luft brannte vor Gewitterdunst, doch die Erde tat sich nicht auf.

Der Anführer zwirbelte mit seiner dreifingrigen Hand durch sein rotes Haar. »Ein Vermögen, soso. Was willst du mit einem Vermögen, wenn ich es gebrauchen kann?«

»Vielleicht können wir ins Geschäft kommen«, sagte mein Vater mit einem leichten Anflug von Spott, als ob er sich das leisten könnte.

Der Anführer sah feixend die zurückkehrenden Söldner an, die die Herde hinter ein natürliches Gatter aus Gestrüpp und

Wacholderbüschen getrieben hatten, wo andere Komplizen sie bewachten. »Bin ich klug? Nein, wenn du mich so fragst, ich bin nicht klug. Weshalb sollte ich also mit dir ins Geschäft kommen?«

»Weil ich weiß, wo man die Tiere zu einem guten Preis losschlagen kann.«

»Ach ja?« Der Anführer griente. »Denkst du, das wüsste ich nicht? Wozu sollte ich also mit dir ins Geschäft kommen? Ich will immer alles. Ich wette, du kennst diesen Charakterzug. Das ist unsere schlechte Natur, weißt du, deine und meine. Diese gottverdammte Gier, wir wollen einfach immer alles.«

»Du bist ein Christenmensch …« Mit zunehmender Verbitterung sah der schmallippige Mund meines Vaters aus wie eine auf den Enden liegende Mondsichel.

Der Anführer wiegte seinen Kopf. »Was heißt Christenmensch? Du machst mich neugierig.«

»Na, man kennt die Zehn Gebote.«

»Ich glaube nicht«, antwortete der Anführer mit einer Mischung aus Spott und Ekel.

»Bist du Protestant?«

»Ich sagte doch, ich glaube nicht. Seit die Christen sich aufführen wie eine gottverdammte Räuberbande, glaube ich lieber an meinen eigenen Vorteil als an den eines fetten Bischofs.« Der Anführer rotzte einen Gelben zu Boden und höhnte: »Ich sah, wie die kaiserlichen Katholen Neugeborenen mit ihren Dolchen die Köpfe vom Hals trennten und dabei lachten wie beim Würfelspiel. Sie taten es im Namen Gottes und ließen die Köpfe über den Boden rollen. Und ich fragte mich: ›Würfelst du, Gott?‹ Und auf einem anderen Schlachtfeld sah ich, wie die schwedischen Evangolen greisen Weibern die Schädel spalteten und dabei lustvoll stöhn-

25

ten. ›Herr, deinem Namen treu/Weih'n wir uns ohne Scheu.‹ Und ich dachte, also nicht nur, wer vom Papst gesalbt ist, hat einen Freibrief, um mit allen schändlichen Mitteln die Macht der Erde zu erlangen. Auch wer wie Luther den Papst am Kragen packt und in den Tiber wirft, folgt den Gesetzen dieser Welt. Und ich dachte weiter, wo zum Teufel finde ich jemanden, der Gerechtigkeit auf die Erde bringt, statt fromme Lügen zu verbreiten? Bei den Feldpredigern der katholischen Horden und der protestantischen Meute wechselten sich Hasspredigten mit Totensegnungen ab. Für sie, Herr, erlaubte ich mir dann zu denken, bist du der Gerechte, für mich bist du stumm und blind, ein Bild, das man benutzt, je nachdem, wie es der eigene Vorteil verlangt. Also nahm ich die einfache Wahrheit hin, die ein Wandermönch mich einst lehrte: ›… Gott lässt seine Sonne aufgehen über die Bösen und über die Guten und lässt regnen über Gerechte und Ungerechte …‹. Heiliger Potzblitz vergib, dachte ich bei mir, bin nur ein kleiner Viehdieb, was ist das Leben schon mehr wert als ein Pfifferling?«

Das Merkwürdige an diesem Strauchdieb war, man konnte ihm zuhören, als wäre er selbst ein weiser Wandermönch. Ich wurde im November zwar erst elf, aber ich hörte aus seinen Worten eine tiefe Wahrheit heraus, gleichwohl eine andere, als ich bislang kannte, und das bewirkte bei mir eine innere Glättung. Vielleicht lag es auch daran, dass ich meinen Vater zum ersten Mal in meinem Leben so hilflos sah. Die ganze Macht, die er sonst ausstrahlte, hatte er verloren – und er strahlte viel Macht aus, denn er war im Sternzeichen Löwe geboren. Er war vom Pferd abgestiegen, das für diesen Augenblick sich als das stolzere Geschöpf erwies, und kauerte vor dem Ross des Räubers wie ein verflucht armseliges Häufchen Elend.

Das zahnlose Maul des Anführers grinste für einen Augenblick, ehe seine falsettartige Stimme sich quiekend überschlug: »Es ist halt alles eine viehische Menschenfresserei. Ganz einfach.« Er keuchte und rotzte eine weitere Ladung Schleim zu Boden. »Ich war ein ehrbarer Kaufmann wie du, doch dann spielte mir das Schicksal übel mit. Weißt du, was ich am Ende besaß? Schulden, nichts als Schulden. Weißt du, was das für mich bedeutete? Ich musste meinen Sohn aus dem Haus jagen ... so einen, wie du da hast, so einen hatte ich auch, und mit meinen beiden Töchtern machte ich, was alle durch ein plötzliches Unglück verarmten Eltern mit ihren Töchtern machen. Ich verpfändete sie ans Frauenhaus. Jaja, da mussten sie als Dirnen arbeiten und für'n paar Kröten im Jahr den besseren Herren zur Hand gehen. Und der da droben wird sie natürlich dafür bestrafen, weil sie Unzucht treiben. Herr, denn da schaust du nicht weg. Aber was schwatz ich, ich bin nicht hier, um wie ein Feldprediger meinen Sermon abzusondern. Vergiss, was ich gesagt habe, es macht mehr Spaß, anderen zu schaden, als selber Schaden zu erleiden.«

»Was geht mich deine Geschichte an?«, fragte mein Vater, dessen Stimme todtraurig klang, weil er ahnte, dass diese Geschichte seine Zukunft sein könnte.

»He, habt ihr das gehört? Hoho, was geht ihn das an? Der Kerl glaubt noch immer auf einem hohen Ross zu sitzen, dabei ist er am Boden.« Das kratzige Gelächter des Anführers hallte durch die Luft, und seine Spießgesellen stimmten krächzend ein. »Geht mich nichts an? Sieh da, geht mich nichts an.« Er ließ seinen Degen sirrend durch die Luft kreisen. »Du scheinst sehr schlau zu sein, mein Freund.«

Mein Vater zuckte zusammen. »Bitte, ich geb dir zwei Drittel.«

»Du Narr, ich verhandele nur mit Leuten, die mit mir auf Augenhöhe sind.«

Mein Vater fing an zu lachen. Er lachte tief in der Kehle, und es klang wie ein Schluchzen. »Bitte, nimm mir nicht alles. Ich habe Familie. Ich muss meine Schulden bezahlen. Ich muss wenigstens ein paar Tiere verkaufen.«

»Habe ich dir nicht gerade erzählt, wie das Leben spielt? Jeder für sich, und Gott gegen alle. Der Stärkere gewinnt nun mal. Das ist das Gesetz dieser Welt. So einfach ist das.«

»Bring mich um!«, schrie mein Vater. »Bring mich wenigstens um.«

Der Anführer zog seinen Degen und setzte die Degenspitze gegen den pulsenden Hals meines Vaters. »Was glaubst du, wie viele von den Soldaten, die täglich krepieren oder zu Krüppeln werden, etwas darum geben, wenn sie unversehrt aus der Schlacht herauskämen? Du hast alles verloren? Mein Gott, du hast dein Leben!« Der Anführer nahm seinen Hut ab und leckte über die blutrote Feder. »Übrigens, mein Freund, demnächst solltest du dir die Söldner, die du zu deinem Schutz aussuchst, besser angucken. Und du solltest ihnen keinen Hungerlohn versprechen, sondern einen gemessenen Anteil, damit sie nicht auf die Idee kommen, dich zu verraten.«

Meinem Vater sprang das Herz. »Bitte, töte mich!«

»Vorwärts«, befahl der Anführer.

Seine Leute schienen nicht nur kampferprobt zu sein, sondern auch etwas von Viehzeug zu verstehen, jedenfalls trieben sie die Jungstiere wie gewiefte Viehhändler voran. Nicht Richtung Köln, sondern zurück in Richtung Hamburg, was in mir den Verdacht aufblitzen ließ, dass sie mit dem Viehverkäufer unter einer Decke steckten. Doch es lohnte nicht, den Gedanken zu verfolgen. Das Vermögen meines Vaters war weg.

»Töte mich!«, schrie der und verfiel in ein fürchterliches Heulen.

»Vater«, schrie ich und griff nach seiner Hand, doch er riss sie weg: »Vater!«

Genau in diesem Moment fing er an zu laufen. Er lief, um sein Leben zu verlieren, und ich rannte hinterher. Ich hielt den Rappen am Zügel, damit er uns nicht auch noch verloren ging. Immer weiter lief mein armer Vater, bis er auf einmal mitten auf dem Schlachtfeld stehen blieb. »Gott, du hast mir alles genommen, warum kannst du mich nicht wenigstens töten?«

Töten, töten? Tamtam. Die Tambourmajore schritten an ihm vorbei, wild ihre Trommeln schlagend. Tamtam. Neben ihnen die Fahnenträger, Jungs von zehn oder elf. So alt wie ich, und vielleicht musste ich jetzt auch ins Feld, weil mein Vater ärmer als eine Kirchenmaus war.

»Vater«, schrie ich immer wieder und hielt krampfhaft die Zügel des Rappen umklammert.

Mein Vater heulte Rotz und Wasser, aber stand wie ein Turm in der Schlacht, in Wahrheit saß er in seinem geistigen Schuldturm. Das musste das Bild sein, das er sah. Nur das. Um uns herum fielen die Soldaten wie die Fliegen, und die Trommler trommelten unablässig weiter ihre Todesmelodie. Neben ihm spaltete ein Söldner einem anderen den Schädel mit der Axt, er sah es nicht. Vor ihm hieben sich zwei Söldner ihre Degen in den Leib, als wären ihre Rüstungen aus Pergament. Er sah es nicht. Und mein Schreien? Er merkte nicht einmal, dass ich immer wieder nach seiner Hand griff.

»Findest du es gerecht, Herr, was an mir geschieht? Habe ich nicht genug gebetet? Habe ich jemanden übervorteilt? Habe ich gestohlen, gehurt oder dich gelästert? Habe ich nicht die Heilige Messe besucht?«, jammerte er. »Ich stehe rein vor dir. Warum also, Herr? Sag mir wenigstens, welchen Makel du an mir findest, dass du mich so strafst. Bin ich nicht ein treuer Sohn der Heiligen Mutter Kirche, ein Feind aller Feinde Christi? Habe ich nicht stets die Ordnung geachtet, die der wachsame Arm der Kirche den Dörfern und Städten auferlegt? Rede, Herr! Wenigstens ein Wort der Klarheit! Redest du nicht mit kleinen Leuten wie mir? Die Hölle kann kein schlimmerer Ort sein als deine Erde, die täglich im Blut Unschuldiger ertrinkt.«

Sein Geheul ging im Schlachtenlärm unter. So stand er da, wie eine Salzsäule, ein Denkmal minderer Gesinnung, ein verlorenes Häufchen Elend.

»Mensch, zieh doch n 'Kopp ein!«, schrie der alte Söldner, der vor den anderen herlief, und duckte sich selbst unter den rasselnden Säbeln, als käme ein großer schwarzer Vogel auf ihn zugeflogen oder ein furchterregender Engel. Alles war möglich.

»Vater«, schrie ich und zerrte an seinem Arm: »Vater!«

Mein Vater flennte ohne Punkt und Komma. Ganze Tränenkrüge hätte er vollheulen können. Wenn ihm der Teufel über den Weg gelaufen wäre, mein Vater hätte auf der Stelle einen Pakt mit ihm geschlossen. Doch es kam keiner, der nur annähernd wie ein Teufel aussah, setzt man voraus, dass die Söldner keine Teufel, sondern Christenmenschen waren.

»Vater, bitte komm doch. Vater, komm!«, rief ich und lief mit dem Rappen an einen halbwegs sicheren Ort.

Mir gefror das Blut in den Adern. Der Rauch des langsam sterbenden Feuergefechtes hüllte uns in Qualm ein, die fliehenden Soldaten drängten uns mal ein Stück hierhin, mal dorthin, schubsten ihn, und fast hätte mein Vater unter ihren Fußtritten und Seufzern sein Ende gefunden, aber meine Hand riss ihn immer wieder hoch. Als die bunten, zerrissenen Söldneruniformen nur noch zwischen Grashalmen und Baumwipfeln verlaufende Punkte waren, kauerte er wie ein

30

Embryo auf dem Boden. Er zitterte, war er doch nicht von der schützenden Hülle eines Mutterbauches umgeben, sondern der Kälte der Welt ausgeliefert. Mit weit aufgerissenen Augen – und zugleich blicklos – sah er, wie der herabfallende Abend dem Märzhimmel die glühende Abendsonne ausquetschte. Er griff in die Erde, wie ein Neugeborenes nach der Hand seiner Mutter, nicht wie ein Säugling, sondern wie ein verendendes Tier. Es war, so merkwürdig es ausgerechnet jetzt erschien, der Tag seiner zweiten Geburt.

Ich klammerte mich an den Hals des Rappen, da sah ich eine schwankende Gestalt auf uns zukommen. Vielleicht der Sensenmann, den mein Vater insgeheim herbeiwünschte? Diesmal einer, der ihn erschlagen würde, weil bei ihm nichts mehr als das nackte Leben zu holen war.

Die Gestalt machte keinerlei Anstalten, ihn zu töten. »¡Que te mejores!«

Kräftige Arme richteten meinen Vater auf.

4. Bild: Der spanische Hauptmann

Die kräftigen Arme, die meinen Vater aufrichteten, rochen nach Lavendel.

»¡Que te mejores!«, sagte der spanische Soldat, was so viel bedeutete, wie »Gute Besserung!«

Er hatte eine samtweiche Stimme, aber steinharte Augen. Sofort spürte ich, dass dieser Mann eine Maske trug; er schützte eine Fassade vor, hinter der sich ein finsteres Geheimnis verbarg. Von irgendwoher kam mir dieses Gesicht bekannt vor. Eine leicht fieberhafte Erregung überfiel mich, als stieße irgendetwas tief in mir gewaltsam eine Tür auf, und das musste etwas mit einem Albtraum zu tun haben, an den ich mich allerdings nicht erinnerte, nur daran, dass von diesem Gesicht etwas Unheimliches, vielleicht Überirdisches ausging. Ein Soldat, ein Hauptmann – soweit kannte ich die Uniformen inzwischen schon – der aus dem Nichts aufgetaucht war. Welchen Grund gab es für Nettigkeiten dieser Art? Um einen Engel handelte es sich höchstwahrscheinlich nicht. Jedenfalls konnte ich nichts Engelähnliches an ihm entdecken. Natürlich, jede Hilfe war willkommen, denn ich konnte meine Angst nicht leugnen allein zwischen den Wäldern, ohne genaue Kenntnis, wo wir uns befanden. Irgendetwas schrie in mir auf und stellte sich gegen ihn. Nicht, weil er Spanier war. Seit 1624 waren in Dülken spanische Soldaten einquartiert. Oft gezwungenermaßen, Freunde fanden sie kaum. Manche zogen mit ihren Familien durch den Krieg. Sie hatten einen harten Beruf auszuüben. Die meisten campierten, nicht selten mit ihren Familien, in Feldlagern, wo es nichts gab als Blut und Tränen.

»Vater, steh auf!«, sagte ich und strich mitleidig über seine Wangen.

Dunkel, die Augenbrauen finster zusammengezogen, murmelte der Spanier: »Ist dein Vater, eh?«

Ich nickte.

»Liegt da wie eine tote Suppe.«

... tote Suppe ..., dachte ich – es kam mir spanisch vor, und wäre mir nicht so übel zumute gewesen, hätte ich losgelacht.

»Eh, was ist passiert?«

Mein Vater brachte nach wie vor kein Wort heraus und sackte in seine kauernde Embryohaltung zurück.

»Eine Bande hat uns ausgeraubt«, sagte ich, und dann ergoss sich mein Wortschwall über den Spanier. Wenngleich ich mir nicht sicher war, ob er alles verstand, brach meine Suada sintflutartig über ihn ein und erleichterte mich, als wäre ich eine Regenwolke, die niederregnen musste, um dem Sonnenschein wieder Platz zu machen.

Er hatte verstanden und sah mich an, als würde er durch mich hindurchsehen. Er war von schöner Statur, sein Gesicht war goldbraun, Haar und Bart glänzten feuerrot, was seinem Kopf, hinter dem die letzten Strahlen der glutroten Abendsonne dösten, etwas Löwenhaftes verlieh. Die Nase über der hohen runden Stirn lang und gebogen, die Lippen standen vor über dem ausgeprägten Kinn. Diesen Hauptmann umgab eine Aura, die Fröhlichkeit einflößte und Mut, und er sprach ein flüssiges Deutsch, anders als die spanischen Soldaten, die in Dülken einquartiert waren, welche nur radebrechten und sich kaum Mühe gaben, ein verständliches Gespräch zu führen. »Dann wollen wir mal sehen, was sich machen lässt.«

»Töte mich!«, forderte mein Vater mit einer Zunge, die vom vielen Schreien schwer geworden war, sodass sich seine Worte anhörten wie die eines Betrunkenen.

»Dummkopf«, sagte der Hauptmann. »Dein Sohn hat immerhin euer Pferd gerettet.« Er entkorkte seine Feldflasche, nahm einen kräftigen Schluck Fusel und sagte: »Hier, trink, bringt dich wieder auf die Beine.« Mein Vater nahm einen kräftigen Schluck, schüttelte sich und pfropfte den Korken wieder auf. Sodann warf mir der Spanier die Flasche zu und sagte: »Hier, nimm auch einen Schluck, Kleiner, schadet dir nicht!«

Der Fusel roch wie Gülle. Ich setzte die Flasche an den Mund, trank aber nicht. Ich fürchtete mich aus einem bestimmten Grund. Mein Lehrer, Onkel Job, hatte mir von einem geheimnisvollen Trunk erzählt, durch den man die Erinnerung an vergangene Sünden auslöscht.

»Gib her, wenn du zu feig bist, gib her, dein Vater braucht noch eine Ladung!«, sagte der Hauptmann.

Mein Vater leerte den Inhalt in wenigen Schlucken. Das Teufelszeug brannte die Wut aus seinem Bauch und stieg schnell in den Kopf. Zwar kehrte nicht der Mut in seine Seele zurück, dafür aber das Bedürfnis zu reden, und nach einer halben Stunde lag sein Leben vor den Augen des spanischen Hauptmanns, wie eine Geländekarte vor dem nächsten Angriff.

Ich hatte mich satt an Vaters Geschichte gehört. Sie stimmte nicht. Er stellte sich als heldenhaften Kämpfer dar, dabei hatte er sich den Dieben klaglos ergeben. Wieder verspürte ich eine innere Glättung. Wahrscheinlich vollzog sich in diesem Augenblick der erste Riss in meiner Beziehung zu ihm. Ein bitterer Moment der Entfremdung, den ich allerdings nicht gleich vergegenwärtigte.

Dem Spanier schien die Heldengeschichte meines Vaters zu imponieren. Jedenfalls gab er es vor. Doch dann kicherte er los, wobei seine Stimme noch immer weich wie das Hinterland Kataloniens klang, dem er entstammte. »Tote Suppe, sag ich doch. Du wärmst tote Suppe auf. Fang von vorn an.

Man muss weiterkämpfen, auch wenn die ganze Welt ein Donnerbalken ist!«

Weiterkämpfen. Das musste in den Ohren meines Vaters völlig lachhaft klingen, dachte ich. Nach all dem Tamtam sah er wohl keinen Ausweg.

»Ich bin bis auf die Knochen blamiert«, jammerte er.

»Wo es Not gibt, gibt es Hilfe.«

»Komm mir nicht mit Gott«, wehrte mein Vater ab.

»Nein, nein, man kann ihn schlecht für alles hernehmen«, der Hauptmann runzelte nachdenklich die Stirn. »Vielleicht ist deine Lage schwierig, aber nicht hoffnungslos. Als Erstes stellst du eine Liste auf von den Leuten, denen du Geld schuldest.«

Mein Vater richtete sich auf. Er verspürte wieder den Hauch einer Hoffnung. »Gib mal Pergament her!«, befahl er mir mit einer basstiefen krächzenden Stimme. Erst später sollte ich begreifen, dass sich in diesem Moment in meinem Vater eine innere Wandlung vollziehen sollte. Er hatte soeben seine Seele, sollte man sagen verloren oder verkauft? Ich nahm aus der Satteltasche die Pergamente, die er auf seinen Geschäftsreisen mit sich führte, und reichte sie ihm mit der Feder und dem kleinen Tintenfass.

»Also, wem ich wie viel schulde?«

An erster Stelle stand der Geldwechsler Giovanni Barusi, bei dem Swart die zweihundert Goldgulden geliehen hatte, um die Ochsentour, wenn man so sagen konnte, obwohl es sich um Jungstiere handelte, nach Hamburg überhaupt erst unternehmen zu können. Den zweiten Posten von sechzig Goldgulden schuldete er dem Baumeister Solneß, der den Umbau an unserem Haus getätigt und den Brunnen im Hof gebohrt hatte. Der dritte Posten betraf den Schmied Dekkers, seinen Nachbarn, der die Geschirre für verschiedene Vieh-

35

transporte angefertigt hatte, ebenfalls sechzig Goldgulden. Dann stand er noch in der Kreide bei der Witwe Heimanns: fünfunddreißig Goldgulden; bei Bauer Falck, dessen Vieh er in Köln verkauft hatte, ohne den Erlös an Falck auszuzahlen, dreißig; dem Kreuzherrenkloster, dem er tributpflichtig war: zwanzig; der Stadt, der er ebenfalls tributpflichtig war: fünfzehn; und der Gilde zehn Goldgulden.

Der Hauptmann hatte mitgerechnet. »Das macht zusammen dreihundertzwanzig Goldgulden. Ein Vermögen!«

»Wie du siehst, habe ich alles auf eine Karte gesetzt und verloren«, sagte mein Vater. »Und meine Ehre, bei Gott, habe ich auch verloren!«

Der Hauptmann nickte nachdenklich, ein schlauer Fuchs, mit allen Wassern gewaschen und Raubgeruch im Pelz. »Tja, der Viehverkauf hätte dich reich gemacht.«

»Du hättest sie sehen sollen, Prachtstiere, wie sie nur alle Pfingsten einmal vorkommen.«

»Wenn du so anfängst aufzurechnen, kommst du an kein Ende mehr. Schau, der Kaiser ist nicht Kaiser, weil er ein besonderer Mensch ist, sondern weil er im richtigen Bett geboren wurde, basta! Du kannst nicht Kaiser werden. Aber du kannst der reichste Viehhändler des Niederrheins werden, ja, darüber hinaus des ganzen Rheinlandes, und du wirst sehen, man wird dich in den Adel erheben, denn du bist es, der reich ist und den Herzögen und Bischöfen ihre Kriege finanzieren kann. Wenn du mir vertraust, wird es dir gelingen. Ich will nur ein wenig an deinen Geschäften partizipieren.« Der Hauptmann reichte meinem Vater seinen Dolch. »Stirb oder lebe. Wenn du sterben willst, kümmere dich selbst darum! Leben oder sterben, beides ist ganz einfach …«

Mein Vater nahm den Dolch und setzte die Klinge an seine Halsschlagader.

»Vater!« Ich wandte mich an den Hauptmann. »Tu doch was. Schau nicht einfach zu!«

Egal, ob mein Vater selbst Hand anlegte oder ein Dämon ihm die Hand führte, es würde einfach geschehen. Mir kam es vor, als könnte ich in seinen Kopf hineinsehen. Ich kannte diese mondsüchtigen Momente, denn ich war Schlafwandler, und meine Mutter behauptete, ich hätte das zweite Gesicht. Wie auch immer, ich sah genau, was in meinem Vater vor sich ging. Er sah einen nackten Himmel vor sich: hier der Engelschor, dort der Höllenschlund. Er presste die Klinge ins Fleisch, ohne einen Schmerz zu spüren. Floss Blut? Er merkte nichts. »Leb weiter«, sagte eine Stimme, die er aufgrund ihres glockenklaren Klangs einem Engel zuordnete, doch es war meine Stimme. Mein Vater konnte nicht fassen, was er in diesem Moment dachte, es ließ sich kaum feststellen, welche Ursache welche Wirkung erzeugt hatte. Das Gespräch mit dem spanischen Hauptmann hatte ein seltsames Feuer in meinem Vater zum Lodern gebracht. Ich will nicht sagen, in seiner Seele, denn die schien er zu dieser Zeit schon nicht mehr zu besitzen, oder, besser gesagt, er ging durch die tiefe Nacht der Seele, die so dunkel war, dass er sie nicht mehr erkannte. Ich sah ihm an, dass in seinen Gedanken offenkundig eine nie gekannte Unruhe rumorte. Auf einmal schien er den Stachel des Widerstandes zu verspüren. Er setzte den Dolch ab und gab ihn dem Hauptmann zurück.

»Was soll ich tun? Was soll ich denn, zum Teufel, tun? Was, was, was? Hauptmann, wenn du mir hilfst, wird es dein Schaden nicht sein!«, rief mein Vater mit einer Stimme, die stockte, wankte, sich überschlug und wieder tönend wurde vor Angst.

»Ich will vor dem Jungen nicht darüber reden«, sagte der Hauptmann.

»Ach, der kriegt das doch gar nicht mit«, wehrte mein Vater ab.

»Er soll es nicht hören!«, sagte der Hauptmann entschieden.

Mein Vater machte eine abschätzige Handbewegung in meine Richtung. »Na los, geh weg. Hörst du nicht? Hau schon ab!« Vaters Gesicht wirkte ebenfalls maskenhaft erstarrt, nicht wie das des Spaniers, anders, weniger metaphysisch.

»Na weiter ... geh weiter weg, Mensch, bist du schwer von Begriff?«

Ich trottete mit dem Rappen auf einen Baum zu, eine knorrige Blutbuche, mitten auf dem Feld breitete sie sich aus wie ein einsamer Turm. Sie musste schon viele Jahrhunderte gesehen haben und unendlich weise sein. Aus ihrem Stamm trat ein fächerartiges Gesicht, das mich mit beruhigender Freundlichkeit anlächelte. Ich band die Zügel des Rappen an einen herunterhängenden Ast und setzte mich zwischen die fingerartig ausgestreckten Wurzeln.

Ich sah, wie der spanische Hauptmann energisch auf meinen Vater einredete. Zunächst schien mein Vater seine Vorschläge abzulehnen – welche es waren, konnte ich zu dieser Zeit nicht ahnen –, dann schien er einzuknicken, verschränkte beharrend die Arme, ohne dass sich der Spanier im Geringsten beeindruckt zeigte. Um wen auch immer es sich bei diesem rätselhaften Mann handelte, selbst aus der Ferne konnte ich erkennen, dass er nach und nach von meinem Vater Besitz ergriff.

»Dein Vater ist in großer Gefahr. Wenn er nicht stark bleibt, wird er einen großen Fehler begehen«, sagte der Baum, wobei sich der Mund in dem fächerartigen Gesicht leicht bewegte.

»Aber was kann ich tun?«

»Oh, weißt du, die Dinge ereignen sich. Ich habe gelernt, auch in Stürmen die Ruhe zu bewahren. Ich habe gelernt, dass es ein Gesetz gibt: Was du nicht willst, dass man dir tu, das füg auch keinem anderen zu.«

»Das hat mein Onkel mir auch mal so ähnlich gesagt.«

»Dein Onkel scheint ein kluger Mann zu sein.«

»Oh ja, das ist er.« Ich rieb meinen Kopf an dem knorrigen Stamm, ich fühlte mich bei ihm geborgen, es schien dem Baum zu gefallen. »Weißt du, was mein größter Traum ist?« Ich wusste, ich konnte es dem Baum erzählen, ohne dass er mich auslachte. »Ich möchte fliegen.«

Der Baum lächelte. »So viele Vögel sind von meinen Ästen geflogen, aber ich kann noch immer nicht fliegen. Wer weiß, vielleicht gelingt es dir.«

Die dunkle, harte Stimme meines Vaters rief mich zurück.

»Ich muss gehen, Baum. Danke, dass du da warst.«

Ich band den Rappen los und zog ihn hinter mir her.

»Wer weiß, vielleicht kommen wir doch noch ins Geschäft«, sagte der spanische Hauptmann gerade zu meinem Vater.

»Jedenfalls weiß ich jetzt, wo ich dich finde. Scheinst ja mit allem zu handeln.«

»Natürlich. Der Krieg lohnt sich sonst nicht. Von den Toten kann man nicht leben.« Ein merkwürdig nervöses Lächeln zuckte über das Gesicht des Hauptmanns. »Man sieht sich wieder!«

Die beiden Männer wechselten einen scheuen, aber schwieligen Händedruck und sahen sich verschwörerisch in die Augen, wobei mein Vater noch immer unsicher wirkte. Die Aura des Spaniers wirkte erdrückend auf mich, und ich hatte die Warnung des Baumes nicht vergessen. Dennoch hätte ich kein Wort sagen können, es wäre ungehört verhallt, zu sehr stand mein Vater unter dem Eindruck des Diebstahls. Ohne weitere Verabschiedung entfernte sich der Spanier. Hinter ihm dampfte der Dunst aus der feuchten Erde, bis der Mann im angrenzenden Wäldchen verschwand.

»Los, wir reiten noch ein Stück. Wenn wir eine Scheune finden, hauen wir uns dort aufs Ohr«, befahl mein Vater.

Wir fanden keine Scheune. Wir legten uns in ein Waldstück. Das Moos sog die stummen Tränen meines Vaters begierig auf, als sollten sie ungeweint bleiben. In diesem Moment wusste ich, dass der Baum recht hatte, mein Vater würde einen großen Fehler begehen. Erstarrt im Entsetzen schlief ich ein.

5. Bild: Die Schande des Verlierers

Erstarrt vor Entsetzen traten wir den Heimweg an. Mein Vater führte den Rappen am Zügel. Der Schwefelgeruch hatte sich in wacholdrigem Morgenduft aufgelöst, der von den taubenetzten Feldern herwehte. In Blüte stand die Heide im August und September, wusste ich von meinem Onkel Job Opgenrijn, aber schon die Ahnung ferner Pracht knospte an den letzten Märztagen.

Mein Vater ging nicht allzu schnell, doch von dem langen Weg fühlten sich meine Beine an wie Blei.

»Vater, können wir nicht ein Stück reiten?«

Mein Klagen scherte ihn nicht. Offenbar wollte er nicht allzu schnell nach Dülken zurückkehren. Dachte er an das, was der Spanier ihm vorgeschlagen hatte? Worum es sich auch immer handelte? Nur zu gern hätte ich seine Gedanken gelesen, doch jetzt fehlte mir die Gabe der Hellsichtigkeit, die sich offenbar nur in bestimmten Momenten einstellte. Dennoch ereignete sich etwas – wie soll man sagen? – Übersinnliches. Ja, das war wohl der richtige Ausdruck. Wenn ich schon die Gedanken meines Vaters nicht lesen konnte, träumte ich vor mich hin. Natürlich vom Fliegen. Ich folgte dem Gesang der Vögel, wobei meine Seele, ergriffen von diesem Konzert aus irdischen Schönheiten und majestätisch übernatürlichen Zeichen, Beruhigung fand. Lag es daran, dass mein Blick auf einen Schatten hinter einem Hünengrab fiel? Ich sah einen Schatten, nein, nicht den des spanischen Hauptmanns, sondern einen geflügelten, den ich als Schatten eines Engels deutete. Doch der Schatten löste sich in Luft auf, stattdessen sah ich nur noch ein Wesen weghuschen, und darin erkannte ich dann doch das Gesicht des Spaniers. Dies-

41

mal trug er keine Hauptmannsuniform, sondern eine schmutzige und zerlumpte Kutte, die eher an einen Vagabunden denken ließ. Nie im Leben widerfuhr es mir, vom Teufel besucht worden zu sein, allerdings kannte ich die Geschichten unseres Knechtes Lorenz, der den Teufel in unserem Stall gesehen hatte, worauf der Pfarrer kam, den Stall auszusegnen. In diesem Augenblick wusste ich, dass meine Vision von nichts anderem sprach als von der schlimmen Bedrohung, der mein Vater ausgesetzt war. Mich schauderte, meine Glieder zitterten wie durchtränkt vom Regen, der wieder eingesetzt hatte. Ich vernahm eine Stimme, diesmal kam sie von vorn aus dem überirdischen Zentrum meiner Visionen.

»Los, trödle nicht herum!«, maulte mein Vater.

»Warum können wir denn nicht ein Stück reiten?«

Wir passierten die Dammer Berge, umgingen Osnabrück und Münster, weil mein Vater keinen Fuß in die Stadtmauern setzen wollte, was unnötig Zeit gekostet hätte. Meine Füße schmerzten immer mehr, jede Klage blieb unerhört. Als der Abend hereinbrach, suchte mein Vater einen unbenutzten Stall, in dem wir nächtigten. Das Stroh wärmte zum Glück, denn die Nacht war sehr kalt. Ich hörte wieder Vaters leises Weinen und griff nach seiner Hand. »Vater, bestimmt wird alles gut.«

Ruckartig zog er die Hand weg und legte sie auf sein Gesicht, als ob meine Worte ihn nicht trösteten, sondern in noch tiefere Traurigkeit trieben.

Am Nachmittag des nächsten Tages erreichten wir die Süchtelner Höhen. Ein kräftiger Wind wehte uns den Qualm der Ziegelei entgegen. Der Geruch brandiger Erde stach in der Nase und legte sich, den Wald gelb überkriechend, auf die Felder Richtung Dülken. Eben hatten wir die Irmgardis-Kapelle hinter uns gelassen, an der ich ein Gebet und mein

Vater keines sprach. Tagesmatt lag die Sonne auf ein paar Federwolken, als die Türme der Dülkener Stadtmauer immer unheilverkündender vor uns an Größe gewannen.

Das nahe Ziel vor Augen, wurden meine Beine noch schwerer. »Ich kann nicht mehr«, quengelte ich.

Mein Vater zuckte nur achtlos mit den Schultern und blieb auf der Anhöhe stehen. Von keinem anderen Punkt sonst hatte man den Blick aufs Ganze. Vor uns erstreckten sich die getreideschweren Kraftlinien der Felder, und auf den Wiesen standen, als bevorzugte Garnierung des satten Grüns, muhende Kühe, die ausdauernd eben jenes Grün wiederkäuten, bis sie es durch ihre vier Mägen und ihr Gedärm geschleust zu dem Dung verarbeiteten, dessen penetranter Geruch es schaffte, den Brandgeruch der Ziegelei zu übertünchen. Mir kam es vor, als blickten sie uns vorwurfsvoll nach, als träfe uns die Schuld ihrer unerfüllten Sehnsucht, von jenen Stieren begattet zu werden, die mein Vater sich rauben ließ. Der Rappe schnaubte, während ich ihm auf die Seite schlug.

Von unaufhörlicher Unruhe getrieben, segelte die vom tiefen Abendrot ausgehöhlte Silhouette meines Vaters an den aufgeschossenen Gerstenähren vorbei. Noch immer blieben seine Lippen verschlossen und sein Blick stur nach vorn gerichtet. In der Honschaft Bistard lagen die Stallungen des Falck'schen Hofes, die mein Vater bisweilen als Unterstellplatz für eine Herde benutzte. Ich dachte an Lisbeth, Falcks Tochter, die etwa so alt wie ich war und bis in die Spitze der Trauerweide vor ihrem Haus kletterte, was ich mich nicht traute, und ich dachte daran, dass sie mich gefragt hatte, ob ich schon mal ein Mädchen geküsst hätte.

Als mein Vater ein paar Schritte vor mir durch das Steintor nach Dülken hineinging, versank die Abendsonne im Blut eines Wolkenlammes über Sankt Cornelius. Ein geschlagener

Krieger mit hängenden Schultern, hängendem Kopf und zerfleddertem Wams.

»Tach Henricus, wat is dich übber die Leber jelaufen?«, rief der Torwächter mit pfiffiger Miene.

Sein langer, grober Umhang, der ihm das Aussehen eines Schäfers ohne Herde verlieh, bauschte sich in der milden Abendluft. Während er unter seinem großkrempigen Hut hervorlugte, sprang er von einem Bein aufs andere.

»Wat isset, redeste nich mehr mit mir?«

Mein Vater blickte nur stur vor sich hin, worauf der Torwächter mir den Kopf tätschelte und ins Ohr flüsterte: »Dat jeht widder schnell vorbei.«

Er sollte sich täuschen.

Während der folgenden Wochen entwickelte sich mein Vater immer mehr zu einem wortkargen Ungetüm. Er sprach nicht mit meiner Mutter, nicht mit meinem Bruder Jasper, meinen Schwestern Walburga und Ruth und schon gar nicht mit mir. Natürlich hatte Mutter mich ausgefragt, und so gut ich konnte, berichtete ich ihr, ohne dass mein Vater auch nur ein einziges Wort dazu beisteuerte. Reglos stand er an seinem Stehpult und blickte zum Fenster hinaus.

Der erste Weg nach der Tragödie führte ihn zu Giovanni Barusi, einem Lombarden, der uns gegenüber auf der Mühlengasse wohnte und in dessen Wechselstube Söldner und Hauptleute vieler Herren Länder verkehrten. Barusis Ruf hallte weit über die Stadtgrenzen hinaus, er galt als einer der Reichsten im Herzogtum Jülich und den umliegenden Herrschaftsgebieten. Händler und Bauern baten um Anleihen, dem Bürgermeister borgte er Geld, dem Landvogt und selbst den Herzögen, die durch Kriegsverluste permanent finanziell klamm waren. Mehrmals versuchte mein Vater bei Barusi sein Glück. Einmal horchte ich an der Tür.

»Du weißt, Giovanni Barusi, dass ich dir alles bis auf den letzten Heller zurückzahlen werde.«

Barusi wies meinen armen Vater mitleidslos ab: »Der Teufel macht auf den größten Haufen, doch dein Haufen, Swart, ist kleiner als mein Fingernagel. Was soll ich dir denn leihen? Welche Sicherheit könntest du mir bieten, außer deinem ängstlichen Gesicht – doch damit ist kein Staat zu machen. Nichts für ungut, Viehhändler, hilf dir selbst, dann hilft dir Gott.«

Da selbst unser Haus mit Wechseln belastet war, verfügte mein Vater über keine Sicherheiten mehr. Es konnte nur noch eine Frage der Zeit sein, bis Barusi seinen Kredit von meinem Vater zurückforderte und uns unsere Hütte über unsere Köpfe hinweg verscherbelt würde.

»Herr, wo bist du, Herr? Ich brauche deine Hilfe!«, hörte ich meinen Vater mit gepresster Stimme vor Sankt Cornelius rufen.

Angst zermarterte sein Hirn. Seine vordem stechenden Augen, ohnehin schon fast durchscheinend, waren inzwischen milchig geworden, die Pupillen verschwammen auf der Netzhaut. Hohn und Spott sah er sich ausgeliefert, dabei ging er schon in Sack und Asche. Meine Mutter machte ihm keine Vorwürfe, doch die Traurigkeit in ihren Augen sagte mehr aus, als ein Vorwurf es je gekonnt hätte.

Sein Schicksal schien besiegelt: der Dülkener Gefängnisturm. Bei Gott, das Monstrum stand nahe der Lindenpforte, als äußerste Begrenzung der südlichen Stadtmauer. In nächster Nähe befand sich der Engelsturm, was zeigte, wie nah Gut und Böse beieinanderlagen. Aus dem Gefangenenturm gab es kein Entkommen. Kein Licht fiel in das fensterlose Verließ, wer einmal darin saß, ließ dort sein Leben.

Noch gab sich mein Vater nicht geschlagen. Sein nächster Weg führte ihn zu Bürgermeister Fegers. Bei Gott, Fegers, mit seinem knochigen, beißfreudigen Windhundgesicht! Er kungelte mit Schöffen und Räten, kroch dem Landvogt in den Allerwertesten und intrigierte beim Amtmann des Herzogtums Jülich, der in Brüggen saß. Seine provinzielle Strenge und sein Vertrauen einflößender Biedersinn stellten die ländlich niederrheinische Herkunft hinter der festlichen Eleganz eines zu Ehren gekommenen Bürgermeisters zur Schau. Ein Schmock. Immerhin, er hielt so gut es ging alles zusammen. Kein leichtes Unterfangen, der Krieg forderte seinen Tribut. Zahlungen waren zu leisten, das Kloster forderte den Zehnten, der Bischof ebenso wie der Landesherr. Der ziegengesichtige Ferdinand von Bayern brauchte immer Geld. Ferdinand, Kurfürst und Erzbischof von Köln, ohne jemals zum Priester oder Bischof geweiht worden zu sein, brauchte weitaus mehr als den Zehnten, um seiner Jagdleidenschaft zu frönen. Für seinen himmlischen Reichtum verstärkte er die Hexenverfolgung. Die von ihm eingesetzten Hexenkommissare gingen mit außerordentlicher Brutalität vor. Auch das kostete, im Namen des Herrn.

Und wieder horchte ich an der Tür, diesmal an der des Bürgermeisteramtes.

»Du siehst, mein Amt ist nicht leicht«, sagte der Bürgermeister. »Die hohen Herrschaften fordern viel von ihren Untertanen. Auch ich bin Untertan, wie du, wenn auch auf einer höheren Stufe als du, doch das tut nichts zur Sache. Ich würde gern mit dir über die Herrschaften und ihre Ungerechtigkeiten schwatzen, Swart, doch mich ruft meine Amtspflicht!«

Mein Vater rieb seine fleischige Nase. »Bürgermeister, die Herrschaften interessieren mich im Moment einen feuchten Kehricht. Gut zu wissen, dass du über sie denkst wie ich, nur hilft mir das jetzt nicht weiter. Du musst mir einen Teil meiner Tributschulden stunden!«

»Swart ...« Mit heimlicher Genugtuung ließ sich Bürgermeister Fegers das Bittgesuch meines Vaters auf der Zunge zergehen. »Sag selbst, Swart, wie soll ich das? Ich kann's nicht mal ohne Ratsbeschluss entscheiden. Und den würde ich nicht kriegen!« Und dann rechnete er vor: »Dem hier stationierten Regimentsstab wurden 9375 Pfund Fleisch, dem Oberstleutnant nebst seiner Kompanie 3724 Pfund Fleisch, dem Hauptmann Cruchten 3665 Pfund Fleisch und 3303 Maß Bier, dem Kapitän Hans Georg Freiherr von Rochlitz vom Gallas'schen Regiment 4755 Pfund Brot, 4572 Pfund Fleisch und 2956 Maß Bier geliefert ... Und denk an den rauen Hauptmann Crespu, der unsere Stadt kujonierte und allein für 205 Gulden Kerzen verbrauchte. So viele Kerzen verbraucht unsere heilige Kirche Sankt Cornelius im Jahr nicht[1].«

»Fegers, mein Freund, ich lass vor dir meine Hosen herunter, mir wurde meine Herde geklaut. Das ist mein Ruin, verstehst du das nicht?«

Der Bürgermeister hatte längst verstanden. Er setzte sein Windhundlächeln auf. »Schau, Swart, es gibt Dinge, die betreffen die Allgemeinheit, und es gibt Dinge, die betreffen einen Einzelnen.«

»Bürgermeister, du kannst mich nicht verrecken lassen.«

»Können und wollen, das ist ein Unterschied. Ich entsinne, mein lieber Swart, dass du dich als reichsten Viehhändler des Niederrheins bezeichnetest. Ein wenig hochtrabend, vielleicht, aber ein bisschen Geld wird dir doch noch geblieben sein!«

Mein Vater kam sich vor wie der Fußabtreter eines Königs. »Also, deine Hilfe kann ich in den Wind schreiben.«

»Es ist alles ganz eitel und ein Haschen nach Wind«, zitierte Fegers den König Salomon, aber er nahm immerhin Vaters

---

[1] *zitiert nach Doergens, »Chronik der Stadt Dülken«, S. 79*

Anzeige auf, worauf er ihm gleich bedeutete, dass bei einem Diebstahl dieser Art nicht mit einer Aufklärung zu rechnen sei.

Wollte ich ein Bekenntnisbuch über die Gedanken meines Vaters schreiben, gäben die Kränkungen, denen er sich ausgesetzt sah, Grund genug, seinen späteren Zynismus zu erklären. Es gab seinerseits weiß Gott Versuche genug, Verdächtigungen und Misstrauen zu beschwichtigen, ohne dass ihm wirklich jemand Gehör schenkte. Mein Vater verfiel in Resignation. Ein nach Angst duftender Geruch schwebte durch unser Haus. Und mein Vater trank schon morgens unmäßig vom »Dülkener Gold«, das in der Brauerei neben dem Pestfriedhof destilliert wurde. Wenn das gallige Gebräu ihm in den Magen sickerte, sagte er zu sich, dass er sich zum Teufel gar nichts mehr gefallen lassen musste. Mein Vater trank immer mehr in diesen Tagen und oft mehr, als ihm zu bekommen schien, manchmal nachts ging er neben die Stallungen auf dem Hof und kotzte sich die Seele aus dem Leib.

Seit der Tragödie ging mein Vater jeden Tag in die Corneliuskirche und kauerte an der Pieta. Weder Gebet noch Fluchen half. Jedes Mal in der Stille traf ihn die jammervolle Vision vom Rest seines Lebens wie ein Fluch in seinem Innersten. Dann ging er zurück, ging durchs Haus, treppauf, treppab, betrachtete die vertrauten Gegenstände, die ihn jahrelang umgeben hatten und von denen er sich nun trennen musste. Er dachte, und das sah ich genau an seinem Gesicht, an die Worte des spanischen Hauptmanns, und er dachte an die Demütigung, die man ihm zufügen würde. Jetzt schon redeten sie schlecht über ihn, nicht nur hinter vorgehaltener Hand, auf offener Straße spien sie ihm ihren Spott entgegen. Spott, aus dem leicht Hass werden konnte, hinter jedem Blick seiner Gläubiger steckte die unverhohlene Frage, wann er endlich seine Schulden begleichen würde.

Meine Mutter hob beschwörend ihre Hände. »Hör auf zu trinken, das macht nichts besser«, schluchzte sie, und mein Vater tat, was er zuvor nie getan hatte, er ohrfeigte sie.

»Henricus!«, schrie meine Mutter. Sie hielt schützend ihre Arme vor ihr Gesicht.

Er hörte sie nicht, ballte seine Fäuste.

»Nein!« Sie lief zur Treppe.

Er schlug blindlings um sich, traf das Geländer, die Stufen, die sie hinaufstürzte, verfehlte ihren Rücken, traf ihre Beine und brüllte: »Dann bringt mich doch alle um!«

»Vater!«, schrie ich und zerrte an seinem Wams.

Er trat nach mir, doch ich war gelenkig genug, seinem Tritt auszuweichen. Meine Mutter nahm den Besen neben der Speichertreppe und hielt ihn meinem Vater wie ein Schwert entgegen. »Komm zu dir, Henricus, sonst wird der Besenstiel auf deinem Kopf zerbrechen«, sagte sie mit ihrer festen, dunklen Stimme, die keinen Widerspruch duldete.

Ich sah, wie die Tränen meines Vaters über seine fiebernden Wangen liefen. In Strömen liefen sie die Treppe hinunter und vereinten sich hinter der Haustür zu einem reißenden Fluss.

6. Bild: Schlag auf Schlag

Die Tränen sollten so schnell nicht trocknen. Mitte Mai 1629 stellte unser Nachbar, der Schmied Dekkers, meinen Vater auf der Blauensteinstraße zur Rede. Natürlich liefen sie sich oft genug an der Haustür über den Weg, doch Dekkers wollte Öffentlichkeit, das sah man. »Swart, wann krieg ich endlich mein Jeld?«

»Man hat mir die Herde geraubt, weißt du doch«, antwortete mein Vater.

»Soll dat heißen, ich krieg mein Jeld nich?« Dekkers, ein vierschrötiger kräftiger Mann mit Armmuskeln wie Ballons, schubste meinen stolpernden Vater vor sich her. »Heißt dat dat? Sach wat Sache is.«

Ausgerechnet Dekkers, von dem niemand wusste, wie er es als Schmied zu so viel Geld gebracht hatte. Die Leute spotteten über ihn, über sein langes schwarzes Haar, das fettig am Kopf klebte, einem schiefen Kopf mit feuchten Specklippen und eng zusammenliegenden Augen. Seine blasse Haut schien wie gemacht, um Hitze und Kälte zu widerstehen. Schon sein Vater war ein Mann gewesen, der überall seine Finger drin hatte, ein Krakeeler und Drangsalierer, einer wie ausgesucht für alle möglichen Geschäfte, wie dunkel sie sein mochten. Dekkers, dessen Blick meinen Vater fixierte, war jemand, der schon öfters vor den Richter zitiert worden war, weil er im Suff um sich geschlagen oder betrogen hatte.

»Ich werde das Geld schon irgendwie beschaffen.«

»Irjendwie is kein Antwort. Jetz will ich mein Jeld. Jetz!«, keifte er mit seiner breiten und lärmenden Stimme.

»Lass mich in Ruh«, keifte mein Vater zurück.

»Nix in Ruh. Ruh is am Ende. Ich will dat Jeld sehn.« Er

schubste ihn von einer Straßenseite zur anderen, und mein Vater torkelte, als hätte er zu viel vom »Dülkener Gold« getrunken, doch nicht der Genever machte seinen Schritt schwer, sondern Angst. »Wenn du dat Jeld nich has, sorje ich dafür, dat du morjen innen Schuldturm komms, du Lump, du dreckijer Lump, du!«

Sie näherten sich dem Marktplatz, wo sich an der Ecke zur Blauensteinstraße ein stinkender Pfuhl erstreckte, in dem sich die Schweine wälzten und in den die Köter pinkelten, wie's gerade auskam, und die Vögel tranken trotzdem daraus. Aber sonst schöpfte niemand daraus Wasser, normalerweise jedenfalls nicht. Hinter den Fenstern sah man die fahlen Gesichter der Neugierigen, Masken mit dem Ausdruck heimlicher Freude.

Dekkers Wut steigerte sich immer mehr. »Dich mach ich platt, du«, seine schallende, grobe Stimme ließ sich über ganz Dülken vernehmen. »Guckt euch dat Drecksschwein an! Schuldet mir säckzisch Joldjulden. Hört üch dat an: Säckzisch Joldjulden schuldet dä mir un jetz will der nich zahlen!«

Dekkers packte meinen Vater beim Kragen, doch der drehte sich mit einer flinken Windung aus den kräftigen Händen und lief Richtung Pfuhl, sprang über herumliegende Hölzer und Zweige, doch es reichte nicht, mit einem Sprung rammte der kräftige Schmied meinen jammernden Vater in das schlammige Wasser.

»Dir werd' ich et zeijen! Schande über dich! «, rief er, die Schläfen in seinem zornerhitzten Gesicht pulsten. »Schande über dich!«

Die Arme, die meinen Vater nach unten drückten, besaßen eine ungeheure Kraft. Instinktiv drehte sich mein Vater zur Seite, um dem Griff zu entkommen, doch sein Gegner drehte ihn wieder zurück. Mein Vater spannte sich an, versuchte, die Beine unter den Leib zu ziehen. In diesem Augenblick fürchtete er, dass er es nicht schaffen könnte. Dekkers war einfach stärker, patschte mit seiner fleischigen Pranke in Vaters Gesicht und drückte es unter Wasser. Mein Vater nahm seine Kräfte zusammen und stieß sich mit aufgestützten Ellenbogen vom Boden des Pfuhls ab. Der plötzliche Widerstand überraschte Dekkers so sehr, dass er aus dem Gleichgewicht geriet. Mein Vater atmete durch. Nicht lange, und Dekkers hatte sich wieder gefangen. Er drückte meinen Vater mit seinem ganzen Gewicht zurück auf den Boden des Pfuhls. Der Rücken meines Vaters brannte wie Feuer, während er sich hin und her drehte, ohne Dekkers' Griff zu sprengen. Diesmal hatte er verloren. Dekkers schleifte ihn in die Mitte, wo der Pfuhl ein paar Fuß tief war, und drückte ihn unter Wasser. Plötzlich sah mein Vater einen Stock. Er ragte aus dem Schlamm direkt vor seinem Gesicht. Mein Vater konzentrierte sich darauf, den Stock mit seinen hilflos paddelnden Händen zu erreichen.

Mit der Schnappatmung eines verendenden Fisches rang er nach Luft. Immerhin gelang es ihm, mit den Fingerspitzen den Stock zu erreichen. »Heb dieses verdammte Ding hoch!«, befahl er sich und bog seine Hand zur Kralle. Der Stock bewegte sich leicht. Mein Vater riss ihn an sich. »Schlag zu! Schlag jetzt zu!«

Im gleichen Moment riss Dekkers ihn am Kragen hoch. Mein Vater verlor den Stock. Er stieß die verbrauchte Luft aus der Lunge.

»Dich mach ich fertig, Männeken!« Dekkers' Specklippen flatschten.

Mein Vater sah Dekkers feixenden Vierkantschädel, die eisernen Arme tauchten ihn wieder unter, rissen ihn erneut hoch … Das Spiel wiederholte sich in nicht enden wollender

Grausamkeit. Ich sah, dass mein Vater am Ende war. Der Kampf raubte ihm seine Kräfte. Auf seinem Gesicht stand der gleiche erschrockene Ausdruck wie an dem Tag, als ihn die Viehdiebe beraubten. Doch in der Sekunde, als ich ihn verloren glaubte, wechselte sein Gesichtsausdruck und bekam etwas fratzenhaft Böses, als ergriffe ihn ein Dämon. Instinktiv drehte er sich um die eigene Achse. Die plötzliche Richtungsänderung schien Dekkers zu überraschen. Er kippte zur Seite. Vaters Schlag gegen die Schläfe riss ihn kurz aus dem Gleichgewicht. Der Griff des Schmieds lockerte sich, mein Vater versuchte, die Beine anzuwinkeln. Dekkers schüttelte sich und drehte seinen Arm in Vaters Brustbein. Er besaß eine Kraft, die keinen Zweifel an seiner mörderischen Absicht ließ. Mit seinen prankigen Händen hieb er auf meinen Vater ein. Der Schmerz nahm zu, das sah man. Warum griff keiner ein? Alle standen sie herum und gafften mit einem blöden Grinsen im Gesicht.

Was sollte ich tun? Ich rief nicht einmal »Vater«.

»Du bleibs mir nix schuldich!«, brüllte der Schmied mit einer Stimme, die das Mittagsgeläut von Sankt Cornelius übertönte.

Mein Vater wusste, dass er keine Chance mehr besaß. Diesmal würde der Sensenmann siegen – und träumte er nicht ohnehin davon? Ich sah, wie mein Vater mechanisch die Augen schloss. Alles Dämonenhafte verschwand aus seinem Gesicht. Er schien das Bewusstsein zu verlieren, und jetzt traute ich mich doch zu schreien: »Vater!«

Gab es eine Reaktion außer einem dummen Lachen?

»¿Por qué no traes ante nosotros a los ángeles, si eres hombre veraz?!« – »Würdest du uns doch die Engel bringen, so du zu denen gehörst, die die Wahrheit sagen!«, rief der spanische Hauptmann, dessen Stimme, obwohl sie wuchtig

53

bebte, nichts von ihrer Feinheit verlor. Mit einem gewaltigen Satz sprang er herbei. In diesem Moment kam er mir vor wie ein Engel, und es war mir egal, ob es ein schwarzer Engel war, wenn er nur das Leben meines Vaters rettete. Der Hauptmann griff im Laufen einen Spaten vom Boden und zielte mit voller Wucht auf Dekkers' Rücken. Der Schmied schnellte schmerzschreiend hoch. Der zweite Schlag verfehlte ihn nur um Haaresbreite. Er wirbelte zur Seite und packte den Stiel. Mit unbändiger Kraft zerrten beide daran.

»Aug' um Auge, Zahn um Zahn«, schrie der Spanier.

Der Hauptmann war stark wie ein Teufel. Geübt im Kampf, sprang er zur Seite weg, wartete den Angriff des Schmieds ab, wich neuerlich aus, um seinen Gegner mit einem mächtigen Tritt gegen das Brustbein zu Fall zu bringen. Der Schmied krümmte sich starr vor Schmerz nach hinten und fiel kopfüber in den Pfuhl. Der Spanier hob den Spaten über den Kopf und holte zu einem vernichtenden Schlag aus.

Mein Vater sprang auf. Mit flammenden Augen blickte er auf den Schmied herab. »Wozu ihn umbringen?«, rief er, während er den Stiel des Spatens umklammerte. »Der wird schon noch früh genug an seinem eigenen Hass zugrunde gehen.«

»Ihr dreckijen Schweine«, schrie der Schmied.

Plötzlich geriet mein Vater ins Lachen, in ein herzliches Lachen, das ihn rüttelte und den ganzen Modder und Schlamm abschüttelte. Seine Klamotten verströmten kloakigen Dunst. Der Matsch klebte noch unter seinen Füßen, doch seine Schuhe traten wieder auf festen Boden.

Ich lief zu ihm und ergriff seine Hand. »Vater, warum hat man dich verprügelt?« Als hätte ich es nicht gewusst.

Mein Vater antwortete nicht. Er schien mich überhaupt nicht

wahrzunehmen. Im Nebel der Erschöpfung lichteten sich seine Gedanken. Er plauderte mit dem Spanier wie mit einem alten Freund. Wenig später standen sie vor dem Schreibpult, tranken »Dülkener Gold« und lachten miteinander, als könnte man den Ernst der Lage einfach so vergessen ...

7. Bild: Eine Vision

Mit dem Ernst eines Kindes, das sich vom Schrecken des Alltags ablenken will, beobachtete ich den Turmfalken, der im Sturzflug vom Kirchturm herabstieß und eine Maus am Treppenaufsatz schlug, die ich nicht einmal bei genauerem Hinsehen entdeckt hätte. Ich bedauerte die Maus, der ein grausames Ende gewiss schien, doch der majestätische Flug des Falken stürzte mich in eine Vision. Die Menschen werden sich nicht mehr hassen, wenn sie fliegen können, dachte ich und legte suchend meinen Kopf in den Nacken, doch der Falke war zwischen den tief hängenden Regenwolken verschwunden.

Sankt Cornelius erhob sich majestätisch über der Stadt, gekrönt von einem steilen Dach und einem Turm, der schwindelerregend den Himmel zu erstürmen schien, beherrscht von mächtigen Heiligen und einem Giebelfeld voller Figuren: Wasserspeier, Dämonen wie Engel, spuckten aus der Höhe den Regen zu Boden. Der Haupteingang war ein gebogenes Steinrelief mit fünf parallel laufenden Bögen, wobei die drei mittleren nach außen ein kleines Stück weiter vorragten. Zum Portal führte eine mächtige zweiflügelige Tür aus Eichenholz, die größer war als das größte Scheunentor Dülkens, in Falcks Bauernhof. Knarrend sprang es auf und öffnete den Blick auf die gewaltigen gezwirbelten Säulen, auf denen der dreischiffige Bau ruhte, Abbild des Himmlischen Jerusalem. Im Weihwasserbecken schwamm eine Kaulquappe. Die hatte der Teufel ausgesetzt. »Jesusmaria.« Trotzdem bekreuzigte ich mich wie üblich.

Die schweren Weihrauchschwaden der Frühmesse schwammen noch in der Luft. Im Osten brach die Morgensonne durch und erweckte die vielfarbigen Fenster des Chors zum Leben. Der Lichtschimmer durchstrahlte die Gewänder der gläsernen Heiligen und erleuchtete das durchscheinende Antlitz des lehrenden Jesus, dessen stumme Rede meine Augen aufsaugte und in innere Wörter verwandelte. Staub tanzte durch das gebrochene Licht, das wie mystische Ströme den Altar überflutete. ›Aus Staub sind wir genommen und zu Staub werden wir wieder. Verscharrt in dunkler wurmiger Erde.‹ Schon viele Tote hatte ich gesehen, nicht nur die der marodierenden Truppen, die ihre Toten vor den Stadttoren stapelten, wo man sie dürftig mit Erde bedeckte, Fraß schmutziger Schweineschnauzen und hungriger Kötermäuler, bevor die Raben die Reste zerpickten, bis auf den letzten Rest, der den Würmern zum Opfer fiel.

Zu Füßen des Glas-Jesus saßen zwei Engel mit Harfen. Wer genau hinhörte, konnte ihren Gesang vernehmen. Ansonsten war es still, nicht einmal das Geraschel von Kirchenmäusen war zu hören – und Kaulquappen waren ohnehin stumm. Aber in der Luft stand eine Melodie, ich hörte sie deutlich, eine Engelsmelodie, zart äolische Harfentöne. Alles begann zu schwingen, zu leben, zu fließen. Ich merkte, wie mich eine gewaltige Lichtwelle durchflutete, eine Kraft riss mich mit, die mir einen wohlig warmen Schauer über den Rücken jagte, und ich kniete, entrückt von meiner Vision, in der ersten Bank. Eigentlich war ich in die Kirche gekommen, um für meinen Vater zu beten, doch ich fühlte mich von einer unsichtbaren Hand von dem Gebet weggezogen, was bei mir keine Schuldgefühle auslöste, denn kein Zweifel bestand daran, dass ich es nachholte. Nein, ich musste zuerst mit Gott über etwas anderes sprechen, so sehr mir auch die Not, was aus unserer Familie würde, am Herzen lag.

»Gott, du hast die Vögel das Fliegen gelehrt. Stehen sie nicht unter uns? Ich meine, sind wir Menschen nicht klüger als sie? Wir können alles, was Tiere können, laufen, kriechen, schwimmen, klettern, springen. Warum nicht fliegen?«

Es konnte nicht schwer sein. Doch wenn ich den Kirchturm hinunterspränge, würde ich fallen wie ein Stein. Plumps. Tot. Kein noch so heftiges Schlagen mit den Armen könnte meinen Sturz abfangen.

»Mein Herr und mein Gott, ich kann nicht länger warten«, rief ich.

»So isses. Ich kann nicht länger warten, Tillmannchen. Ich brauche dein Gedicht für den Unterricht«, sagte eine sonore Männerstimme, die zweifellos nicht Gott gehörte, sondern Job Opgenrijn, dem Küster und somit Lehrer und der obendrein mein Onkel war.

»Was hast du gesagt?«, fragte ich und begann zu lächeln.

»Das Gedicht, Tillmannchen. Für den Unterricht.«

Job Opgenrijn, der beleibte Mann mit den rötlichen Fischlippen, die sich aufstülpten und zwei vorstehende Vorderzähne zeigten, schnaufte. Alles an ihm war rötlich. Sein Haarkranz, der seine polierte Glatze umgab, sein gekräuselter Kastanienbart und sein speckig glänzendes Mönchsgesicht. Er neigte zur Fettleibigkeit, dieser Job Opgenrijn, woran seine Unart, Unmengen jeglicher Nahrung in sich hineinzuschlingen, Schuld trug. »'S is eine Viecherei«, pflegte er zu sagen, bevor er die nächste Ladung einfuhr. An einem Eisbein mit Speck konnte er nicht vorbeigehen, und auch Innereien vertilgte er massenhaft, Mägen von Gänsen und Hühnern, Leber, vor allem Nierchen, am liebsten nicht zuvor in Milch eingelegt, damit der pissbittere Geschmack blieb. Mit besonderer Vorliebe schlürfte er den glibberigen Milchner, das Sperma des Herings, und passend dazu die Eier des Weibchens, den rauen Rogen. Was sich wie ein Henkersmahl ausnahm, galt in Wahrheit als Köstlichkeit und vereinigte sich in seinem Bärenmagen zu einem kräftigen Grummeln, das, zunächst geräuschvoll durch seine Gedärme gepresst, sich schließlich in einem Windhauch entlud, den der Prediger Salomo nicht als eitel bezeichnet hätte. »'S is eine Viecherei«. Ebenso schlappte er Wasserschnecken und Miesmuscheln weg, die am Niederrhein eine besondere Köstlichkeit waren. Heringsstipp musste mit Gurkenhappen angemacht sein, Frösche mied er. Sie galten ihm als unrein. Wer ihn sah, dachte an jene rollenden Fässer, die die Klöster bevölkerten, als das gemeine Volk Not litt.

Job Opgenrijn war weitherzig, großzügig und anders. Er gab sich mit dem Beruf des Küsters zufrieden, nicht weil er kein guter Theologe hätte werden können, sondern weil ihm die Theologie die Freiheit des Denkens verdorben hätte. So verwaltete er die Vorratskammer, überwachte die Reinigungskräfte, schmückte die Altäre, und, als wäre das alles nichts, unterrichtete er die Dülkener Kinder. Er unterrichtete alle, egal welchen Alters, von sieben bis vierzehn, einzelne Schulklassen gab es nicht, und für manche war Schule ein viel zu großer Luxus, weil sie auf dem Feld helfen mussten oder an den häuslichen Webmaschinen, und er unterrichtete eine Mädchengruppe, aber nur heimlich, denn die Mutter Kirche duldete das nicht.

Der dicke Job Opgenrijn wurde von allen geliebt, nur nicht von meinem Vater. Immerhin genoss ich dank Onkel Job einen besonderen Schutz, er hielt mich für den Begabtesten, den er jemals unterrichtet hatte. Ich konnte nicht nur schöne Gedichte schreiben, ich verstand mich auch aufs Rechnen und konnte außerordentlich gut zeichnen, wobei ich vorwiegend Vögel mit ausgebreiteten Flügeln zeichnete, eine Perspektive, die meinem Onkel teuflisch vorkam. Er brachte mir Latein und Griechisch bei und wies mich in die Schriften von

Nicolaus von Kues ein und in die spirituelle Praxis des Meister Eckhart, was kirchlicherseits ebenfalls verboten war.

»Dat Tillmannchen kann ein zweiter Thomas von Kempen werden«, sagte er jedem, der es hören wollte oder auch nicht, »Tillmann von Dülken, verstehste, das würde ein blendendes Licht auf unser Städtchen werfen!« Vor allem mein Vater wollte nichts davon hören, hatte er doch für mich eine Karriere als Viehhändler geplant.

»Was is nu mit dem Gedicht?«, fragte Onkel Job.

Ich zog ein zusammengefaltetes Pergament aus meiner Hemdtasche. »Heute Morgen hab ich's geschrieben.«

In aller Seelenruhe, wie es seine Art war, faltete mein Onkel das Blatt auseinander und las laut vor: »Blut düngt die Felder,/Sturm mäht die Wälder,/Schaf macht mäh/Rabe kräh/Tot liegt der Soldat im Schnee./So geht das Leben vorbei,/Tandaradei …«

Schwer atmend faltete mein Onkel das Pergament zusammen. Sein Kopf wackelte bedenklich, wie eigentlich nur dann, wenn er drohte auszuplatzen, weil er sich fürchterlich erregte. »Tillmannchen, ein Spottvers is eine Viecherei. Schäm dich! Bei Gott, ich brauch ein Maiengedicht«, schnaubte er und rezitierte mit geschlossenen Augen: »›Diß Ort mit Bäumen gantz vmbgeben/Da nichts als Furcht und Schatten schweben/Da Trawrigkeit sich hin verfügt /Da alles wüst' vnd öde liegt …‹ Von unserem Martin Opitz, hat er schön geschrieben. Tillmannche, das is Kunst, daran sollste dich orientieren!«

»Ist er nicht evangelisch?«

»Kunst ist Kunst, und Schnaps ist Schnaps. Merk dir eins, die Kunst kennt keine Grenzen.«

Ich zuckte mit den Schultern, riss meinem unaufhörlich wackelnden Onkel das Pergament aus der Hand und lief damit in die Sakristei, denn ich wusste, wo sich Feder und Tinte befanden. Mit schwerfälligen Schritten hampelte mein Onkel hinterher und sah mit seinem grinsenden Speckgesicht zu, wie ich einen Vers verfasste. »So viele Dinge/ruft ins Gedächtnis mir/die Kirschenblüte./Gib, dass Liebes Glut/Erwecke Herz und Mut,/Dass wir, ehe wir vergehn,/In uns auferstehn.«

»Schön, Tillmannchen. Schön, schön, bist ein begnadetes Kerlchen. Sollt mich wundern, wenn aus dir nix Gescheites wird.«

»Letztens, als ich die Lateinvokabeln nicht auswendig konnte, hast du noch gesagt, aus mir wird nichts …«

Ich musste nichts tun, als einfach die Tinte fließen zu lassen. Ich machte mir keinerlei Gedanken, irgendeine Kraft schrieb durch mich. Er strich mir wohlwollend durch das widerborstige Haar. »Das mit deinem Vater ist wirklich eine üble Sache.«

»Hast du diesen Spanier gesehen?«

»Merkwürdiger Bursche.«

»Er ist schon letztens aufgetaucht, kurz nach dem Diebstahl.«

»Vielleicht isses der Teufel«, sagte mein Onkel mit einer Stimme, die aus vollem Magen kam. Er hob beschwörend die Hände zur Madonna auf dem Schrank: »Heilige Mutter, bewahre uns vor Teufeleien aller Art!«

Ich rannte zum Portal. Schwerfällig stapfte Onkel Job hinterher. Auf den Kirchenstufen, die hinaus zur Stadtwaage führten, saß eine einzelne weiße Taube, das Symbol für den Heiligen Geist. Sie flatterte auf, als Onkel Job in die Hände klatschte. Ich folgte ihrem Flug, bis mich die Sonne blendete, die über dem Kirchturm stand.

8. Bild: Die Erniedrigung

Als mich die Sonne über dem Kirchturm blendete, breitete ich meine Hand gegen die Stirn wie einen Schirm. Mittwochs war Wochenmarkt, ein Regenbogen aus Körben und Leinentüchern spannte sich über den Ständen. Ellengroße Käselaibe, ausgestelltes Fleisch: Schweinsköpfe, Schweinshaxen, kratzig und hart; Innereien, fliegenumschwirrt: Rinderzunge, Kalbshirn, Hühnermagen und Girlanden glänzender Würste. Gemüse, Kräuter, Früchte, Düfte und Farben in wunderbarer Auswahl, die sich trotzig ausbreitete. Der Krieg wütete Ende Mai 1629 längst nicht mit voller Macht am Niederrhein.

Der einhändige Jupp jonglierte mit Kalbshaxen, wobei er seine Hand und den abgehackten Armstumpf nahm, und sang dabei zotige Lieder: »Rabbel-di-wabbel-di-schnabbel-ferkesfutt,/Fleesch is Fleesch./In die Zupp mutt wat mutt … jeck, jeck …«

Es gelang ihm, drei Keulen für Minuten in der Luft zu halten, früher hatte er zum fahrenden Volk gehört und die Kirmessen abgeklappert. Ein Glück, dass er beim ollen Metzger Plum Unterschlupf fand, auch dessen junge Frau Magdalene war herzallerliebst, und es störte sie nicht, dass der einhändige Jupp nur eine Hand hatte. »Wat manscher nit mit zweien kannt, dat mache isch mit einer Hand.« Schwuppdiwupp. Wenn er nicht jonglierte, kasperte er den Marktweibern am Bandel herum. Freude in Zeiten des Krieges war dermaßen rar, dass eine schlüpfrige Hand das Alltagsgrauen vertrieb.

»Edle Frau, es geht um die Wurst, kauft einen saftigen Schinken und presst ein Glas Marmelade daraus. Es lässt Eurem Herrn Gemahl die Augen übergehen und steigert ungemein die Lustbarkeit«, sagte der einhändige Jupp mit plötzlich veränderter Stimme, aber das wollte niemand hören. Auf dem Markt sprach man Starkdeutsch: »Mak dich Freud oder inne Bux,/nur pass op befür ma disch de Jeld abluchst …«

Vielleicht war Dülken die niederrheinischste aller niederrheinischen Städte, weil die Absurdität des Daseins Blüten trieb und Stilblüten das Mittel der Vernunft waren. Als ›Ein Lob der Torheit‹? Wohl eher nicht. Ein Lob des Ungefähren – unbedingt.

»Hab dich nit so. Hab mich doch lieb …«, raunte der einarmige Jupp, ein Taubenei schlürfend, bevor er wieder anhob zum Gegröl mit seiner rauen Zitterstimme: »Hut ab, Dames und Herren, bei oos fließt e Flüsske, dat nirjends entspringt,/Dat jibt et nur in Dölke, wo der Neumond versinkt/Die Nette is nett, net nett wie e Brett, nee, nett wie die Nett … jeck, jeck …«

Ungefähr so wie das Flüsschen Nette. Nette? Bei Gott, welch ein Name! Die Nette, ein Flüsschen ohne Quelle, jedenfalls wusste niemand, wo sich in drei Teufels Namen die Quelle befand. Mutmaßungen gab es darüber, Verdachtsmomente, aber keinen eindeutigen Beweis. Irgendwo unter der Moselstraße sollte sie liegen. Überhaupt, die Moselstraße hieß so, weil irgendwo unter ihrem lehmigen Boden zwischen Pestfriedhof und Brauerei der Fluss entspringen sollte. Nein, nein, nicht der große Fluss, der an Trier und Cochem vorbeifloss. Die Dülkener hatte ihre eigene Mosel, die Nette. Mosel hieß so viel wie ›triefender, fließender Fluss‹. Die Nette, ein Fluss also oder doch eher ein Unfluss, weil ohne Urquell, bei Gott, das war, als würde eine Mühle auf dem Mond in einem tiefen Krater stehen, wo kein Wind wehte, eine Narrenmühle.

»Da, guckguckguck, der Kuckuck eiert über dem Ei des Palumbus«, sang der jecke Jupp.

Bei Gott, die Dülkener kämpften gegen Windmühlenflügel und waren selbst der Wind, der sie antrieb. Don Quijote hätte auch am Niederrhein geboren werden können.

Gleich am Pfuhl stand Beckers Mim, die sich laut mit ihrer Krähe auf ihrer Schulter unterhielt, wobei sie meistens über das Wetter sprach und alle Heiligen und Unheiligen anrief, damit die Sonne am Himmel blieb und der Regen zur rechten Zeit fiel.

Ich lief meiner Mutter nach und ergriff ihre Hand.

»Tillmannche«, sagte sie, und, indem sie mir ihr weißes Gesicht zuwandte, strich sie durch mein widerborstiges Haar.

Ich griff ihre Hand und wusste, dass sie mich festhielt, weil sie mich lieb hatte.

»Milch. Ich brauche Milch«, sagte sie am Stand der alten Agatha.

»Milch, Katrieneke, da musse selbs een Kuh melke. Dinne Mann is ja Viechhändler. Da mütt ör üch ma een Kuh halde.« Die runzelige Bäuerin trat an meine Mutter heran: »Von mich kriese nix. Du has den janzen April nich betalt un im Mai ooch noch nit!«

Das weiße Gesicht meiner Mutter rötete sich, und sie ließ meine Hand los. Um sie der Bäuerin ins Gesicht zu schlagen? Aber nein, dazu war sie zu fein. Meine Mutter war gewohnt, einen großen Haushalt zu führen, das hatte Onkel Job erzählt. Sie waren auf einem reichen Bauernhof in Breyell groß geworden. Ihr machte es nichts aus, mit anzupacken und das Gesinde zu befehligen. Aber immer war sie dabei still und zurückhaltend, wie eine sanfte Heilige. Ihre langen strohigen Haare, widerborstig wie meine, hatte sie mühsam zu einem Dutt zusammengezwungen. Ihr blasses ovales Gesicht hatte feine

Gesichtszüge, was ihr tatsächlich das Aussehen einer sanften Heiligen verlieh, eine längliche, gebogene Adlernase, zwei schwarz funkelnde, wache Augen, über die sich die Bögen ihrer blassen Augenbrauen ebenmäßig wölbten. Aber sie hatte auch etwas Schwindsüchtiges an sich, und die meisten fanden sie nicht sonderlich attraktiv. Ein Teil von ihr war freundlich, ein Teil streng – das erzeugte eine unbestimmbare Dissonanz, die ihre Umgebung – bis auf mich – verunsicherte. Ihr Herz kannte zwar nur die kleinbürgerliche Enge, aber sie dachte tiefer als mein Vater, ungefähr so wie ihr Bruder Job. Es lag eine gewisse Freiheit des Geistes darin, doch letztendlich unterwarf sie sich der Kuratel meines Vaters, sei es aus Resignation oder aus Freude an der eigenen Unmündigkeit. War es nur diese biedere Engstirnigkeit, die nicht zulassen konnte, die engen Grenzen zu überwinden? Wie auch immer, sie ermutigte mich, über die Kirchturmspitze hinauszusehen und frei zu denken. Vielleicht hatte ich meinen Traum vom Fliegen mit der Muttermilch eingesogen.

Meine Mutter liebte Märchen. Sie lebte in dem Glauben, sie könne aus mir einen Prinzen machen. Das kam nicht von ungefähr, sie brauchte mich größer, als ich war, denn meinen Vater konnte sie nicht größer bekommen. Auf meinen Gedankenflügen musste ich die Kronen, mit denen mich meine Mutter in Gedanken krönte, jedes Mal in der Sonne zerschmelzen lassen, weil mir sonst der Kopf zu schwer geworden wäre von der Last der Erwartung. Nie spürte sie die Wellen der Scham, die über mich hinwegströmten, wenn sie mich vor meinen Geschwistern lobte. Wenn ich Angst hatte, wagte ich niemanden zu rufen. Auch sie nicht. Nur in der Fantasie rief ich nach ihr, versuchte sie herbeizuhalluzinieren, denn ich wünschte, ich könnte meine Ängste in ihre Hände strömen lassen.

Manchmal sah ich sie hilflos, so wie der alten Marktfrau gegenüber, wie sie auf ihre Lippen biss, um kein falsches Wort zu sagen, und mit verkrampften Händen ihren Einkaufskorb umgriff.

»Du bekommst dein Geld, Agatha«, sagte sie beschwichtigend und lächelte mild. Die Leute hatten sie immer mit Respekt behandelt. Das beruhte auf Gegenseitigkeit.

Die schrumpelige Bäuerin reichte ihr kopfschüttelnd den Milchkrug zurück. »Mit ein Läscheln kann ma keine Milch bezahlen.«

»Du kriegst das Geld, das weißt du doch.«

»Dat hastu letztes Mal schon jesacht«, kreischte Agatha mit ihrem Marktschreierorgan.

»Du weißt, dass ich nicht so eine bin, die überall Schulden macht.«

»Nee, nee, dat sagen se alle. Anschreiben kann ich nit mehr, Katrieneke.«

Meine Mutter litt es, dass sie um die Gunst der Alten buhlen musste und trotzdem leer ausging. Rasch bediente die Alte die Nächste und goss, zuerst in das Maß, dann in den Krug, die fette weiße Milch. »Weil ihr et seid, will ich heute ma jroßzügich sein«, hofierte sie die andere Kundin und gab noch ein Quäntchen hinzu, wobei sie ihre runzeligen Finger vorsichtig bewegte, damit es nur nicht zu viel würde. »Die beste Milch, di ma kriejen kann!«

Die Scham der ganzen Welt schlug über dem Herzen meiner Mutter zusammen. Sie fraß sie in sich hinein und umklammerte den Einkaufskorb mit beiden Händen. Der einhändige Jupp ließ eine Kalbshaxe über dem Kopf meiner Mutter kreisen. »Feindsliebchen, mach dich doch net jeck, wann du muss reiten, ich han 'ne Steck …«

Die Maisonne stand zur Mittagsstunde fast senkrecht über

dem Kirchdach, das Licht fiel schräg auf den Marktplatz. Meine Mutter ging mit schnellen, kurzen Schritten, den Kopf in den Nacken gelegt, um bloß keine Schwäche zu zeigen. Ihr Gesicht bekam einen leidenden Zug, dem nur ihr hochmütiger Blick widersprach. Es war keine echter Hochmut, nur das spitze Schwert ihrer Verachtung, das sie den tuschelnden Gaffern in die Augen stieß. An der Ecke zur Blauensteinstraße wartete Onkel Job, ins Angelus-Gebet vertieft. Meine Mutter und ich stimmten ein, und er folgte ihrem Schritt, ein Blickkontakt hatte genügt.

Zu Mittag gab es Muure Jubbel, eine Köstlichkeit aus gelben Möhren, Dicken Bohnen, Pastinaken, Speck, Schoten, Rippchen, Knoblauchskraut und Honig. Die Hausmagd schlug die Glocke. Die beiden Knechte und Mägde aßen an einem Nebentisch. Die Familie saß um den großen Tisch in der Küche. Neben meiner Mutter saß mein Vater, daneben ich als Erstgeborener, daneben mein Bruder Jasper und meine beiden Schwestern, Walburga und Ruth, und Onkel Job schloss den Kreis. In letzter Zeit war er, obwohl sich mein Vater und er in herzlicher Abneigung begegneten, ein gern gesehener Gast, denn er brachte Gemüse und Fleisch mit.

»Guten Hunger!«, sagte Vater, nachdem ich das Tischgebet gesprochen hatte.

Ich brach ein Stück Brot ab und tunkte es in die steife Suppe. Jasper machte es nach und fing sich gleich eine Ermahnung meines Vaters ein. »Das Tillmannchen darf immer alles.«

Mein Vater erhob drohend den Zeigefinger: »Bei Tisch wird nicht gesprochen«, aber das musste er erst gar nicht sagen. Jasper kaute mürrisch vor sich hin. Er war vier Jahre jünger als ich, fix mit den Händen und langsam im Denken.

Wir waren wie Hund und Katz. Kaum besser gestaltete sich das Verhältnis zu meinen beiden Schwestern, aber die waren erst vier und fünf. Ruth und Walburga griffen gleichzeitig nach dem Brot. Ich sah ihre Gier und Geschicklichkeit, wie sie die herausbrechenden Krümel mit ihren Fingerchen in die Suppe warfen. Mein Vater hob den beunruhigten Blick und aß wortlos weiter. Ich sah, das Schlucken fiel ihm schwer. Er würgte an seinem Untergang. Die Luft stand dick vor Grimm. Nach dem Hinweise meines Vaters sprach ich das abschließende Tischgebet. »Alles kommt aus deinen Händen;/alles lebt, weil du es willst;/alle unsre Not muss enden,/alles Leid, wenn du es stillst.« Mein Vater schlug das Kreuzzeichen nur halb.

9. Bild: Der Pakt

Er konnte nicht so lange warten, bis die Gebete erhört würden. Irgendwann würden Barusi, Dekkers und seine anderen Gläubiger ihre Schulden einklagen. Der Druck wuchs Tag für Tag; kam man erst mal an den Bettelstab, gab es keine Hoffnung mehr. »Hilf dir selbst, dann hilft dir Gott!« In diesem Bewusstsein suchte mein Vater an Fronleichnam den spanischen Hauptmann auf. Wir zogen an den Hausaltären vorbei, die am Fronleichnamsnachmittag noch in prachtvollem Blumenschmuck vor den Türen standen, manche mit großen Holzkruzifixen versehen. Doch kniete er nicht wie ich nieder, schlug sich nicht mit der Hand die Brust und bekannte nicht: »Mea culpa!«

José Alemán Marqués de Riscal, kurz José Alemán genannt, gehörte zum spanischen Adel. Offenbar zog er in diesen Krieg, um seinen Besitz zu mehren. Spanien war ein ausgedörrtes Land, ohne viel Aussicht auf Ertrag. Für meinen Vater war es ein Wink des Schicksals, dass Alemán mit seiner Familie in Brüggen, dem Amtssitz des Herzogs von Jülich, Quartier genommen hatte. »Buenos días!« Mit einer Freundlichkeit, die nicht einer gewissen Galanterie entbehrte, hieß Alemán uns willkommen in seiner spärlichen Bude, die nichts mit einer schlossähnlichen Unterkunft gemeinsam hatte, die ich von einem Marquis erwartet hätte. Alemán hauste mit seiner Frau und seinem Sohn auf engstem Raum. »Und deinen Sohn hast du mitgebracht! Ah, ich denke, er wird sich mit Ignacio gut verstehen.« Diesmal wirkte der spanische Hauptmann überhaupt nicht bedrohlich auf mich. Mir kam es vor, als hätte er seine Teufelsmaske zugunsten einer anderen, freundlicheren abgelegt.

»Buenos días!«, sagte Ignacio schüchtern und reichte mir seine lange, schmale Hand, deren spinnenlange Finger bis zu meinem Puls reichten, als ich sie fasste. Er war spindeldürr und fast einen ganzen Kopf größer als ich. Auf seinen schmalen Hängeschultern saßen ein magerer Hals und ein länglicher Kopf, dessen Teint nicht goldfarben wie der seiner Eltern, sondern teigig und blass war, ebenso wie seine wässrigen, wimpernlosen Augen, in denen rötliche Pupillen schwammen. Seine schmalen Brauen waren so bleich wie sein wirres Haar. Ein Albino. Auf seiner linken Wange saß, matt und blutlos, ein dattelförmiges Muttermal, behaart wie ein Mottenflügel.

»Ich kann dir etwas auf der Laute vorspielen, wenn du willst«, sagte er mit seiner mädchenhaft zarten Stimme.

»Gut Idee, geht nach draußen«, sagte sein Vater. Ich spürte, dass er mit meinem Vater allein sprechen wollte.

»Kommst du?«, fragte er zart.

Nichts vom Rabaukentum der Jungs meiner Schule, vor deren Schlägen ich mich fürchtete und derer ich mich oft nur dank der Hilfe meines Onkels Job erwehren konnte.

Ignacio nahm seine Laute, ein bauchiges Instrument mit elf Chören und dreiundzwanzig Saiten, das er im Handumdrehen stimmte, und dann woben seine Spinnenfinger ein Netz wunderbarer Melodien. So anders als die Töne der Gregorianischen Gesänge, die ich von den Messfeiern kannte, oder als die schrillen Töne der Kirmesgaukler. Ignacios Musik offenbarte einen Engelsgesang, der, fern alles Irdischen, etwas von dem Paradies erahnen ließ, das unter den Stiefeltritten und Drohungen in einen Blutacker verwandelt worden war. Ad Maiorem Dei Gloriam – Zur größeren Ehre Gottes.

Ich darf nicht leugnen, dass ich nicht nur Ignacios Tönen lauschte, mit einem Ohr war ich bei dem Gespräch zwischen meinem Vater und dem Hauptmann, denn ich wollte, dass mir nichts entging. Nein, ich tauchte nicht ab in Ignacios Paradies, das ihn, wie ein Schleier vor den Augen, den Schrecken des Krieges ertragen ließ.

»Ich werde in den Schuldnerturm gehen«, hörte ich meinen Vater mit seiner kehligen Stimme sagen, und ich sah, wie er an dem Weinbecher nippte, den der Hauptmann ungefragt vor ihn hingeschoben hatte.

Der Wein sah aus wie geronnenes Blut und schmeckte würzig und fruchtig, dass es den Gaumen kitzelte. Mein Vater ließ den Geruch herber Süße in seine Nase aufsteigen. »Die Leute schauen mich nicht mehr an, als hätte ich Lepra. Selbst meine Frau und meine Kinder behandelt man wie Aussätzige.«

Der spanische Hauptmann schwenkte den Weinbecher, in dem der blutrote Saft Schlieren zog. »Ich glaube, Amigo, du beginnst langsam zu begreifen«, sagte er mit einer Stimme, die, vom Rioja aufgeweicht, noch sanfter klang. »Was wir von einem Skorpion lernen können, ist, dass er sticht, wenn er sich in Gefahr befindet. Das ist das Gesetz dieser Welt: leben – und sterben – lassen, alles zu seiner Zeit.«

»Nehmen wir an, ich mache meine Gläubiger, sagen wir, mundtot, wie soll ich das bewerkstelligen?« Er senkte seine Stimme, bis es wie ein Donnergrollen klang. »Ich habe keine Ahnung, wie man mit einem Skorpion umgeht.«

José Alemán sah ihn an, sein rotes Haar – ein helleres Rot als das des Weines – hing wie eine Fahne zur Seite. »Das ist nicht schwer.« Er erhob sich schwungvoll und führte meinen Vater in einen kaum mannsgroßen Nebenraum, den er »meine Todeskammer« nannte. Durch ein fast bodentiefes Fenster fielen die warmen Sonnenstrahlen in eine Holzkiste, über der ein fein geschnitztes, luftdurchlässiges Holzgitter lag. Kaum merklich bewegten sich dort zwischen kleingeschabten Rinden und aufgebröseltem, sandigem Lehm ein paar handtellergroße Tierchen. Wie viele es waren, konnte ich von meinem Platz aus nicht sehen, so sehr ich auch meinen Kopf reckte. Immerhin sah ich ihre Scheren und ihren nach oben gereckten gliederartigen Schwanz.

Mein Vater runzelte die Stirn. »Das soll die Lösung meiner Probleme sein?«

»Der Skorpion ist ein okkultes Symbol des Todes«, erklärte Alemán. »Die Magier des Orients maßen ihm eine heilige Bedeutung zu.«

Mehr konnte ich nicht verstehen. Die Laute übertönte alles. Ignacio spielte die wilden Rhythmen eines tartessischen Tanzes. Zuckende Mücken tanzten an der Wand, ihre zierlichen Tanzfüßchen hackten in der Luft herum, als wäre es nur so ein Vergnügen. Mit einem Windstoß geriet auch die Halmenspreu der Wiese vor dem Haus ins Tanzen. Der Vogelkäfig im sonnigen Fenster gegenüber öffnete sich, und der Vogel flog aus. Ignacios Finger spielten immer schneller, und ich sah mich selbst auf einmal tanzen, und die schwingenden Arme bewegten sich flügelgleich in seltsamer Harmonie von Hingabe und Entrückung. Der Wind wehte mich in die Wolken, wo ich, wie von unsichtbarer Hand getragen, in gravitätischem Himmelstanz durch das Wunder aus Musik und Tanz zu einem Vogel wurde.

Durch Musik konnte man fliegen, kein Wunder, denn sie war die göttlichste aller Künste, direkt dem Himmel abgelauscht. Der Fluss der Töne und Stimmen suchte sich nicht in der Waagerechten seinen Lauf, sondern strebte horizontal nach oben, wie eine Wassersäule, die in die Sonne schoss. Das war die Verbindung des Oberen mit dem Unteren, das wässrige Feuer, die feurige Feuchte, die Erlösung aus der Dualität, wie ich von Onkel Job wusste. Ja, das war alchimis-

tisches Wissen, und ich hätte es wahrscheinlich nicht ver-
innerlicht, wenn ich nicht erst zehn gewesen wäre – Onkel
Job nannte mich liebevoll »geniales Wunderkind«. Das
bedeutete im Dreißigjährigen Krieg nicht viel, stärkte aber
mein Selbstvertrauen ungemein. Als Kind bist du wie ein
offenes Buch, in das die Weisheit Gottes und die der Welt
eingeschrieben werden kann. Wobei ich zugeben muss, dass
ich dieses alchimistische Wissen nicht intellektuell verarbei-
tet hatte. Ich behielt es dennoch, wie ein Glaubender das
Vaterunser, das ihm als Kind in seine Seele eingeschrieben
wurde. Für die meisten bleibt es ein Buch mit sieben Siegeln,
sie kennen nicht mal den Namen Gottes. Doch darüber wollte ich nicht schreiben.

Buch. Schreiben. Für einen Moment war ich nicht ganz sicher, in
welcher Zeit ich mich befand. Ich unterbrach mein Schreiben und
sah den Engel an, dessen strahlend weißes Licht sich wie ein wär-
mendes Wolltuch über mir ausbreitete.
    »Daran kann ich mich noch genau erinnern. Ignacios Lauten-
spiel war göttlich!«, sagte ich.
    »Das Gespräch, das sich zwischen deinem Vater und José Ale-
mán abspielte, weniger«, antwortete der Engel.
    Nun sah ich das, was ich damals nicht sehen konnte. Selbst wenn
ich Schlafwandler war und meine Mutter mir das zweite Gesicht
nachsagte, verfügte ich nicht über die Gabe, an zwei Orten gleich-
zeitig zu sein. Was ich seinerzeit nicht hörte und jetzt dank des
Bilderreigens, den mein Engel vor meinen Augen aufzäumte, sah,
hätte mich damals so sehr schockiert, dass ich nicht ein noch aus
gewusst hätte. Denn auch jetzt, mit dem retrospektiven Blick auf
die Vergangenheit, hatte das Gespräch zwischen meinem Vater und
dem spanischen Hauptmann nichts von seinem Schrecken verloren.

»Entschuldige, wenn ich es dir sage, aber man merkt, dass du nur in niederen Kreisen verkehrst«, sagte Alemán mit mitleidigem Blick. »In den Kreisen, wo es um Macht geht, ist das Spiel des Tötens keine Ausnahmeerscheinung. Mal ist ein Fürst überzählig, mal ein Bischof. Man kennt sich in den höheren Ständen aus mit den Elixieren des Teufels. Die Natur bietet eine Menge Präparate, und der Hexerei überführt werden nur diejenigen, über denen nicht die segnende Hand eines Potentaten liegt. An den europäischen Höfen gibt es eine Menge Giftexperten, und es handelt sich dabei nicht nur um Ärzte.«

»Komm zur Sache!«

»Ein Skorpionstich bewirkt Herzrasen, erste Symptome sind Erbrechen und Lähmung. Der Vergiftete erlebt bei vollem Bewusstsein, wie er langsam keine Luft mehr bekommt. Doch mit der Betäubung geht eine unüberwindliche Neigung zum Einschlafen einher, sodass die Gebissenen nach und nach verrecken, als lägen sie in tiefem Schlaf.« Alemán lächelte sanft. »Die Exemplare, die du hier siehst, nennen die Weisen Androctonus australis. Die Eingeweihten übersetzen es mit ›südlicher Manntöter‹. Der Skorpion kommt vorwiegend im Morgenland vor und zählt mit einer Gesamtlänge bis hundert Millimeter zu den großen Arten der Gattung. Die Tiere sind, wie du siehst, stroh- bis ockergelb. Die Giftblase ist schwärzlich, der Giftstachel rötlich, die Stachelspitze bräunlich. Viele Skorpione sind in der Lage, für längere Zeit, manche Arten sogar ein bis zwei Jahre, ohne Nahrung auszukommen.«

Mein Vater blieb skeptisch. »Offen gestanden weiß ich mit dem, was du sagst, wenig anzufangen.«

»Die Eingeweihten wissen: Das Gift produzieren die Skorpione in zwei Giftdrüsen, die im letzten Glied ihres Schwanzes sitzen. Muskeln drücken im Falle eines Stiches das Gift aus diesem Schwanzteil in den Stachel. Normalerweise verspritzt der Skorpion nicht seinen gesamten Giftvorrat.« Alemán warf ein paar tote Fliegen auf die Späne. Sofort machten sich die Skorpione über die Beute her. »Der Androctonus australis zählt zu den giftigsten Skorpionen überhaupt und verursacht jährlich mehrere Todesfälle. Bei einer tödlichen Giftdosis tritt der Tod innerhalb von fünf bis zwanzig Stunden durch Atemstillstand ein. Ein Gegengift gibt es nicht. Außerdem kann niemand entdecken, woran das Opfer gestorben ist.« Der spanische Hauptmann streckte schirmend seine zartgliedrigen Hände über die Holzkiste. »Die Liste der Herzöge und Würdenträger, die einem Androctonus australis ihr Ende verdanken, ist lang. Sogar die letzte Königin von Aragon, Johanna die Wahnsinnige, soll es getroffen haben, auch wenn man offiziell Verbrühung als Todesursache angibt ... und auch Kleopatra ... na, was rede ich da, die Namen werden dir nichts sagen.«

Mit energischen Handgriffen strich mein Vater über sein Wams. »Wie hoch ist dein Preis?«

»Ich fürchte, du hast nicht so viele Auswahlmöglichkeiten, wenn du wieder zu etwas kommen willst«, entgegnete Alemán mit einem Lächeln.

Mein Vater zögerte. Sein Blick streifte die tödlichen Skorpione. War das ein Pakt mit dem Teufel?

»Die Opfer sterben alle, sagst du?«

»Überlass alles mir!«

»Was heißt auf Spanisch ›einverstanden‹?«

»¡Vale!«

Mein Vater schnaufte und hielt seine Hand in Brusthöhe. »¡Vale!«

José Alemán ergriff die halb ausgestreckte Hand meines Vaters und zog sie an sein Herz. »Du wirst es nicht bereuen.«

75

Dabei verlor er beinahe für einen Augenblick die steinerne Würde seiner Haltung. »Es werden keine zwei Jahre vergehen, und du bist der reichste und einflussreichste Geschäftsmann im Rheinland vom Niederrhein bis nach Konstanz!«

»Ich glaube dir erst, wenn es so weit ist«, antwortete mein Vater zweifelnd.

José de Alemán Marqués de Riscal grinste: »Warte erst einmal ab, bis du statt deines schmuddeligen Viehhändlerwamses Brokat und Pelz trägst!«

Mein Vater genoss noch einen Wein, mit allen Schwindelgefühlen, die dazugehörten.

»Du wirst schnell lernen, mit der Macht umzugehen, Amigo«, sagte Alemán.

Macht. Das Wort allein schon! Aber in spanischem Tonfall ausgesprochen, klang es fast sinnlich. Bei Gott, Macht!

»Jetzt hast du auch dieses Bild komplett, nicht wahr?«, bemerkte der Engel.

Ich nickte. »Stimmt. Aber so ähnlich hatte ich die Sache auch vermutet.«

»Bild für Bild«, sagte der Engel. »Einfach nur schauen.«

»Und da sind die Wolken«, sagte ich. »Ich erinnere mich genau. Sie sahen aus wie ...«

»Genau«, sagte der Engel.

Silberweiße Wolkentiere, Pferde und Schafe, zogen am tiefblauen Himmel über die unregelmäßige Symmetrie Brüggens hin, über der sich die Silhouette der Burg abzeichnete. In den Zweigen der Kirschbäume zwitscherten die Vögel, und Fliederduft vermischte sich mit dem herben Geruch der Gerbereien, die auch an Fronleichnam arbeiteten. Ignacio spielte auf seiner Laute eine kastilische Romanze. Wir schrieben den 18. Juni 1629. Irgendwo klapperte eine Tür. José Alemán kam mit meinem Vater nach draußen und klatschte in die Hände. »¡Sí guapo!« – du bist ein Himmelskind!«

Beim Abschied lächelte Ignacio. »Bis zum nächsten Mal«, sagte er. Das dünne, aschblonde Haar fiel ihm in die Stirn.

An diesem Tag begann der sagenhafte Aufstieg meines Vaters, des Viehhändlers von Dülken. Wenn das Schicksal ihm auf dem Weg nach Hamburg einen bösen Streich gespielt hatte, spielte es ihm nun in die Karten. »¡Vale!«, hatte mein Vater gesagt. Ein Pakt mit dem Teufel. Der Rioja war schwer, aber der leichte Rausch meines Vaters verflog mit dem schnellen Schritt, den wir vorlegten. Es sah nach kräftigem Regen aus.

10. Bild: Mondsüchtig

An Fronleichnam regnete es selten, jedenfalls konnte ich mich nicht nur an sonnenbeschienene Prozessionen erinnern. Wegen des Regens fiel dieses Jahr die Dunkelheit schon früh. Sobald ich die Augen schloss, spürte ich die kriechenden Vorwärtsbewegungen der Skorpione in meiner Seele. Es kam mir vor, als würde ich schlafwandeln. In dieser Nacht versteckte sich der Vollmond am regenverhangenen Himmel. Für einen Schlafwandler bedeutet das nichts, er spürt die mystischen Kräfte des Mondes durch alle Wolken hindurch. Meine Mutter berichtete, wenn ich schlafwandelte, sei mein Gesicht verzückt vor Staunen und die Pupillen geweitet vor Glück. Wie entrückt, hielt ich die Hände vorwärts vor den Leib gestreckt.

Mein Vater war noch einmal aufgestanden. Von meinem Bett aus sah ich ihn reglos am Fenster stehen. Vielleicht krochen auch ihm die Skorpione durch die Gedanken. Plötzlich stieß er einen tiefen Seufzer aus. Gegenüber, im unteren Fenster von Barusis Haus, züngelte ein ungewöhnlich heller Lichtschein. Lag nicht ein Brandgeruch in der Luft? Ein Feuer war nicht zu sehen, auch keine Rauchsäule. Der Brandgeruch wurde stärker, als mein Vater vor die Tür trat. Er hatte seinen Umhang umgelegt und trug, soweit ich es im schwächlichen Licht der züngelnden Flammen sehen konnte, seine Pantinen. Ich sah, wie mein Vater zögerte. Zum Glück lag das Haus etwas abseits oder bestand dennoch die Gefahr, dass das Feuer auf die benachbarten Häuser übergriff? Er musste die Dülkener zur Feuerbekämpfung zusammentrommeln. Mir kam es vor, als würde mein Vater von einer unsichtbaren Hand dirigiert und diese Hand führte ihn direkt an den Brandherd, den

Kontor des Geldwechslers. Da die Tür offen stand, zögerte er nicht. Sah ich das wirklich oder war das wieder einer meiner mondsüchtigen Momente? Mein Blick suchte den Himmel nach dem runden Mond ab, ohne ihn zu finden. Mit schlafwandlerischer Sicherheit ging ich in die Diele. Mein Vater bemerkte mich nicht, zu gebannt starrte er in die Flammen.

»Die Brüggener brennen Torf!«, sagte er zu sich. »Nachts? Um diese Zeit?« Beruhigen konnte ihn das nicht. Es war kein Torfgeruch. Außerdem wehte der Wind nicht von Westen. »Barusi«, rief er. Dann begann er irgendetwas Unverständliches in sich hineinzumurmeln, das sich anhörte wie eine beschwörende Anrufung.

Barusi hörte ihn nicht. Barusi schlug mit den Händen wild ins Feuer. Ein schwaches Flämmchen hätten sie vielleicht löschen konnten, aber die Feuersbrunst loderte bereits zu heftig. In einem Akt völliger Verzweiflung packte Barusi die auf dem Tisch liegenden Schuldscheine in eine elfenbeinerne Schatulle, bevor der Flammenfraß sie vernichtete. Sein Gesicht, von zuckenden rötlichen Flammen illuminiert, lächelte dämonisch. Im ersten Moment kam es mir vor, als sähe ich einen jener Dämonen, die als Wasserspeier an Sankt Cornelius hingen. Doch beim genaueren Hinsehen bemerkte ich, dass sich die finsteren Züge des spanischen Hauptmanns herausschälten, als fände ein seelischer Austausch statt. Genauer gesagt, eine jener Transformationen, die sich bei einer Geisterbeschwörung ereignen.

Grell blitzend züngelte aus den Rechnungsbüchern eine Stichflamme auf, als hätten sich die dort verzeichneten Namen jahrelang nach einem erlösenden Feuer gesehnt, das sie auslöschte. Das brüchige Pergament brannte wie Zunder.

»Mein Geld!«, kreischte Barusi mit seiner heiseren Lombardenstimme, in der angstvoll mitschwang, dass sein ganzer

Besitz drohte, unter den rauchenden Trümmern seines Hauses begraben zu werden.

Mein Vater entschied sich zu handeln. Jedenfalls sah ich es so vom Dach aus, auf das ich inzwischen unbemerkt geklettert war. Von hier aus hatte ich den besseren Überblick. Mein Vater hastete zum Geldschrank. Öliger Schweiß troff von seiner Stirn. In verzweifelter Entschlossenheit riss er die Schranktüre auf und begaffte einen Moment lang all die Silbermünzen und Goldgulden, ehe er alles griff, dessen er habhaft werden konnte, um es in die nächstbeste Eisenschatulle zu legen, die immens vielen Münzen Platz bot.

Barusi schleifte einen kindsgroßen Ledersack, in dem Goldgulden klimperten, ans Fenster. »Geh raus, hol Wasser«, rief er meinem Vater zu.

Mein Vater schnappte sich die Eisenschatulle und stürzte wie ein Besessener zur Tür. »Ich bringe sie für dich in Sicherheit!«

»Einen Dreck wirst du tun!«, schrie Barusi. Bitter erkennend, was mein Vater wirklich wollte, hieb er auf ihn ein. Doch seine schwachen Schläge wirkten wie der verzweifelte Flügelschlag eines gottverlorenen Engels. Mein Vater wehrte sie mit einem schlappen Seitenhieb ab. Barusi, klein von Statur, denn sein Körper war von mediterraner Zartgliedrigkeit, geriet ins Taumeln. »Mein Geld!«, kreischte er und federte pfeilschnell mit der Rechten vor. Mein Vater nahm Barusi wütend in den Würgegriff, schleuderte dessen schwächlichen Körper vor und zurück, bis Barusi den Halt verlor und, einen jämmerlichen Schrei ausstoßend, mit dem Kopf gegen einen Stuhl donnerte, jählings zu Boden stürzte und reglos liegen blieb.

Schwer atmend riss mein Vater die Geldschatulle wieder an sich. Plötzlich tauchte der Schatten eines Mannes auf. Von

Flammen umkränzt, glich er einer finsteren Gottheit, deren Gesicht rot angestrahlt wurde vom rasenden Feuerschein. Mein Vater erkannte Dekkers, den Schmied, und reagierte blitzschnell: »Hol Wasser! Ich rette Barusi. Er ist zusammengebrochen.«

Dekkers sah ihn verdutzt an, »Wo, Wasser?«

»Zum Teufel, beeil dich, sonst steht ganz Dülken in Flammen!«

Dekkers beäugte ihn argwöhnisch. »Warum hältst du die Schatulle fest, Swart?«

»Barusi hat sie mir gegeben, damit ich sie rette. Kurz darauf ist er zusammengebrochen. Kümmere dich nicht darum. Ich rette Barusi und seine Habseligkeiten.«

Die fadenscheinigen Erklärungen schienen Dekkers zu genügen. Zeter und Mordio schreiend, rannte er nach draußen. Dann hörte man die Feuerglocke des Nachtwächters Jacob Bockweißkorn, die auch den Turmwächter von Sankt Cornelius auf den Plan rief, der an allen Glockenseilen auf einmal riss. Meinem Vater blieb nicht viel Zeit. Er beugte sich über den röchelnden Barusi. Flammen schlugen ihm ins Gesicht, er bekam schwer Luft. War Barusi nicht zeitlebens ein Wucherer gewesen, der sich an der Not anderer Leute bereichert hatte? Hatte er nicht manch verarmter Witwe Schuldscheine ausgestellt, obwohl er wusste, dass sie sie niemals einlösen könnte, und hatte er sie dann nicht um Haus und Hof gebracht? Nicht umsonst galt er als einer der Reichsten in der ganzen Gegend, bis nach Köln hinauf. Mein Vater begrub die Schatulle unter seinem Umhang wie eine Glucke ihr wertvollstes Küken. »Hilf Barusi!«, rief sein Gewissen. »Das Geld!«, schrie seine Gier. Und er drückte Barusi, der sich mit letzter Kraft aufzurappeln schien, mit dem Fuß zu Boden.

Es konnten nur Phantasmagorien sein, die mein Hirn sich zusammenspann.

Im Laufen trat er die brennenden Rechnungsbücher beiseite, sprang durch die Tür. Wie im Flug erreichte er unser Haus. Alles nur Einbildung? Aber nein, ich nahm alles in meiner Trance, ohne Bewusstsein, wahr. Ich hörte Schritte, kletterte vom Dach und lief zurück ins Haus. Vom Treppenabsatz aus sah ich, wie mein Vater die Eisenschatulle an der Kellertreppe abstellte. Im Eiltempo hetzte er zurück, so sehr in seiner Begierde gebannt, dass er mich nicht bemerkte. Barusis Kontor glich einem Inferno, die schweren Brokatvorhänge standen in Flammen. Mit windeiligen Bewegungen sicherte sich mein Vater die Elfenbeinschatulle mit den Schuldscheinen und den kindsgroßen Ledersack voller Goldgulden, den er unter seinen Umhang schob. Schwer atmend vom Rauch und seinem geldschwangeren Bauch stolperte er in unser Haus, stürzte die Kellertreppen hinunter und warf die Beute ab. »Schnell, schnell, los, schnell!« Zurück in der Feuerhölle, trat er zerberstendes Holz weg, Funken stoben auf, brennende Pergamentfetzen flogen durch die Luft, das Feuer erfasste den großen Schrank mit den Rechnungsbüchern, der bald darauf lodernde Flammen schlug wie ein brennender Dornbusch, nur dass kein Gott darin erschien, auch kein Teufel, nicht mal ein Skorpion. Mein Vater stürzte sich mitten in die Flammen. War er verrückt geworden? Wenig später schleifte er keuchend, das Gesicht rußig und angesengt, den bewusstlosen Barusi heraus und legte ihn auf die Straße. Hatte sein Gewissen doch gesiegt? Hatte er die ganzen Schätze doch für ihn gerettet?

»Mach, mach, los ...«, befahl er sich und verriegelte die Kellertür. Da stand ich plötzlich hinter ihm. Ich hatte nicht nur geträumt.

»Vater, was ist los?«, sagte ich, nur halb aus meiner Trance erwachend.

»Frag nicht so dumm, hilf löschen!«

Die Dülkener stürmten von allen Seiten heran, bildeten einen Kreis aus Betroffenheit, kopflos, heillos, wie gelähmt. Über ihnen zogen Rauchfahnen, von Geisterhand gezogen.

Ich zog meine Schuhe an und rannte zum Brunnen. In wildem Durcheinander irrten die Helfer umher. Einige liefen mit Waschschüsseln und Töpfen ins Haus, um jedoch festzustellen, dass es in der Küche nicht genug Wasser gab. Doch endlich öffnete sich der Himmel, die Regenwolken, die schon lange den Vollmond verdunkelten, schütteten sich aus. Es goss buchstäblich wie aus Eimern, ein Segen Gottes zur rechten Zeit, denn die Flammen schlugen schon bis an die Nachbarhäuser. Drohten nicht die ganzen Straßen von Dülken, durch ihre labyrinthische Anlage ineinander verkeilt, in Flammen aufzugehen?

»Wir brauchen eine Ordnung, kommt hierher!«, rief mein Vater heftig gestikulierend. »Kommt schon her. Wir müssen planmäßig vorgehen! Sammelt zuerst alle Eimer. Und dann bildet eine Kette!«

Pfarrer Herrmani und die drei Kapläne von Sankt Cornelius eilten herbei; in vollem Ornat und mit runden Hüten, die sie vor dem Regen schützten, versprengten sie kleine Fontänen Weihwasser.

»Geht zu mir in den Garten, zu meinem Brunnen!«, ordnete mein Vater an. »Zwei Leute pumpen Wasser, dann geht es schneller!«

Selbst die Zunftmeister, die sonst nur für ihre eigene Zunft etwas zu tun bereit waren, packten mit an.

»Holt meinen Esel aus dem Stall. Und den von Dekkers, nebenan!«

83

»Darüber hab ich zu entscheiden!«, schrie Dekkers.

»Halt's Maul!« Mein Vater spuckte aus, um die Wut seines Herzens zu löschen. »Hier geht es nach meinem Befehl!«

Es gab keinen Widerspruch mehr. Die Esel schleppten Wasser aus dem Pfuhl auf dem Markt herbei. Herangepeitscht von dem schnurgerade herunterprasselnden Regenguss und den Schlägen ihrer Treiber. Machtvoll dirigierte mein Vater die aufgescheuchte Herde. Die einen schleppten große Eimer und Bottiche herbei, andere pumpten immer neue Wasserladungen aus unserem Brunnen, und die nächsten warfen Erde und Tücher auf die lodernde Glut. Der Regen schlug in noch heftigeren Güssen nieder, und auch unser Brunnen schien unendlich Wasser zu spenden. Ich schleppte Eimer um Eimer. Schwarze Rauchschwaden quollen aus den Fenstern, und die Helfer kamen keuchend und mit geröteten Augen zurück. Angetrieben von meinem Vater machten sie weiter.

Nach zwei Stunden erloschen die Flammen unter den Wassermassen. Nur hier und da glomm noch eine kleine Glut. Einige Helfer, klatschnass bis auf die Knochen, ließen sich erschöpft auf den Boden sinken.

»Wir haben es geschafft!«, rief mein Vater. »Ihr ward großartig!«

Auch Barusi rappelte sich auf und lief im Kreis herum, wobei er kurze, kehlige Schreie in die Luft stieß, als wäre er eine Glucke, deren Stall ein Fuchs ausgeraubt hat.

»Barusi, es ist vorbei. Du lebst!«, rief mein Vater. »Barusi, hörst du?« Die neu gewonnene Überlegenheit meines Vaters ließ ihn Barusis rußschwarzes Gesicht, in dem keinerlei Ausdruck mehr war, tätscheln. Fest stand, ohne seine planvollen Befehle wäre das Feuer nicht so schnell gelöscht worden. Während ich, vom nachtwandlerischen Schleier umnachtet,

Wasser schleppte, retteten seine vorausschauenden Anordnungen Dülken vor einem Großbrand, der die halbe Stadt vernichtet hätte. Er sorgte dafür, dass Barusi bei der Witwe Heimanns eine Bleibe, zumindest für diese Nacht, fand. Dem stimmte auch Pfarrer Herrmani zu, denn der Unzucht waren beide unverdächtig.

Die Leute brachen plötzlich in Jubelschreie aus. Sie tanzten auf der pfützenübersäten Straße und spritzten sich lachend nass. Doch Barusi war in eine andere Welt abgedriftet, mit weißem Speichel traten gurrende Laute über seine Lippen, ein taubenähnliches Gurren, immer wiederkehrend. Er wandte meinem Vater sein erbleichtes Gesicht zu, wie ein hilfloses Tier. Starr vor Entsetzen stand er da. Barusi war verrückt geworden.

11. Bild: Neue Freiheit

Ich sah meinem Vater an, dass er schier verrückt werden wollte vor Freude. Aber ich wusste nicht weshalb. Alles, was ich in meinen schlafwandlerischen Momenten gesehen hatte, existierte im Wachzustand nicht mehr. Die Bilder waren ausgelöscht, so wie das Feuer, und ich wusste nicht mal, dass ich beim Feuerlöschen geholfen hatte. In den tiefsten Schichten meines Unterbewusstseins lagen sie sicher wie in einem Tresor. Der Somnambulismus, etwas abschätzig Mondsüchtigkeit genannt, bestand aus mehr als aus tranceartigem Schlafwandeln. Die Kräfte des Mondes durfte man nicht unterschätzen, sie äußerten sich rein oberflächlich betrachtet, in den Gezeiten. Ordnete eine Geisterhand die Dinge in unseren Köpfen? Der Somnambule stand in rätselhafter Weise mit diesen Kräften in Verbindung, doch sie drangen nur selten in sein Bewusstsein; die Bilder, die sich ihm offenbarten, bestimmten auf ihre Art sein Denken und Handeln, und wer lernte, durch geistige Übung und die innere Schau Herz und Geist zu schulen, bei dem offenbarte sich das innere Geschehen mit der äußeren Welt und dem göttlichen Funken. Wie gut, dass mein Onkel ein weiser Mann war, der mich in solchen Dingen unterwies. Es reichte nicht, die Schriften der Weisen zu lesen, man musste erkennen und lernen, sie zu leben. Daran mangelte es am meisten, was das geistige Dilemma unserer Welt wohl am besten erklärte. Stattdessen wurde das Rauschhafte betont, das immer tiefer in den Materialismus führte, und daran trug, wie mein Onkel zu sagen wagte, die »Kirche einen gehörigen Anteil Schuld«; nicht nur, dass ihre Gier nach Ruhm und Reichtümern keine Grenzen kannte, sondern sie verriet den geistigen Weg durch

Kriegsführung und Mord. Hätte Jesus so gehandelt, sagte wenigstens mein Onkel, und es gab für mich keinen Grund, ihm nicht zu glauben, »hätte er der Versuchung Satans nachgegeben, und statt alle Reiche dieser Welt abzulehnen, hätte er steinerne Götzen errichtet, wie unsere Kirchen und Dome bisweilen sein mögen, vor allem, wenn über ihre Eingangspforten die Namen von Menschen eingraviert sind und nicht der Name Gottes«. Das klang, zugegeben, sehr gewagt, doch mein Onkel wäre nicht dieser feinsinnige Dialektiker gewesen, wenn er seine Meinung nicht belegt hätte, und das tat er durch ein Zitat aus Meister Eckharts Weisheiten: »Wer in allen Räumen zu Hause ist, der ist Gottes würdig, und wer in allen Zeiten eins bleibt, dem ist Gott gegenwärtig, und in wem alle Kreaturen zum Schweigen gekommen sind, in dem gebiert Gott seinen eingeborenen Sohn.« Das hörte sich vielleicht schwieriger an, als es war, denn es bedeutete nur: »Werde still, öffne dich dem geistigen Fluss, und du wirst eins mit dir und Gott.« Darum ging es, nicht um weltliche Macht. Das wusste auch jemand wie Franziskus, den ich durch meinen Onkel immer besser verstehen lernte, jeder Besitz verstärkt den Wunsch nach materiellen Gütern, doch das bringt nur immer stärkere irdische Anhaftungen mit sich. Dabei musste man doch leicht werden, um in den Himmel zu kommen, leicht werden, um zu fliegen. Natürlich wusste mein Onkel um die Sprengkraft solcher Aussagen. Ich war ihm dankbar, dass er mich solche Dinge erkennen ließ. Doch ich bin abgeschweift, was, wie ich anfänglich bereits betonte, meinem niederrheinischen Blut geschuldet ist, das den Keim der Abschweifung in sich trägt. Warum schweifte ich ab? Ah ja, weil mein Onkel meine Mondsüchtigkeit ernst nahm und ich schlafwandelte, während Barusis Kontor abfackelte. Mein Vater sollte übrigens später, in den 1640er Jahren, die Ruine aufkaufen und an dieser Stelle ein Haus für meine Schwester errichten. Doch das ist nun wieder in die Zukunft geschaut, ich wollte nicht mehr abschweifen.

Noch war es Nacht, wir schrieben den 19. Juni 1629, und davon wollte ich berichten. Ich ging in die Küche, nicht schlafwandlerisch, sondern mit stapfenden Schritten, und der Grund war allein der, dass ich wach wurde und nicht wieder einschlafen konnte. Mein Vater saß allein in der Küche, sein Gesicht hatte einen anderen Ausdruck bekommen als noch vor fünf Stunden, als ich mich zur Guten Nacht von ihm verabschiedete. Ich sah ihm, wie ich bereits zu Beginn sagte, an, dass er schier verrückt werden wollte vor Freude.

»Ich kann nicht schlafen«, sagte ich.

»Ich auch nicht«, antwortete er. »Ich mach noch einen kleinen Spaziergang. Kommst du mit?«

Auf jeden Fall hatte mein Vater seine Freundlichkeit wiedergefunden, was mich freute. Im sicheren Gefühl des Sieges ging er mit mir auf die Straße. Die Feuerwache war eingeschlafen. Nur vereinzelt stiegen mit brandigem Geruch kleine Rauchwölkchen auf. Auf dem Umweg über den Domhof blieben wir vor dem großen Haus der Witwe Brockers stehen. Mein Vater blickte beeindruckt auf das dreistöckige Fachwerkhaus, an dessen Giebel ein Pferdekopf prangte, und ich dachte an seine Aussage, damals auf dem Weg nach Hamburg, dass er irgendwann das große Haus besitzen würde. Vor Jahren war Brockers der ärgste Konkurrent meines Vaters gewesen und hatte ihn bei manchem Geschäft ausgestochen. Wie es hieß, hatte der geldgierige Raffzahn jeden Abend sein Geld gezählt, doch es hatte ihm nichts genutzt, er konnte keinen Heller mitnehmen, als man Brockers aus Dülken verjagte, weil er an Lepra litt. Die Finger, die so oft Goldgulden aufeinandergeschichtet hatten, fielen ihm ab.

Wir gingen zum Steintor.

»Jacob, es ist alles in Ordnung«, sagte mein Vater ruhig und legte seine Hand auf die Schulter des Nachtwächters.

Jacob Bockweißkorn, der Nachtwächter, hielt sich schwankend an seiner Hellebarde fest, offenbar in ein Nickerchen versunken. Irgendwo schlug eine Tür. Der Regen hatte wieder aufgehört, nur die Kälte war geblieben.

»Swart, hast du mich erschreckt! Was willsten zu nachtschlafender Stund' hier?«

»Bisschen die Beine vertreten.«

Er blinzelte meinen Vater an. »War ja 'n ganz schönes Feuer.«

Mein Vater nickte, schien zuerst nicht die richtige Antwort zu finden und brachte nur ein vorsichtiges: »Ja, hätte sich zur Katastrophe ausweiten können« heraus.

»Hast die Leut ganz schön kommandiert.«

Mein Vater antwortete nicht, seine Hände hingen schlaff an den Nähten seiner Hose. »Na, Jacob, dann schließ mal das Tor auf.«

Mein Vater legte seinen Arm auf meine Schulter. Das erwachende Land erstreckte sich weitläufig vor unseren Augen, die frühe Sonne berührte die Felder, rosig fast schon über dem nächtlichen Dunst, der zurück in die Moorweiden kroch. Sein Blick strich über die blanken Schilfrohre. Die Formen der Bäume traten aus dem Dunkel heraus und erhoben sich in ihren Blättern. Mit mächtigem Flügelschlag rasierte ein großer Vogel die Baumwipfel, ehe er in die rote Morgensonne flog.

»Ich habe geträumt, es brennt, aber was wirklich geschehen ist, weiß ich nicht«, sagte ich.

»Tja, mit den Träumen ist das so eine Sache«, antwortete mein Vater.

Als wir nach Hause kamen, war ein feuerroter Skorpion an unsere Haustür genagelt. Ein Pergament hing daran, worauf stand: *ALLOS EGO*. Mein Vater zuckte zusammen. Was hatte das zu bedeuten? Der Skorpion sah anders aus als die Exemplare, die Alemán ihm gezeigt hatte, kleiner und dunkler. Aber wer sonst besaß hier Skorpione? Offenbar war das Tier tot. Wer war sonst noch tot? Barusis Geist. Mein Vater blickte in die aufklarende Morgensonne. Ein tiefes, klagendes Bellen ertönte von der Flachsbleiche.

12. Bild: Gebell

Das klagende Bellen, das von der Flachsbleiche kam, gehörte zu einem herumstreunenden Köter, den die Witwe Heimanns an einen Holzpflock angebunden hatte. Mir fuhr es in die Knochen, dass ich anfing zu zittern. Ich lief hundemüde über den Hühnermarkt.

An allen Ecken redeten die Dülkener über das große Feuer, jeder fühlte sich als großer Retter. Doch es liefen auch böse Gerüchte durch die Stadt, man wollte wissen, dass mein Vater den armen Barusi bestohlen habe. Ich rannte zu dem klagenden Bellen hin, durch das Clemensgässchen zur Bruchstraße, an der Bruchpforte grüßte ich den Torwächter mit einem freundlichen: »Morgen Hein.«

Zangers Hein blickte tränig auf und antwortete: »Um Jottes willen, wat has et eilisch.«

Ich hatte es eilig. Das Bellen klang zu fürchterlich, doch schien es niemanden außer mich zu interessieren. Ich stürzte auf den taufeuchten Wiesengrund zu, wo die Flachsbrecher ihren Flachs zum Trocknen auslegten. Da stand der angebundene Hund. Was heißt Hund? Eine krüppelige Erscheinung mit schmalen Lenden, den Schwanz steil aufwärts gereckt. Die Leine war so eng um den Hals geschnürt, dass er sich bei jeder Bewegung strangulierte, was ihm sein furchtbares Geheul entlockte. Der Schrecken in den Augen des Tieres ließ mir bittere Tränen an den Wangen herunterlaufen. Er zerrte an dem Strick, der zu fest verknotet war, um ihn von leichter Hand zu lösen.

»Ich brauche einen scharfen Gegenstand!« Ich schickte ein Stoßgebet zum Himmel, ohne meinen Blick vom Boden zu erheben. Zwischen dem Löwenzahn hockte ein großer Igel, dessen Stacheln in der Sonne glitzerten. Behutsam schlich ich mich an.

Igel?

Vorsichtig näherte sich meine Hand einem handtellergroßen Flachskamm mit unzähligen dicht nebeneinanderstehenden blinkenden Zinken. Irgendjemand musste ihn verloren haben. Das Jaulen des Hundes verbiss sich in meine Ohren.

»Keine Angst. Bald ist dein Leiden vorbei!«

Ich nahm ein Stück Seil in die Hand, setzte daneben den Flachskamm an und rubbelte kräftig, aber so achtsam, dass die Leine den Hund nicht noch mehr strangulierte. Kaum war die Hälfte des Seils zerfasert, riss sich der Hund los und hetzte kläffend durch die Bruchpforte in die Stadt hinein. Offenbar wusste er, an wem er Rache zu nehmen hatte.

Ich schlenderte über den sandigen Ackerboden entlang des Stadtgrabens. Einen halbrunden Kreis ziehend, schloss die Stadtmauer das Städtchen ein. Die Pforte Richtung Boisheim lag über dem Flüsschen, was heißt Flüsschen, ein Bächlein, das zur Lache tröpfelte, anders konnte man es kaum nennen, denn ein strömendes Fließen ließ sich nicht erkennen, ebenso kein Lauf, allenfalls ein sprödes Dahinschlängeln zwischen den Feldern.

Am Bruchtor türmte sich vor dem Stadtgraben ein unregelmäßig angeordneter Wall aus beliebig angehäuften Steinen, manche kindsgroß, zum Sturz geneigt, die meisten Kiesel in der Größe einer Faust, sie verrutschten, sobald ein Fußtritt sie berührte, wie jetzt meiner, der den läppischen Wall bezwang. Ich balancierte darüber mit ausgebreiteten Armen, als wären sie Flügel, dabei kam mir der morgenländische Gaukler in den Sinn, der zur Sankt-Ulrich-Kirmes ein Hanfseil zwischen den Dächern des Hühnermarktes ausgespannt hatte und leicht wie ein Spatz darüberglitt.

»Der Hund is los. Zum Deibbel, wer em losjemääkt hat!« Gellend drang der spitze Schrei der Witwe Heimanns aus dem Kesselsgässchen. Das rief den verrückten Giovanni

92

Barusi auf den Plan, der seine angelegten Arme wie ein aufgeregtes Huhn bewegte und mit fortwährendem Gackern ausrief, die Welt sei ein Ei.

»Elendiges Mistviech«, fluchte die Heimanns Witwe, deren knöchellanges nachtdunkles Kleid die Fehler ihres Leibes bestens verbarg, wenn sie sich nicht allzu abrupt bewegte, wie in dem Moment, als sie ihr Kleid hochraffte, was den Blick freigab auf ihre stark behaarten Beine, den Hinterläufen eines Damhirsches nicht unähnlich, wie vielleicht die ganze Person, die mit röhrender Urgewalt nach dem jaulenden Köter trat: »Dammiches Viechzeuch.« Doch ihre schlabbernden Füße verfehlten ihr Ziel und trafen Barusi, dessen darauf folgendes Jaulen das Gebell des Hundes weit übertraf.

Der Köter hielt seine bleckende Schnauze hoch, seine Ohren hochgestellt und zum Angriff bereit. Es schien ihm Spaß zu machen, Jagd auf den Schatten der Heimanns Witwe zu machen, während sie unentwegt Löcher in die Luft trat, dabei mal auf dem linken, mal auf dem rechten Fuß hüpfend, ohne ihn zu treffen. Dieser seltsam dahingestampfte Schreitanz zwischen Mensch und Tier lockte die Anwohner herbei. Einige klatschten und grunzten, als führe die Großmutter des Teufels ein Menuett auf. Es ließ sich kaum unterscheiden, wessen Geheul tierischer war: das der Heimanns Witwe, das des Köters, das von Barusi oder das Gekicher der Anwohner. Als mein Vater, angezogen vom Krakeel, in die Blauensteinstraße einbog, folgte ihm Dekkers. Ich lief zu ihm hinüber, vielleicht in der Angst, Dekkers würde ihm wieder eine verpassen. Dem Anschein nach stand er kurz davor. »Swart, wo is die Geldschatulle von dem Barusi?«

Ich erkannte einen Ausdruck von vorsichtiger Geringschätzung auf dem Gesicht meines Vaters. »Ich weiß nicht, wovon du redest.«

»Isch hab jenau jesehn, wie du die im Arm jehalten has …«

»Was du nicht alles siehst«, antwortete mein Vater kühl.

»Isch weiß, wat isch jesehen hab. Du bis ein dreckijer Dieb.« Der Schmied konnte seine Hände nicht daran hindern, eine Bewegung unbestimmter Hilflosigkeit zu machen. Den Schlag, den er am liebsten in das Gesicht meines Vaters platziert hätte, wollte er aber nicht ausführen. Warum eigentlich nicht? Immerhin musste ihm klar sein, wenn mein Vater tatsächlich zu Geld gekommen wäre, würde er seine Schulden abbezahlen, was für den Schmied immerhin sechzig Goldtaler ausmachte.

Mein Vater rührte sich nicht. In diesem Moment kam, wie aus heiterem Himmel, der spanische Hauptmann im geruhsamen Tempo die Lange Straße hinaufgetrabt, hinten auf seinem Pferd saß Ignacio.

»Ignacio«, rief ich. »Hast du deine Laute mitgebracht?«

Ignacio sprang vom Pferd ab und schüttelte den Kopf.

Gravitätisch hob sich der Hauptmann aus dem Sattel und wehrte einen Schlag des umherirrenden Barusi ab. »Amigo«, sagte er, meinen Vater fixierend. »Ese está loco de atar – er ist völlig verrückt.«

»Seit gestern, seit sein Haus abgebrannt ist.«

»Ich habe davon gehört.«

»Wenn ich den Dülkenern nicht Beine gemacht hätte, wäre die halbe Stadt abgefackelt.«

»Auch davon habe ich gehört.«

»Er kann mir dankbar sein, dass ich ihm das Leben gerettet habe.«

»Das scheinen einige anders zu sehen. Dein Spezi Dekkers rennt überall herum und erzählt mit seinen unbeweglichen Specklippen allen, dass du Geldschatullen aus Barusis Haus getragen hast. Und dein anderer Nachbar, der Baumeister

Solneß, behauptet ebenfalls, dich mit fetter Beute gesehen zu haben.«

Ich beobachtete eine einzelne Wolke über dem Kirchturm. Sie rührte sich nicht vom Fleck, als wäre sie dort festgeheftet.

»Solneß? Der ist doch erst auf die Straße gekommen, als das Feuer gelöscht war!«

Der Hauptmann wiegte seinen Kopf. »Du solltest dringend etwas unternehmen, mein Freund!«

»Darüber wollte ich mit dir sprechen.«

Alemán sah ihn durchdringend an. » Wo können wir in Ruhe reden? Hier ist alles voll von neugierigen Augen und Ohren.«

»Am besten irgendwo auf dem Burgacker, da ist ringsum nur Feld und Wiese.«

Die Antwort meines Vaters wurde vom gackernden Barusi übertönt: »Herum, herum, du Ziegenhex, du Schluppenzieg, mach pup! Dein dämlich Gehühn is puttputtputt. Hahaha. Rotz dir den Rotz vonner Nase. Prego. Mille grazie … favore …« Flügelgleich mit den Händen fächelnd, lief er an uns vorbei, seine vogelartigen Schreie gellten die lange Lange Straße entlang, gefolgt vom Gebell des Hundes, der ihm an den Fersen klebte. Ich steppte schnell zur Seite, um nicht umgerannt zu werden.

»Kennst du die Süchtelner Höhen?«, fragte ich Ignacio.

Er zuckte mit den Schultern. »Keine Ahnung, ich kenne mich nur in Brüggen etwas aus.«

Wir rannten auf das nahe Steintor zu, während der spanische Hauptmann sein Pferd am Zügel führend meinem Vater Richtung zum Lindentor folgte. Von dort führte ein breiter Weg zum Burgacker. Ignacio und ich spurteten in die nördliche Richtung bis zum steilen Höhenweg, von da aus kletterten wir über den Horizont.

13. Bild: Fliegen

Wir erstiegen den Horizont, so kam es uns jedenfalls vor. Vom höchsten Punkt der Süchtelner Höhen, immerhin neunzig Meter über dem Meeresspiegel, ließ sich das Mystische des Niederrheins erahnen. Dem Blick bot sich keine Grenze.

»Fliegen, ich will fliegen«, sagte ich. »Kannst du dir vorstellen, wie das ist?«

»Das muss schön sein«, erwiderte Ignacio mit seiner Kleinjungenstimme.

»Schön ist kein Ausdruck. Fliegen ist ... fliegen ist unbeschreiblich ... himmlisch ... göttlich ...«, schwärmte ich. »Je höher man steigt, desto mehr sieht man von der Welt, und die Menschen werden immer kleiner.«

»So klein wie das Pappelblatt?«

»Kleiner«, sagte ich abschätzig.

»So klein wie eine Ameise?«

Ich winkte ab. »Noch kleiner.«

»Dann werden sie also ganz unwichtig.« In Ignacios ernstes Gesicht trat ein flüchtiges Lächeln.

»Ja, ganz, ganz klein werden sie.«

»Dann gibt es keinen Krieg mehr.«

»Wenn man fliegt, Ignacio, gibt es nur noch den Himmel«, sagte ich schwärmerisch.

Unter den hohen Bäumen sprang ich hoch, hielt mich an jedem Ast, der sich mir entgegenreckte, fest und schaukelte hin und her. »Ich kann fliegen!«, rief ich immer wieder. »Ich kann fliegen!«

So einfach würde es nie wieder sein.

»Das nennst du fliegen?«, piepste Ignacio.

Mein Ehrgeiz war geweckt. Ich riss ein paar Zweige von den

Bäumen, umfasste sie mit den Händen und stürzte, wild mit den Armen kreisend, den Abhang, den wir gerade hinaufgekraxelt waren, wieder hinunter. Auf den letzten Metern geriet ich ins Straucheln, fiel aber nicht, sondern setzte zum Sprung an, wobei ich noch wilder mit den Armen ruderte und gleichzeitig mit den Beinen strampelnde Bewegungen vollbrachte, als würde ich Löcher in die Luft treten. So hielt ich mich eine ganze Weile im Sprung. Was heißt, eine ganze Weile? Für mich verging eine halbe Ewigkeit. Ich schloss meine Augen. Es hatte den Anschein, als würde ich von meinem Körper erlöst. Dann hörte ich, wie Vogelschwingen entlang des Gebüschs vorbeistrichen. Über meinem Kopf flog eine gigantische Schar Vögel, deren Flügelschlag so sanft war, dass ich es wie einen Federstrich auf dem ganzen Körper spürte. Es kam mir vor, als würde ich auf einer gigantischen Wolke schweben. Plötzlich malten sich vor mir die Umrisse eines Engels ab. Er breitete seine Hände unter mir aus, so wie meine Mutter, als ich laufen lernte. Von Weitem hörte ich eine Glocke schlagen, ein eigenartig zitternder Ton, der eine undefinierbare Zeit schlug. Als die halbe Ewigkeit vergangen war, öffnete ich meine Augen. Nur noch wenige Zentimeter bis zum Boden! Ich zog meine Beine an, ließ die Flügel aus Zweigen fallen und machte mich ganz rund, um mich im vom Regen aufgeweichten Gras abrollen zu können. Der Engel hatte sich zwischenzeitlich in Luft aufgelöst.

»Ich kann fliegen«, rief ich Ignacio zu, während ich den Berg wieder raufrannte.

»Unsinn, du bist nur ein großes Stück gesprungen.«

»Nein, nein, ich stand eine ganze Weile in der Luft, wie ein Vogel.«

»Von hier aus sah es aus wie ein Sprung«, entgegnete Ignacio.

»Du hast nicht richtig hingeschaut!« Ich setzte mich neben ihn und begutachtete den Blickwinkel.

»Beweis es! Wenn du fliegen kannst, erheb dich von hier aus in die Luft.«

»Ich brauch den Anlauf vom Berg.«

»Aber ein Vogel erhebt sich von jedem beliebigen Platz aus.«

»Ein Vogel«, ich pirschte mich an die Vögel an der großen Pfütze unter der Buche heran, »… schlägt mit seinen Flügeln nicht einfach nur auf und ab, sondern er dreht sie bei der Aufwärtsbewegung nach oben, bei der Abwärtsbewegung nach unten. Das habe ich beobachtet, aber ich kann es noch nicht verstehen.«

»Vergiss es. Menschen können nicht fliegen.«

Ich starrte auf das Kaff vor uns, das in der Ebene lag wie eine Münze in einer Pfütze. Der Wind spielte mit den Pappeln wie auf einer Flöte.

»Magst du den Krieg?«, fragte ich.

»Nein. Ich weiß nicht, wofür er gut sein soll, außer, dass mein Vater damit Geld verdient.«

»Magst du deinen Vater?«

»Nein. Er hat mir gezeigt, wie man Menschen mit einem Schwert tötet.«

»Ich mag deinen Vater auch nicht.«

»Ich wünschte, er wäre nicht mein Vater.«

Bittere Tränen rannen aus seinen Albino-Augen. Ich legte brüderlich den Arm um ihn.

»Das braucht dir nicht leidzutun. Ich weine nicht deswegen«, sagte Ignacio.

Ich sah ihn verwundert an.

»Sondern … weil … ich habe dich vorhin angelogen. Ich weiß schon, dass Menschen fliegen können – ein Verwandter von mir ist geflogen.«

Ich lachte auf. »Das glaube ich nicht.«

Jetzt lachte auch Ignacio. »Weißt du, wie ich mit ganzem Namen heiße?«

Ich zuckte mit den Schultern.

»Du weißt, wie ich heiße?«

»Klar, Ignacio.«

»Mit ganzem Namen heiße ich Ignacio Hector Alemán – Alemán heißt übersetzt ›der Deutsche‹. 1470 wurde in der Provinz Guadalajara ein Rodrigo Duque Alemán geboren, ein berühmter Bildhauer. Zu seinen Werken zählen die Gestühle der Kathedralen von Toledo, Ciudad Rodrigo und Plasencia. Neben idyllischen Szenen aus dem Leben Jesu oder einem Bildnis eines Heiligen taucht die Figur eines Bischofs auf, der von einem Teufel mitgenommen wird, oder eine Frau, die auf einem Mönch reitet und dessen blankes Hinterteil peitscht. Deshalb kam er in Konflikt mit der Inquisition und wurde in einen Turm der Kathedrale von Plasencia gesperrt. Dort musste er sklavische Arbeiten ausführen, zum Beispiel Gänse rupfen. Aber er sammelte die Federn, konstruierte daraus mit Kerzenwachs und Samen einen Flugapparat und flog davon.«

Meine Fantasie überschlug sich. »Ein Flugapparat … bist du dir sicher?«

»Angeblich flog Rodrigo einmal um die ganze Stadt herum, bevor er abstürzte«, Ignacios Blick wurde auf einmal ganz leer. »Es ist nur eine Legende. Mein Vater würde mich ohrfeigen, wenn er wüsste, dass ich sie erzählt habe. Du glaubst mir auch nicht. Ich spüre das. Aber es ist wahr.«

Das Glockengeläut von Sankt Cornelius wurde vom Wind durch die Luft geschleudert.

»Onkel Job wird mir schon sagen, ob deine Geschichte stimmt.« Ich knuffte Ignacio in die Rippen.

»Bist du verrückt, das tut weh!«

Wir kabbelten uns und balgten durch das raschelnde Buchenlaub. Unsere Träume machten uns leicht wie eine Feder.

14. Bild: Zwei Tote

Schwer wie Blei lag der nächste Freitag in der Waagschale. In Dülken traf es zwei Männer, die in der Blüte ihres Lebens standen. Die Rede ist vom Schmied Dekkers, der sich durchaus im Vollbesitz seiner männlichen und arbeitstechnisch relevanten Kräfte befand, und dem immerhin geistig leicht angeschlagenen Giovanni Barusi. Beide klagten unerwartet über Atemnot und Herzrasen, ohne dass jemand einen näheren Grund für ihr plötzliches Missbefinden entdecken konnte. Gewiss, bei Barusi konnte man darauf schließen, dass er bei dem verheerenden Brand, der ihn nicht nur um seine Existenz, sondern auch um seinen Verstand brachte, derart viel Qualm eingeatmet hatte, dass es seiner Lunge abträglich war. Hinzu mag gekommen sein, dass er bei der Witwe Heimanns eher eine harte Hand erfahren haben dürfte als liebevolle Zuwendung, was sich auf seinen Gesundheitszustand möglicherweise als wenig förderlich erwies.

Völlig anders lag die Sache beim Schmied Dekkers. Er hatte noch am Abend des Vortages in der Schmiede gestanden und kräftig gearbeitet, weil er eine überraschend dringliche Auftragsarbeit für den spanischen Hauptmann José Alemán zu erledigen hatte. Seine Frau berichtete, in der Nacht sei der Atem ihres in allen Belangen stählernen Mannes plötzlich ganz schnell gegangen, er habe gestöhnt, wie sonst nur bei – »Na ja, du weißt schon!« – so schnell eben, dass sie davon aufgewacht sei. Denn, man wisse nie genau, was in einem Bett neben sich geschähe, und wer eines anderen Weib auch nur im Traum begehre, mache sich der Sünde schuldig und so weiter, doch darum sei es nicht gegangen, denn kaum hatte die beklagenswerte Frau des Schmiedes sich über ihren

Mann gebeugt, sei nur noch ein Fiepen hörbar gewesen, das dem eines Wiesenpiepers verdächtig geähnelt habe, und das Schmiedeherz in seiner Brust habe ganz fürchterlich gepumpert, als hätte der unglückliche Dekkers tatsächlich einen Wiesenpieper verschluckt.

»Gott hab ihn selig!«

Jäh war also der Lebensfaden gerissen, und die Frau des Schmiedes sah auf den halb offenen Mund ihres Mannes, aus dem kein Wort mehr entströmte, auch kein Atemstoß, sondern einfach nichts mehr außer einem nach fauligem Magen muffelnden Geruch wie sonst nur, wenn er zu viel Rettich oder blutige Kalbsleber gegessen habe. Sie hüllte sich in ihr Sonntagskleid, einmal, weil sie schlecht im Nachtrock auf die Straße konnte, zum anderen, weil sie den besonderen Anlass erahnte. Unglücklicherweise besaß das Kleid viele Bänder und Häkchen, wodurch das Ankleiden einigermaßen Zeit in Anspruch nahm. Sicherheitshalber habe sie noch mal auf den Bauch ihres Mannes gedrückt, doch nur eine weitere Ladung des galligen Geruchs sei seinem offenen Mund entströmt, dessen Specklippen nun langsam eine ungesund weiße Farbe annahmen. Nachdem sie sich dreimal bekreuzigt habe, sei sie zum Pfarrer gerannt, der ihr ohne zu zögern folgte, um Dekkers Seele zu retten, denn man wusste, dass sein aufbrausender Charakter einer häufigen Beichte würdig war. Zu spät.

»Din Mann is dout«, hatte Pfarrer Herrmani gesagt. »Hallelujah.«

Derart fürchterliche Schicksale trieben die Dülkener auf den Marktplatz. Den stinkenden Pfuhl meidend, stellte sich Bürgermeister Fegers vor das Nordportal von Sankt Cornelius, wo Küster Job Opgenrijn zum Fronleichnamszug immer den Altar so schön herrichtete, weil die Prozession schließlich auf dem Marktplatz endete und der Abschlussgottesdienst dort stattfand. Auch wenn es wichtige Bekanntmachungen des Herzogs, seines Amtmanns oder Landvogtes gab, trat der Herold an diese Stelle und ließ die Bewohner Dülkens irgendwelche Neuigkeiten wissen, mal wichtiger, mal unwichtiger Natur.

Diesmal stieg der riesenhafte Fegers mit würdevoll tastendem Schritt die drei Stufen hinauf und sah mit seinem schlotternden Windhundgesicht über die Köpfe der Gemeinde hinweg. Seine falsettartige Stimme versuchte sich eine Feierlichkeit zuzulegen, die wegen ihrer Quietschigkeit eher ein wenig lächerlich wirkte, was dem ernsten Augenblick jedoch nicht die Würde nahm: »Volk! Ein Gespenst geht um in Dülken!«

Lange dauerte seine Ansprache nicht, weil ihn immer wieder aufgeregte Zwischenrufe unterbrachen. Die Unruhe steigerte sich ungeheuerlich und endete in einem aufgeregten Wortwechsel, denn jeder wollte gewisse Merkwürdigkeiten beobachtet haben. Das rief den Baumeister Harald Solneß auf den Plan, der sich aus dem gemeinen Volk löste und den um drei Stufen höheren Platz neben dem Bürgermeister erklomm. Solneß war ein drahtiger Mann, anders als der Bürgermeister war er von kleinem Wuchs und maß kaum einsfünfzig, weshalb er neben dem mächtigen Bürgermeister wie ein abgebrochener Riese erschien. Seine beinahe bronzefarbene Haut glänzte im Sonnenlicht. Mit seinen wie Karfunkel glühenden Augen, dem kräftigen Vollbart und dem vollen, lockigen Haar wäre er geradezu schön gewesen, wenn seine Ohren nicht wie Windmühlenflügel abgestanden hätten.

»Dülkener!«, sagte Solneß, besser, bellte er, denn seine Stimme klang vom vielen Schreien auf dem Baugerüst wie aus einem Blecheimer. »Wir beobachten Dinge in unserem schönen Dülken, die nicht uns allen gefallen.« Um nicht meinen Vater direkt beim Namen zu nennen, wählte er einen blumigen Vergleich: »Manche Rose duftet wie der Frühling, und mancher Kuhhaufen stinkt zum Himmel. Ich will ja nichts sagen, aber man will Leute gesehen haben, die nachts heimlich fremde Geldschatullen durch die Gegend tragen.«

Mein Vater rieb seine fleischige Nase und sagte nichts. Selbst die feindlichen Blicke entlockten ihm keine weitere Reaktion, was auch nicht vonnöten war, denn Heimanns Witwe erhob ihre klirrende Stimme. »Dä Swart hätt mich alles jekläut. Dat hätt der Tschwanni Parusi mich in sinner letzten Minute jesait.«

Wüstes Fluchen erhob sich, eskortiert von den übelsten Beleidigungen gegen meinen Vater. Ob er wollte oder nicht, nun musste er reagieren. Widerwillig sagte er mit seiner basstiefen Stimme: »Ich bin unschuldig, und ich werde jeden, der meinen Leumund schädigt, vor den Kadi zerren. Du, Heimanns Witwe, bist eine Hexe, und es würde mich nicht wundern, wenn bald gegen dich ein Hexenprozess eröffnet würde!« Immerhin brachte er damit die Menge zum Schweigen, und mich machte die satte Souveränität stolz, die er erhobenen Kopfes zur Schau trug.

»Volk!«, rief der Bürgermeister und reckte seinen Kopf in die Höhe, weshalb er neben dem Zwerg Solneß noch einmal so groß erschien. »Volk, lasst uns vernünftig bleiben. Wer von euch hat etwas Auffälliges bemerkt?«

Jeder hatte zweifelhafte Vorkommnisse beobachtet. Nicht leugnen ließ sich, dass am Abend vor den, sagen wir, unerwarteten Todesfällen, ein rätselhaftes Wesen durch Dülken huschte, hoch aufgeschossen und in einen schwarzen Lederumhang gehüllt, auf dem Kopf eine Pestmaske, aus deren langem, rabenähnlichem Schnabel ein merkwürdiges Krächzen gedrungen sei. Vielleicht, mutmaßte Bürgermeister

Fegers, handele es sich dabei um einen schwarzen Engel, einen Vorboten der Pest. Er blieb auf dem Treppenvorsprung stehen, ein bekümmerter Windhund. Pfarrer Edmund Herrmani ordnete für den frühen Abend um fünf Uhr einen Bußgottesdienst an, zu dem alle – er betonte: ausnahmslos alle – zu erscheinen hätten, damit sich nicht womöglich noch größeres Unheil über Dülken ergoss. Man musste mit dem Schlimmsten rechnen.

Mein Vater hätte durchaus auch Öl ins Feuer des Zweifels gießen können, schließlich fand er am Morgen nach der Tatnacht neuerlich zwei tote Skorpione an seine Tür genagelt, wieder versehen mit den Worten: *ALLOS EGO.*

War es ein Dämon? Ich musste mit Ignacio darüber sprechen. Es ängstigte mich.

15. Bild: Das flache Land

Die feindliche Entwicklung ängstigte auch meine Mutter. Manchmal überkam sie das heftige Bedürfnis, meinen Vater zum Sprechen zu zwingen. Alles käme auf den Tisch, alles, was sie belastete und was ihn belastete. Was für eine Erleichterung das wäre! Kein Versteckspielen mehr, kein Theater, keine Lügen. Nie habe ich mich getraut zu fragen, wie es ihr mit meinem Vater ergangen war. Ich sah sehr wohl, dass sie weder Zärtlichkeit noch Zuneigung verbanden. Sie wirkten auf mich erschöpft von der Fremdheit um sie herum, vom Lärm der Welt, und sie klammerten sich aneinander, weil es zweckmäßig war. Ich fragte nie danach, wie sie es miteinander aushielten, ohne Liebe. Aber fand man die überhaupt irgendwo? Bei den Nachbarn nicht, nicht in den Worten des Pfarrers, manchmal vielleicht in Onkel Jobs Lachen.

»Schau, Henricus, wir machen uns etwas vor, damit unsere Welt nicht zerbricht, aber warum tun wir das? Vielleicht beichten wir getrennt voneinander in ein fremdes Ohr unsere Ängste. Könnten wir auch uns beichten? Wir teilen Tisch und Bett, nur niemals teilen wir uns mit. In furchtbaren Zeiten wie diesen, wo so viel Blut fließt, wissen wir nichts voneinander. Das scheint ganz normal zu sein. Jeder bleibt für sich. Keine Zärtlichkeit. Keine Gefühle, aber Krieg. Überall Krieg. In den Betten, in den Köpfen, und von den Kanzeln geifert es. Nur Herzen aus Stein. Entspricht das unserem Wesen? Aber was ist mit meinem Leben? Und mit deinem? Und dem von Tillmannchen und dem von Jasper, Ruth und Walburga?«

Mein Vater tat, was er immer tat, wenn ihm seine Frau so kiebig kam, er trank zwei Becherchen »Dülkener Gold« und sagte: »Das sollten wir dem lieben Gott überlassen!« Nicht, dass sie wieder schwanger war. Wenn es so wäre, würde er sie diesmal zwingen, zu Vieten Billa zu gehen, der Kräuterhexe vom Burgacker, die sich nicht nur auf Heilkräuter verstand, sondern sich mit allem auskannte, was Gott verboten hatte. Als gäbe es keine anderen Sorgen! Gestern nach der Messe hatte mein Vater den klugen Job Opgenrijn gefragt, was »Allos ego« bedeute, und Opgenrijn hatte aus dem Altgriechischen übersetzt: »Du bist ich.«

Schlag Viertel nach eins holte mein Vater den Rappen aus dem Stall, strich über dessen glänzendes Fell und befahl unserem Knecht Lorenz, ihn zu satteln. Den Rest übernahm er selbst. Mit betonter Gelassenheit warf er dem Rappen zwei große prallvolle Satteltaschen über und zwei weitere mittlerer Größe, ein münzklirrendes Leinensäckchen befestigte er vorn am Knauf.

»Ich komme erst spät zurück. Lass das Hoftor offen stehen. Es wird sich schon kein Mörder bei uns einschleichen. Sei trotzdem wachsam. Hast du verstanden?«, schärfte er dem Knecht ein.

Lorenz nickte.

»Ich vertraue dir. Du bist mein bester Mann.« Mein Vater wusste, dass jedem Knecht solche Schmeicheleien gefielen. »Falls dich jemand fragt, wohin ich ausgeritten sei, sag ihm, ich wäre nach Venlo. Nein, sag besser, du wüsstest es nicht.« Mein Vater tätschelte ihn, worauf Lorenz ein tumbes Lachen ausstieß. »Alles klar?«

Lorenz blickte zu einfältig vor sich hin, um den Eindruck zu vermitteln, dass er wirklich verstanden hatte. Das Risiko, nachher neugierige Fragen beantworten zu müssen, ging mein Vater ein. Viel wichtiger war, endlich aufzubrechen.

»Vater, wohin reitest du?«, fragte ich.

»Ich muss weg.« Er zog die Zügel an.

»Kann ich nicht mitkommen?«

»Pass gut auf alles auf, du bist mir verantwortlich«, sagte mein Vater lachend.

Wusste er nicht, dass er unter besonderer Beobachtung stand? Spürte er nicht, dass die Wände Ohren hatten und alle Augen ihm folgten? Natürlich wusste er, dass der Bürgermeister und seine Leute ihn auf dem Kieker hatten, insbesondere sein misstrauischer Nachbar, Baumeister Solneß. Um keinen Verdacht zu wecken, ritt er in betulichem Trab über die Blauensteinstraße zur Langen Straße, machte einen Abstecher zum Domhof, wo er, wie immer in letzter Zeit, kurz vor dem majestätischen Haus der Witwe Brockers innehielt. Aufatmend tätschelte er die Flanken seines Rappen und atmete Pferdeschweiß ein: »Es wird vor Ablauf der Jahresfrist mir gehören.« Im ruhigen Trab passierte er das Steintor Richtung Süchteln, grüßte den Torwächter durch ein freundliches Nicken und blickte sich vorsichtig um. Mit dem, was er sah, hatte er insgeheim gerechnet. In sicherem Abstand zu ihm ritt Solneß auf seinem Schimmel.

Bis dahin konnte ich meinen Vater verfolgen. Mich beunruhigte, was ich sah. Offenbar war an den Gerüchten etwas dran. Auch wenn mir die Bilder jener Feuernacht fehlten, die Verwandlung meines Vaters kam mir dämonisch vor, und ich ahnte, dass der spanische Hauptmann dahintersteckte.

Die Mittagssonne erhob sich flirrend über den Bäumen, deren dicht belaubte Zweige in einem linden Wind raschelten. Gerüche von gesensten Gräsern entströmten der Erde. Beunruhigt sah ich vom Stadttor aus, wie mein Vater gemächlich an den weitläufigen Feldern vorbeiritt, an der Einmündung zum Viersser Weg an- und vor der Kreuzkapelle kurz innehielt. Seinen Hut schwenkend, winkte er Solneß zu. Solneß erwiderte den Gruß nicht, im Gegenteil, er tat so, als hätte er meinen Vater gar nicht wahrgenommen, sondern hielt den Schimmel auf Abstand. Mein Vater setzte seinen Ritt in etwas schnellerer Gangart fort und ließ seinen Blick über die graue, braune, purpurne Landschaft schweifen, ein großer Malkasten der Elementarfarben, der die holländischen Maler so berühmt machte, und im Dülkener Gebiet war der Niederrhein unleugbar holländisch. Er ritt auf den Mühlenberg zu, genau auf die Narrenmühle zu, auch »Academische Mühle« genannt. Ich musste die Augen zusammenkneifen, um die sich zum Punkt verkleinernde Gestalt meines Vaters noch zu erkennen.

Hier musste ich den Engel um Hilfe bitten, es sei denn, meine Erzählung sollte sich an dieser Stelle im Nichts verlieren. Auf jeden Fall konnte ich vom Steintor aus nicht mehr sehen, als ich geschildert habe. Auf mein Schlafwandeln konnte ich an dieser Stelle auch nicht setzen, zudem wäre es wenig hilfreich gewesen, wenn sich die Bilder in meinem Unterbewusstsein verloren.

Beim Engel wurde mir der Unterschied zwischen Bewusstsein und Unbewusstsein schnell klar. Er blieb, und das beschreibt den Unterschied zwischen Himmel und Erde am besten, kein Widerspruch.

»Engel, manche Bilder sind harter Tobak«, sagte ich, während ich meine Finger ausschüttelte, denn sie waren vom Schreiben müde. Wie auch mein Geist. Ich brauchte eine Pause, um zu vergegenwärtigen, was geschehen war. Mein Vater war ein Dieb. So viel stand unleugbar fest. Sein ganzes Imperium war auf Betrug aufgebaut, wie viele geistliche und staatliche Imperien auch. Nicht sogar die meisten? Doch das tut nichts zur Sache. Letztlich ist jeder für sein Handeln verantwortlich. Immerhin sah ich Teile meines

Lebens in diesem Bilderreigen zum ersten Mal, das kostete Kraft. Aber einige Ungereimtheiten lösten sich auf. Besser gesagt, das Bild meines Lebens komplettierte sich. Durchaus zufrieden blickte ich auf das Buch mit den weißen Blättern, von denen etliche schon nicht mehr weiß, sondern mit meiner kleinen, hakigen Schrift gefüllt waren.

Hinter mir bewegte sich der Engel. »Die Zeit ist gekommen, dir das, was du damals nicht sehen konntest, zu zeigen.«

Allein seiner ruhigen, sanften Stimme zu lauschen, wirkte wie eine Meditation.

»Onkel Job war Mitglied dieser Narrenakademie, die dort tagte.«

Der Engel nickte. »Jaja. Was willst du nun, soll ich dir zeigen, was dein Vater dachte oder was sich in der Narrenakademie abspielte?«

Die Entscheidung fiel nicht so leicht. Mich wunderte nicht, dass der Engel mich bedrängte, denn ich hätte mich am liebsten in Spekulationen über dieses Thema verloren. Die rötlichen Albino-Augen des Engels durchdrangen mich. »Am besten, du schaust dir an, was sich im Kopf deines Vaters abspielte, als er an der Narrenmühle vorbeiritt.«

Ich betrachtete mein graues Gesicht, das der Spiegel unscharf zurückwarf. Je länger ich hinsah, desto verschwommener wurde es, bis mir nur noch ein Punkt entgegenblickte. Daraus entstand ein neuer Punkt, nein, es war eher ein Tropfen. Ja, ein Tropfen in der Form eines Kommas, so, wie ein Tropfen aussieht, wenn er heruntertropft. Immer neue Tropfen entstanden daraus und wurden zu Buchstaben. Ich konnte die Buchstaben des heiligen Namen Gottes erkennen – wie gut, dass Onkel Job mich auch im Erkennen der Gottesnamen unterwies! –, aus den Buchstaben entstand ein neues Wort, und nach einer ganzen Kette von Wörtern entdeckte ich den Namen meines Vaters. Nach einer Weile schälte sich daraus das Gesicht meines Vaters heraus. Es durchlief mehrere Wandlungen,

*bis es zu dem Gesicht geworden war, das mein Vater trug, als er auf
dem Mühlenberg stand und die Narrenmühle betrachtete.*

»Schau um dich«, forderte der Engel.

*Ich richtete meinen Blick vom Spiegel auf das Bild, das er vor
meine Augen hielt, und verstand. Bei einem längeren Blick in den
Spiegel hätte ich mich in Selbstreflexionen verloren. Doch darum
ging es nicht. Jedenfalls nicht jetzt. Ich spreizte meinen Zeigefinger
ab und begann wieder, auf die blütenweißen Blätter des Buches vor
mir zu schreiben. Es war merkwürdig – wenn der Engel mir diese
Bilder zeigte, kam es mir vor, als wäre ich dabei gewesen, wie ein
Vogel vielleicht, der dem Weg meines Vaters folgte, natürlich nicht
bewusst. Der Blick des Engels ermahnte mich, nicht abzuschweifen,
es reichte, die Geschichte einfach so weiterlaufen zu lassen: Also,
mein Vater ritt an der Narrenmühle vorbei, die Richtung Süchteln
auf dem Mühlenberg stand.*

Da stand also mein Vater vor der Narrenmühle. Hier trafen
sich die Ritter des jungen Lichtes. Honorige Männer Dülkens,
Schöffen und Zunftmeister, ehemalige Studiosi und betuchte
Kaufleute. Vielleicht hätten sie meinen Vater auch aufge-
nommen? Vielleicht. Im Gegensatz zu Onkel Job hatte er kei-
nen Bezug zu Narreteien oder übersinnlichen Dingen. Job
Opgenrijn ritt hingegen einmal im Monat bei Neumond zur
»Academischen Mühle« aus.

Mein Vater beäugte die flügellose Mühle. »Nach dem
Mond richtet man sich auch bei anderen Bruderschaften, bei
den Rosenkreuzern oder Pythagoreern, hat Job erzählt. Bei
Gott, der erzählt viel, wenn der Tag lang ist. Weiß gar nicht,
was Tillmann an ihm findet. Weiß der Teufel, was für okkul-
te Rituale die da abhalten. Muss ich José Alemán mal zu
befragen, der kennt sich in solchen Dingen aus, hat er gesagt.
Worin kennt er sich nicht aus? Von einem Skorpion-Ritual

hat José Alemán gesprochen. Aber das machen sie garantiert nicht in der Narrenakademie. Das ist bestimmt ein harmloser Spaß. Bei dem Skorpion-Ritual, da geht es um Macht. Das kennen aber nur die ganz hohen Eingeweihten der Rosenkreuzer. José ist wohl auch dabei, trägt solche merkwürdigen Ringe, einen mit glühendem Stein am Mittelfinger seiner linken Hand, einen Ring mit einem Skorpion am Ringfinger und einen Siegelring mit Skarabäus am kleinen Finger. Den trägt er nicht immer. Sogar Luther war Rosenkreuzer, hat er gesagt. Muss etwas dran sein, Pfarrer Herrmani hat's auch mal behauptet. Dabei weiß Herrmani garantiert nicht, was Rosenkreuzer sind. Nur weil sie als geheimnisvoll gelten, sind sie für ihn schlecht. Jedenfalls die Narrenakademie führt auch keine geheimen Rituale durch, vermute ich. Job sagt es zumindest. Es geht darum, die geheimen Gesellschaften zu verhohnepiepeln, Jokus, Locus, pups Marie! Spirlewipp, Spirlewipp, loss mer jet Freud maake! Dabei ist Job sonst nie ein lächerlicher Furz. Vielleicht braucht er den Klamauk als Ausgleich. Das Lachen wurde im Rheinland erfunden, sagt Job, und José hat das bestätigt. Ganz sicher. Niemand kichert sich eher krumm als ein Rheinländer. Alle Vertreter des entschiedenen Vielleicht. Immer geschmeidig genug, um mit Gott und Teufel gleichzeitig zu verhandeln. Irgendwie kommt man schon durch. Wo durch? Egal. Alles egal: gleich gültig gleich gleichgültig. Maulheld, Scherzbold, Schwerenöter, immer einen Witz auf den Lippen, mag er noch so dumm sein. Wobei in der gespielten Dummheit des Rheinländers unleugbar eine sophistische Schläue liegt, wie Job es ausdrückt, was José bestätigt. Reine Überlebenskunst ist es, nichts anderes. Kein Wunder, bei den Heerscharen von Armeen, die in den ganzen Jahrhunderten durch das Land zogen und es in Blut tränkten. Allerdings kaum obrigkeitsgeile Untertanen fanden. Wat kütt, dat kütt. Wat jeht, dat jeht, und manchmal kütt eben jar nix. Die Dinge müssen übersichtlich bleiben. Aus dem Grund stutzt man die Kopfweiden, die entlang der Felder und Wasserrinnen wie entkrönte Häupter dastehen, denen der Zug zum Himmel für immer verwehrt bleibt. Anders als den Pappeln, die sich in meilenlangen Alleen dahinziehen, bis sie in Brachen und Sümpfen versickern. Das flache Land reicht von Kirchturm zu Kirchturm, an die man die Teufel aufhängt. Mehr Mystik gibt es nicht. Und José de Alemán Marqués de Riscal, der Ritter von der mystischen Gestalt, sagt, in diesem Charakter steckt etwas Spanisches, genau gesagt, etwas Kastilisches. Weiß der Teufel. Charakter hin, Kopfweiden her. Vielleicht sind Kopfweiden die typischsten niederrheinischen Bäume, doch die niederrheinische Seele gleicht eher den Birken, schwarz-weiß im Wechsel, flach wurzelnd, aber voll sanften Blattwerks, das sich in den Wind hängt wie ein Liebeslied ins Herz.«

Mein Vater war nur bedingt vom Laissez-faire des Rheinischen durchdrungen, in ihm floss das schwere Blut flandrischer Küstenbewohner. Mein Großvater hatte noch an der flandrischen Küste das Vieh über nassen, silbrigen Sand zu den kargen Weiden getrieben. Er stand in der Weite verlassener Landschaften unter einer wässrigen Sonne. Schneidender Wind trieb die Wellen in den Himmel, und da, wo es keine Wellen gab, erstreckte sich das dörre Land. Da war mein Vater aufgewachsen. Solche Erinnerungen konnten nur mit einem satten Genever genossen werden und mit Salz unter dem Fuß.

Hinter der »Academischen Mühle« zogen sich die Felder, auf denen Roggen und Gerste der Ernte entgegenreiften. Das Moos auf den Wegen dämpfte den Hufschlag. Trotz der Sommertemperaturen in den letzten Tagen dunstete im Wald noch immer Feuchtigkeit auf. Der Geruch biss in der Nase. Mein Vater musste niesen und rotzte einen Gelben weg. Solneß hatte jede Zurückhaltung aufgegeben und ritt mit wehendem Umhang auf ihn zu. An der Irmgardis-Kapelle war er nur noch ein paar Schrittlängen entfernt. Mein Vater hätte seinem Rappen die Sporen geben können. Er war der bessere Reiter und hätte Solneß um Längen abgehängt. Offenbar wollte er die Gegenüberstellung. Lag es an seinem neuen Selbstvertrauen oder speiste Übermut sein Verhalten? Mein Vater stieg vom Pferd und machte es an der Kapellenpforte fest. Als er sich herumdrehte, blitzte die Klinge von Solneß' Degen vor seinen Augen. »Hier ist das Ende deiner Reise!«

»Ausgerechnet an dieser Stelle, wo die heilige Irmgardis nach Weisheit suchte?«

Seit 1498 stand die Sankt-Irmgardis-Kapelle an der Lichtung. Es war ein Kraftort, das ließ sich spüren. Hier war um 1050 die Einsiedelei jener Irmgard von Aspel gewesen, der das ganze Land gehörte, doch der Welt überdrüssig vermachte sie ihren Besitz, die Burg und Grafschaft Aspel, dem Erzbistum Köln. So sagte die Legende, und mehr als Legenden musste man nicht wissen, wenn man Heilige verehrte. Solneß trug einen entstellten Ausdruck auf seinem Strichgesicht. »Kommen wir zur Sache! Ich wette, deine Satteltaschen sind voller Münzen.«

»Schau nach, wenn du Mut hast!«

Mit gezücktem Degen sprang Solneß vom Pferd. »Das werde ich, verlass dich drauf, aber zuerst wirst du dran glauben!«. Er baute sich breitbeinig vor Vater auf und warf den Dolch von einer Hand in die andere. »Dir zieh ich das Fell über die Ohren!«

Mein Vater parierte den spitzen Hieb, indem er sich mit einem Sprung nach vorn vor Solneß' Füße abrollte und sich vor den sirrenden Hieben wegdrehte. Rasende Wut schrie aus Solneß' Gesicht, machtvoll hob er die blitzende Klinge und holte zum tödlichen Schlag aus. Mein Vater wirbelte zur Seite, packte mit einer mutigen Vorwärtsbewegung den Knauf und riss ihn aus Solneß' Händen. Sein Hieb zerfetzte das Wams seines Feindes, der angstvoll nach hinten torkelte und über einen Ast stolpernd zu Boden fiel. Mein Vater setzte die Degenspitze auf Solneß' Brust. »Ich könnte dich töten, du miese, kleine Ratte. Aber du sollst sehen, dass ich es nicht nötig habe, jemanden umzubringen!«

Hilflos wie ein Käfer lag Solneß auf dem Rücken, die Augen nach oben gerichtet, als flehte er zum Himmel.

»Du wirst dich damit anfreunden müssen, dass ich nicht mehr nur der kleine Viehhändler aus Dülken bin, mit dem man herumspringen kann, wie man will.« Er spie aus. »Gott segne dich, mein Freund.« Mit einem Hieb trieb er Solneß' Schimmel in die Flucht. Dann stieg er gelassen auf, warf dem zitternden Solneß seinen Degen zu und gab seinem Rappen die Sporen.

José Alemán hatte meinem Vater ein Versteck in Brüggen empfohlen, hatte dort eine Schaufel bereitgelegt, doch wer sagte, dass ihn der spanische Hauptmann nicht austrickste? Mein Vater traf eine spontane Entscheidung. Er orientierte sich Richtung Liedberg, wo es unter der burgnahen Quarzitkuppe Höhlen gab. Kaum eine halbe Meile weiter gähnte eine klaftertiefe Bodensenke. Die Wände dieses Kraters waren überwuchert von üppigen Sträuchern und Farnen, vereinzelt wuchsen krummstämmige Birken aus dem steilen Abhang. Mein Vater machte seinen Rappen an einem Baumstumpf fest und hängte sich die drei Satteltaschen um die

Schultern. Den Geldsack befestigte er mit einer Kordel um seinen Bauch. Vorsichtig tastete er sich mit den Füßen vor. Der Krater war steil, der Abstieg wurde zur Höllenqual. Die Beute, die er mit sich schleppte, wog wie Blei. Unter seinen Füßen brach Geröll weg. Außer Atem erreichte er die Quelle, die aus dem Stein brach. Das kühle klare Wasser erfrischte seine trockene Kehle. Auf dem glatten moosigen Untergrund stakte er mit langsam ausholenden Schritten voran. Neben der Quelle öffnete sich ein Stollen. Kaum jemand kannte ihn. Mein Vater kletterte den Schacht hinab. Vorsichtig setzte er einen Fuß vor den anderen, während er seine Hände gegen die feuchten Wände drückte, um nicht abzurutschen. Je tiefer er kam, desto weniger Licht fiel von draußen hinein. Wenn er abstürzte, würde ihn niemand hier finden. Wenigstens fiel so viel Tageslicht hinein, dass er sah, wohin er seine Füße setzen musste. An etlichen Stellen gab es Steinnischen. Mein Vater wählte die dritte vom Schacht aus links gelegene, drei Handbreit über seinem Kopf. »Merk dir den Ort!« Mit kurzen, kräftigen Bewegungen kletterte er den Schacht wieder hinauf. Er trank noch einmal aus der erfrischenden Quelle. Schweiß glitzerte auf seinem Schädel, Schweiß rann ihm über Brust und Wanst. Am Zügel festgezurrt, wartete sein Rappe. Mein Vater sah sich nach allen Seiten um, ohne irgendetwas Verdächtiges zu erblicken. Hatte er nicht genau genug hingeschaut? Hinter den Holunderbüschen stand kaum sichtbar ein älterer Mann mit schneeweißem Haarkranz, um dessen Schultern ein malvenfarbenes Leinentuch drapiert war. Mein Vater ritt im Eiltempo über die Feldwege, die unter dem schnellen Hufschlag kratschten. Ein leichter Nordwest wehte über die Felder. Das nächste Gewitter kündigte sich an.

16. Bild: Zwei merkwürdige Begegnungen

Nur wenige Schrittlängen entfernt von Vieten Billas elendiger Kaschemme auf dem Burgacker trafen zwei Männer aufeinander, die sich gut zu kennen schienen. Ignacio und ich schlichen uns an sie heran. Wir waren zum Burgacker gerannt. Warum eigentlich? Einfach so, vielleicht, um ein Abenteuer zu erleben. Nein, Ignacio führte etwas im Schilde. Auch wenn ich es nicht gleich bemerkte, er wollte mir etwas zeigen.

»Da«, sagte er und deutete Richtung Vieten Billas Kaschemme. Mir verschlug es den Atem. Wieso trafen sich Onkel Job, Kaplan Senkel und Ignacios Vater ausgerechnet auf dem Burgacker am Hexenhäuschen? Sie begrüßten sich wie alte Freunde, was mich in Bezug auf Onkel Job erstaunte, ich hatte ihn nie für einen Freund José Alemáns gehalten.

»Hast du den Extrakt dabei?«, fragte er.

Alemán nickte.

»Bist du dir sicher, dass der Extrakt aus Fliegenpilz das Innerste der Seele erschließt?« Mein Onkel runzelte die Stirn. Sein Skeptikerblick verhieß nichts Gutes.

»Diese edle Essenz lässt dich die Welt in einem völlig neuen Licht sehen. Ich nehme an, du weißt, der Fliegenpilz heißt nicht so, weil er Fliegen anzieht, sondern weil man davon fliegen kann. Jede Hexe wird es dir bestätigen. Frag Vieten Billa.«

Onkel Job schüttelte den Kopf. »Nicht nötig.«

»Warum muss der Schlingel immer alles wissen?« Kaplan Senkel tätschelte unentwegt Onkel Jobs Kopf. »So ein kluges Kerlchen, hat das *Necronomicon* studiert, die Geheimnisse des Nostradamus, die Lehren der Rosenkreuzer und die Geheimen Bücher Salomos.«

Onkel Job schlug die tätschelnde Hand weg. »Lass das!«

»Lass dass, lass das«, äffte Kaplan Senkel. »Pfui Teufel.«

»In einem bin ich mir sicher, Alemán, den Stein der Weisen entdeckt nur derjenige, der die Seele entdeckt.« Onkel Job nahm ein Geldsäckchen vom Gürtel seiner Kutte. »Was schwätze ich, das wird dich nicht interessieren.«

»Wie du weißt, kenne ich mich in magischen Dingen aus. Ich bin mir sicher, dass ich dir nahezu alles besorgen kann. Zum Beispiel das Skorpion-Ritual der Alchimisten.«

Onkel Job horchte auf. »Zuerst brauche ich den Extrakt aus Fliegenpilz.« Es machte nicht den Anschein, dass er wusste, wovon Alemán sprach.

»Du musst vorsichtig damit umgehen, man kann davon verrückt werden.« José Alemán hielt ihm ein kleines Fläschchen mit trübem Inhalt entgegen.

Summend beflogen die Hummeln die Blüten der Tollkirsche. Kaplan Senkels Tätschelhand schlug sie weg. »Das Elixier des Teufels«, kiekste er.

Das dichte Blattwerk raschelte im kühlen Gewitterwind. Vögel flatterten kreischend auf, es klang, als entwich ein Luftstrom aus den unterirdischen Labyrinthen. Mein Onkel tauschte sein Geldsäckchen mit Alemáns Fläschchen so heimlich, als würde der Antichrist jeden Augenblick auftauchen. Stattdessen tauchten dunkle Wolken am Horizont auf. Erste Regentropfen fielen.

»Komm, bevor wir pitschnass werden«, sagte Kaplan Senkel und zog meinen Onkel, den Arm um seine Schulter gelegt, Richtung Feldweg.

Ignacio ergriff zitternd meine Hand und zog sie an sein Herz, als wollte er sich schützen. Mir schwirrte der Kopf. Mächtige Böen trieben ein Gewitter heran. Wenige Meilen entfernt zerrissen über den Süchtelner Höhen grellweiße Zickzacklinien den Himmel. Es sah aus, als regnete es Feuer. José Alemán lief, so schnell er konnte, zu Vieten Billas Kaschemme.

»Mach auf«, rief er. »Der Teufel ist los.«

»Komm«, flüsterte Ignacio. »Vom Hühnerstall aus können wir hineinsehen.«

Vieten Billa guckte aus ihren blanken Augen den spanischen Hauptmann mit einem seltsamen Ausdruck von Milde an. »Der Herr sei mit dir«, sagte sie mit ihrer Stimme, die so glockenklar klang wie die einer mädchenhaften Jungfrau. »*Der* Herr!« Sie hob ihren kleinen, verschrumpften Eulenkopf und grinste.

Auf einem Schemel in der Ecke, unter einer von Spinnweben verhangenen Teufelsskulptur, saß meine Mutter. Sie erhob sich gravitätisch, als der Hauptmann auf sie zukam. Mir fuhr der Schreck in die Glieder. Was machte sie hier?

»Das kann nicht wahr sein, Ignacio«, sagte ich. »Zwick mich mal, damit ich weiß, dass ich nicht träume.«

»Sei still!«, mahnte er. »Sonst hören sie uns.«

»Da hinten is eine Pritsche. Man muss ja nit stehen. Ich geh so lang in die Küch«, hörten wir Vieten Billa sagen.

Ich konnte vor Schreck nichts mehr sagen. Welches Verhältnis hatte ich zu meiner Mutter? Jedenfalls stellte sich in diesem Moment die Frage, und es wäre unklug, ihr auszuweichen.

»Na, komm schon«, sagte Ignacios Vater.

»Ja«, sagte meine Mutter.

Meine Mutter empfing den spanischen Hauptmann wie jemand, der schon zu lange auf die Liebe gewartet hatte. Wir sahen alles ganz genau. Auch Ignacios Gesicht zuckte vor Erregung. Alles tat weh. Trotzdem konnten wir von dem, was sich da abspielte, nicht die Augen nehmen. Im Gegenteil, wir starrten wie gebannt auf das Treiben, von dem wir nicht wussten, ob es lustvoll oder kämpferisch war oder beides, und so wurde meine Mutter die Frau des spanischen Hauptmanns und er ihr Mann. So viel jedenfalls ließ sich für uns zweifelsfrei erkennen. Später haben wir nie wieder über die Szene, die mit zunehmender Dauer an Heftigkeit zunahm, ein Wort verloren. Es war ein stillschweigendes Abkommen zwischen uns, diese Bilder, die uns gleichzeitig amüsierten und aufwühlten, in den Strom des Vergessens fallen zu lassen. Ich behandelte sie so wie die Bilder, die ich beim Schlafwandeln sah, nur mit dem Unterschied, dass ich diese Bilder bewusst verdrängte.

17. Bild: Karussell, Karussell

Das Bild von der Begegnung zwischen meiner Mutter und dem spanischen Hauptmann existierte einfach nicht mehr. Bei uns zu Hause veränderte sich nichts. Meine Mutter ließ sich nichts anmerken. Und doch erkannte ich die schmerzhafte Verlockung, der sie erlegen war. Plötzlich hatte sie zwei Gesichter, hinter ihrem Engelsgesicht erschien das Gesicht einer vergrämten Madonna. Doch das war kein Thema an jenem 4. Juli 1629, als ein leichter Wind von den Höhen wehte und den vielstimmigen Lärm der Sankt-Ulrich-Kirmes in die benachbarten Honschaften und Dörfer trug.

Der Marktplatz war ein einziger großer Basar. An jeder freien Stelle stand ein Zelt oder ein Verkaufsstand errichtet, Teppiche lagen ausgebreitet, und um den Pfuhl herum zogen Gaukler mit klingenden Spottgesängen. Schrumpelige Weiber boten Obst und Früchte. Fettwangige Metzger banden Gedärme um ihre Stiernacken.

»Kaufen, die Dames, kaufen, die Herre, alles frisch!«

Kleider, Messer, Äxte, Halsketten aus Kalbsknochen. Oder Menschenknochen? Auch egal. Ringe mit gelben Steinchen oder roten oder blauen oder was du willst. Mützen und Hüte. Schlappen und Schluppen. Umhängetücher, Decken. Schöppen, Harken, Besen. Stoffbälle und Stopfpilze. Daneben Pfifferlinge, ein paar Albusse wert. Amphoren mit irgendwelchen Flüssigkeiten. Gewürze, Salz, Safran, Muskatnuss, Koriander … Würzblätter aller Couleur und Nationen. Händler aus Kroatien und Spanien, und zogen durch die deutschen Lande, als gäbe es keinen Krieg, sondern nur einen großen Markt, auf dem die Beute verteilt wurde.

Um die Kontrolle über diese vielen Leute zu behalten, kamen von Zeit zu Zeit zwei hochgewachsene Söldner vorbei, die der Bürgermeister eingestellt hatte und die solche Muskelberge waren, dass sie gut und gern die Stiere, die mein Vater verkaufte, mit einer Faust in den Boden gerammt hätten. Oder war der Eisenmann an der Ecke Blauensteinstraße noch stärker? Er bog ganze Wälder von Eisenstangen zu Schrott. Fast wie der Schmied Dekkers selig. Da verdrückte seine Witwe schon noch ein Tränchen. Und die Gaukler sangen so schön das Lied vom Sensenmann, der kein Blut trinkt, weil er schon Durchfall hat. Und die Akrobaten machten einen Spagat.

»Guckguck, das Karre-Seel, von nackichte Menschenkraft in die Luft gehoben. Bei meiner Seele ...«

»Tillmann, hier kann man fliegen!«, rief Ignacio, mich zum Karussell zerrend.

»He, Karussellbetreiber, kannst du mir erklären, wie das Ding funktioniert?«

Der viereckige Eisenmuskeljakob griente: »Allsdann, da, schau her: Nach dem Einstieg in die Gondel wird mit Sandsäck ein Belastausgleich vorgenommen, damit für alle Passagiere das Gewicht ausgeglichen wird. Denn du bist leicht, mein Froind, und die zahnlose Alte is fett. Willste auch fahrn? Nu wird das Schwungrad händisch in Schwung gebracht, da, schau her, wie mei Herzhand das Schwungrad in Schwung bringt. Da schau, da schau, da schau, jetz dreh ichs, ums alsdann rumms mitter Fußkurbel in Betrieb zu halten. Dieses zu sehn, is schon ein Abenteuer. Aber fliegen, mein Froind, das is ein noch viel größeres. Spannend, spannend, spannend ...«

»Komm, lass uns Karussell fahren ... Ignacio, ich spendier' dir eine Fahrt!«

»Für'n blanker Heller blank auf die Hand! Genug, genug! Eisenmuskeljakob, lass dein Eisen kreisen!«

Ach, der liebe Gott, unser Vaterunser, der Karussellbesitzer lächelte hechelnd, ließ die blanke Münze von Hand zu Hand hüpfen, und Eisenmuskeljakob, mit blankem Oberkörper, wie ein Henker, drehte das Schwungrad, bis die Gondeln schwangen und wir das Singen anfingen. So schnell ging's rund um die Welt. Das war ein Himmelsrausch. Bei der nächsten Runde gab ich dem Eisenmuskeljakob einen Heller extra, damit er das Rad schneller drehte.

»Noch schneller!«, rief ich.

Der Eisenmuskeljakob drehte und drehte das Schwungrad, krampfnasig und schweißtriefend, schneller ging es beim besten Willen nicht.

Fast wären wir geflogen. Fast.

»Ignacio«, sagte ich. »Ich habe wieder etwas gelernt. Die Geschwindigkeit spielt eine große Rolle, wenn man fliegen will!«

»Kann schon sein«, antwortete er schulterzuckend.

Kaum wollten wir eine dritte Runde drehen, verbreitete sich ein Gerücht wie ein Lauffeuer: »Die Heimanns Witwe is dout!« Ausgerechnet am Tag der Sankt-Ulrich-Kirmes! »Atemnot!«

Ignacio und ich liefen zu ihrem Haus.

»Dat jeht doch mit em Deivvel zu«, sagte Petronella Dekkers, die Witwe des Schmieds. »Auch dies Nacht is die rätselhafte Jestalt mit die Pestmask durch Dülken jejeistert.«

»Wir müssen etwas unternehmen!«, sagte der Bürgermeister.

»Wir müssen mehr Bußgottesdienste abhalten«, sagte Pfarrer Herrmani.

»Wir können den Bader fragen, der zur Kirmes in die Stadt kommt«, schlug der Schöffe Linssen vor. »Ich meine, er kennt sich aus in medizinischen Dingen, und vielleicht kann er die Ursache ergründen.«

Kluger Vorschlag!

Der Bader war ein alter Krauter mit einem Riesenschädel, die Haut ganz ausgedörrt und schrumpelig, sie war schon leicht bräunlich, wie man es sonst nur bei mumifizierten Leichen sieht. Aber sein Bart war weiß und reichte bis zur Brust. Er hatte eine Halbglatze, von seinem Haarkranz standen seine langen weißen Haare weit ab, als hätte er auf seinem Hinterkopf ein ausgefranstes Flachsknäuel. Er hatte fleischige Lippen, so wie der verstorbene Dekkers, nur kein Zahn mehr im Maul, was nicht für seine ärztliche Kunst sprach. Seine Pupillen, hinter einer dickglasigen Brille versteckt, sahen aus wie Schamottsteine, einer grau, einer grün.

»Bader«, begann der Bürgermeister, »wir kämpfen mit einem Problem, bei dessen Lösung Ihr uns vielleicht behilflich sein könntet. Es soll Euer Schaden nicht sein!«

Reglos wie eine Mumie antwortete der Bader: »Bezahlt mir drei Goldgulden, dann sehen wir weiter!«

»Nun, wollt Ihr nicht erst einmal mitkommen?«

»Nein, ich bin Kummer gewohnt. Von mir aus, weist mich aus, Ihr seid der Bürgermeister. Aber bevor ich kein Geld sehe, krümme ich keinen Finger.«

Notgedrungen gab der Bürgermeister ihm die drei Goldgulden, die er verlangt hatte. Dann folgte der Bader der Kommission, die aus dem Bürgermeister, dem Pfarrer und dem Schöffen Linssen bestand, in das Haus der Heimanns Witwe.

»Da ist die Leich«, sagte der Bürgermeister.

»Aber nicht obduzieren, dagegen hat die Heilige Mutter Kirche etwas«, bemerkte der Pfarrer.

»Wenn du wüsstest, Pfaff, wie viele Leichen ich aufgeschnippelt hab, würdest du in den Erdboden versinken.«

Der Bader zog vom Leichnam, bei dem längst die Toten-starre eingetreten war, die Decke, worauf sich Pfarrer und Bürgermeister schamvoll umdrehten. Zudem waren die stark behaarten Bocksbeine der Witwe kein charmanter Anblick.

»Da ist eine Wunde«, sagte der Bader, nachdem er einige Minuten untersucht hatte. »Stammt von einem Schlangenbiss oder einem Skorpionstich.«

»Unmöglich«, sagte der Bürgermeister mit angeekeltem Blick auf den Leichnam.

»Die Frau ist noch nicht so lange tot. Man sieht deutlich die Schwellung, wo der Einstich erfolgte und sich entzündete. Wie ist die Alte abgekratzt?«

»Atemnot, Herzrasen ... und dann erstickt ...«, sagte Schöf-fe Linssen. »Hier hat's schon zwei andere Todesfälle dieser Art gegeben.«

»Ja, typisch für einen Stich durch eine Schlange oder einen Skorpion. Ich würde eher auf einen Skorpion tippen, denn beim Schlangenbiss sind zwei deutliche Punkte zu sehen. Ein Skorpion bringt das Gift in der Regel aktiv mit seinem Stachel oder seltener durch einen Biss über die Zähne in sein Opfer.«

»Hier gibt es keine Giftschlangen oder Skorpione«, sagte der Schöffe.

»Dann gibt's hier auch keine Tote«, erwiderte der Bader.

Inzwischen hatte sich viel Volk vor dem Häuschen der Hei-manns Witwe versammelt, und die Gaukler sangen vor der Tür: »Es ist das Heil uns kommen her / von Gnad' und lau-ter Güte / die Werke helfen nimmermehr / sie mögen nicht behüten ...«

»Mein Gott, so bringt die Leute doch zum Schweigen«, schimpfte der Pfarrer Herrmani.

»Also, wie gesagt, die Alte ist durch einen Skorpionstich gestorben, das sehe ich sofort. Ich bin viel in meinem Leben herumgekommen, sogar im Morgenland, wo es viele Skor-pione und Giftschlangen gibt«, gab der Bader noch einmal zu verstehen.

»Wenn Paulus sagt: Tod, wo ist dein Stachel, meinte er einen Skorpion damit«, bemerkte Pfarrer Herrmani.

Wir schlichen uns ins Totenzimmer.

»Mein Vater besitzt Skorpione«, rief Ignacio.

Aufgeregt stürmte Kaplan Senkel herein, in den Händen ein schwarzer Umhang und eine Pestmaske: »Das hier habe ich in der Wohnung von Küster Opgenrijn gefunden!«

Mein Vater hatte erregt zugehört. Er musste umgehend den spanischen Hauptmann warnen. Es war Gefahr im Ver-zug.

18. Bild: Vor dem Richter

Die Gefahr steigerte sich von Tag zu Tag. Nach dem Ende der Kirmes machte sich der Bürgermeister unter Mithilfe von Richter Fahrenholt und dem Schöffen Linssen auf die Suche nach dem Täter. Sie verhörten die halbe Stadt, mit dem Ergebnis, dass die Hälfte der Verhörten meinen Vater beschuldigte, dem allerdings weder die Aneignung von Barusis Vermögen, geschweige denn ein Mord nachgewiesen werden konnte. Anders stand es um den José Alemán. Auf ihn fiel allein schon ein Verdacht, weil er sich im Besitz mehrerer Skorpione befand. Vielleicht bestand darin kein uneingeschränkter Beweis, doch von einem ernst zu nehmenden Verdachtsmoment musste man reden. Wahrscheinlich hätte die Dülkener Gerichtsbarkeit José Alemán sofort einer Befragung unter Hinzuziehung der üblichen Foltergeräte unterzogen, doch der spanische Hauptmann fiel nicht unter die Gerichtsbarkeit des Herzogtums Jülich, sondern unterstand seinem General, der sich verbat, mit, wie er sagte, »nebensächlichen Anschuldigungen« belästigt zu werden. Niemand verbiete es, Skorpione zu besitzen, zudem sei das medizinische Wissen eines Baders, eines fahrenden Gesellen, wohl nicht ernst zu nehmen. Da zudem eine schlüssige Indizienkette fehlte, ließen Bürgermeister Fegers und seine Helfer die Anklage notgedrungen fallen. Dennoch war ihnen bewusst, dass der Mörder gefunden werden musste, denn aufgrund der Kriegshandlungen ringsum, in die Dülken immer stärker einbezogen wurde, durfte nicht noch mehr Unruhe entstehen. Von unleugbarer Rachsucht getrieben, nahmen sie immer wieder meinen Vater ins Verhör, doch ließ er sich trotz allerlei Drohungen nicht als Täter überführen. Vielleicht verfiel man deshalb auf mich. Einen zehnjährigen

Jungen konnte man hingegen leichter mit allerlei Drohungen beeinflussen, und davon machten sie reichlich Gebrauch.

»Tillmann«, begann der Bürgermeister. »Niemand erwartet von dir Unmenschliches. Aber wir wollen nicht, dass weiterhin ein Mörder in Dülken sein Unwesen treibt. Du musst uns sagen, was du weißt.«

»Woher soll ich wissen, wer es ist?«, sagte ich eingeschüchtert.

Diese Antwort verblüffte Bürgermeister Fegers keineswegs. Er bat mich, ihm, dem Richter Fahrenholt und dem Schöffen Linssen zu erklären, wovon unsere Familie leben würde, wo mein Vater doch mit dem Verlust der Herde finanziell ruiniert sei. Ich blickte durch das breite Eckfenster des Rathauses hinaus auf die Felder, fand zuerst nichts, woran sich mein Blick festhalten konnte. Nur, aus dem Holundergebüsch hervorlugend, zwei Elstern mit silberblauen Schwanzfedern, die sich schräg Richtung Sonne erhoben, als der Schöffe Linssen sagte: »Wovon also? Du musst es doch wissen.«

Darauf antwortete ich: »Wenn ich es wüsste, würde ich es bestimmt sagen.«

»Und wenn wir dir das nicht glauben?«, bemerkte der Schöffe Linssen und versicherte sich der Aufmerksamkeit des Richters, aber Fahrenholt zog vor, keine Miene zu verziehen. Die Elstern flogen noch immer himmelwärts, in übertriebenem Flügelschlag, als müssten sie sich gegen den Wind aufschwingen. Die Richtung verloren sie auch nicht.

Plötzlich fragte Bürgermeister Fegers: »Wer ist eigentlich dieser merkwürdige spanische Hauptmann, der immer zu deinem Vater kommt? Macht er mit ihm Geschäfte?«

»Mir«, sagte ich, »ist nichts davon aufgefallen. Aber ich nehme an, sie machen Geschäfte.«

»Seinen Sohn kennst du gut, nicht wahr?«

»Ignacio ist mein Freund!«

Dass der Richter mich hin und wieder mit einem Lächeln bedachte, machte ihn nur sympathischer. Ich nahm an, dass er mehr wusste als die beiden anderen. Ja, dass er über meinen Vater Dinge wusste, von denen ich nichts ahnte, denn er stand in engem Kontakt mit dem Landvogt, und mein Vater war erst vor wenigen Tagen mit dem Landvogt zusammengetroffen. »Nun ist es augenscheinlich so«, begann Richter Fahrenholt, »dass der Junge nichts von diesen Sachen mitbekommen hat. Also sollten wir nicht unsere kostbare Zeit mit unnötigen Fragen verschwenden. Stattdessen würde ich gerne noch mal den Küster Opgenrijn vernehmen.«

Das hatte Bürgermeister Fegers augenscheinlich nicht erwartet. Er hatte sich eine längere Befragung gewünscht, tieferes Forschen, mit einem ihm passenden Ergebnis, denn er stimmte zwar dem Richter zu – etwas anderes hätte er sich aufgrund des Standesunterschiedes auch nicht erlauben können –, dennoch fixierte er mich mit seinem Windhundgesicht. Schnell sah ich zu den beiden Elstern hinaus, die gerade von den bauschig und unschuldig vorbeiströmenden Wolken verschluckt wurden.

»Nun, Tillmann«, sagte Fegers, »so müssen wir uns gemeinsam darum bemühen, dass die bösen Gerüchte um deinen Vater verstummen. So kann es nicht weitergehen. Der Verlust einer Herde ist nichts Außergewöhnliches, so etwas kommt immer mal wieder vor«, und er nannte den Sieben Heinrich, der, vom Altenburger Markt kommend, von Brandenburger Streifenkolonnen dreißig Pferde abgenommen bekam und der gegen vierhundertsechzig Reichstaler wieder ausgelöst werden musste. Und den Clas Goien nannte er, der im Krefelder Busch von Soldaten weidlich durchgeprügelt und gegen dreihundert Reichstaler wieder freigelassen worden sei. Und Arnold Bockweißkorn, der Bruder des Nachtwächters, der sich auf dem Weg zum Pferdemarkt nach Altenburg befand, sei von Reeser Soldaten kurz und klein geschlagen worden. Exzesse dieser Art, so beklagenswert sie seien, kämen in Zeiten des Krieges nun einmal – Gott sei's geklagt – vor. Dennoch verwundere die Dülkener, dass mein Vater, Henricus Swart, sich trotz des Verlustes einen neuen Umhang, neue Hosen und ein prächtiges Wams samt neuer Schuhe hätte leisten können, und meine Mutter, Katharina, sei ebenfalls in der letzten Woche neu eingekleidet gesehen worden.

Dafür hatte ich beileibe überhaupt keine Erklärung. Ehrlich gesagt, es war mir nicht einmal aufgefallen. »Ich war damit beschäftigt, einen Flugapparat zu bauen«, sagte ich, was beim Bürgermeister und dem Schöffen Linssen ein schallendes, wenn auch nicht herzliches, sondern eher hämisches Gelächter hervorrief, und vielleicht wäre ich damit völlig untendurch gewesen, wenn ich nicht hinzugefügt hätte, dass Jan von Werth sich den Flugversuch anzuschauen gedachte – genau der große Jan von Werth, der in seiner Jugend auf dem elterlichen Hof, dem Weilerhof in Büttgen, gearbeitet hatte und sich nach dem Tod seines Vaters als Knecht verdingte, bis er 1610 als Söldner in die Dienste der spanischen Armee unter General Ambrosio Spinola trat und sich in den folgenden Jahren bis zum Offizier hochdiente. Doch zurück zum Verhör! Der Schöffe Linssen wand ein: »Seit wann interessiert sich ein Reitergeneral für solche unmöglichen Dinge wie das Fliegen?«

Was ich wiederum gut damit zu kontern verstand, dass Jan von Werth ein weitblickender General sei, dessen fliegende Kavallerie mehr als eine Legende darstelle und dass er sich keiner Neuerung gegenüber abgeneigt zeige. Worauf der Bürgermeister nachfragte, ob etwa dieser obskure spanische Hauptmann den Kontakt hergestellt habe, was ich bejahte: »Ihr müsst wissen, dass José Alemán Marqués de Riscal aufgrund seiner adeligen Herkunft über beste Kontakte verfügt und nicht nur Jan von Werth, sondern auch eine ganze Reihe bedeutender Generäle kennt.«

Die drei ehrenwerten Herren erstarrten in Ehrfurcht, wobei ich Richter Fahrenholt ausnehmen muss, denn er interessierte sich aufrichtig fürs Fliegen, indem er bekannte, sich schon als junger Mann mit der Legende von Ikarus und Daedalus beschäftigt zu haben. »Gut, gut«, sagte er in mildem Ton, »dem Flugversuch würde ich gerne zuschauen.« Er sah prüfend in die Gesichter der beiden anderen, und da sich in ihnen kein Widerspruch regte, entließ er mich mit den Worten: »Dann gib rechtzeitig Bescheid, wann die Sache stattfindet.«

Erleichtert, wenn auch nicht vollkommen unbesorgt, zwängte ich mich am Schöffengestühl vorbei und richtete es so ein, dass ich an Fahrenholt vorbei musste. Er zwinkerte mir zu. Sein Blick enthielt Anerkennung oder wenigstens Neugierde. An der Tür drehte ich mich noch einmal um, grüßte eilig die hohen Herren, nahm mir aber Zeit genug, Bürgermeister Fegers Windhundgesicht zu untersuchen: Es war puterrot – sofern ein solcher Begriff für ein Windhundgesicht zulässig ist –, jedenfalls von erschreckender Röte. Draußen erst, auf dem Korridor, hörte ich, wie er hinter verschlossener Tür sagte: »Das würde bedeuten, dass Großes in Dülkener Mauern geschieht!« Und ich hörte die Stimme des Richters: »Fürwahr, fürwahr!« Wohingegen der Schöffe Linssen vor Staunen stumm blieb.

Meine Neugierde mag unziemlich erscheinen, doch ich kam nicht umhin, nachdem mich die Herren entlassen hatten, an der Tür zu horchen. »Kommen wir auf die Morde zurück. Stellt Euch vor, die Opfer sind durch Vergiftung getötet worden. So viel steht fest. Angesichts untrüglicher Zeichen wissen wir, dass der Mörder sich ohne Angst und Skrupel in unserer Stadt bewegt. Offenbar scheint es uns nicht zu gelingen, ihn dingfest zu machen, sodass wir davon ausgehen müssen, dass es sich nicht um menschliche, sondern teuflische Kraft handelt«, sagte der Schöffe Linssen.

»Ihr wollt also sagen«, sagte der Richter ruhig, »dass wir so schnell wie möglich einen Täter brauchen, koste es, was es wolle?«

»Je eher Ruhe einkehrt, desto besser.«

»Und wenn die Morde weitergehen?«

»Müssen die Menschen erfahren, was wirklich geschieht? Wir leben in unruhigen Zeiten«, versetzte der Bürgermeister.

Nachdem mein Vater und der spanische Hauptmann als Täter nicht infrage kamen, fokussierte sich alles auf meinen armen Onkel. Dafür, dass Onkel Job verdächtigt wurde, sprachen der schwarze Umhang und die Pestmaske, die Kaplan Senkel in seiner Wohnung gefunden hatte. Dafür hatte Kaplan Senkel sogar einen Zeugen, den Hilfsküster Vitus Platfoes, der zufällig an der Kemenate meines Onkels vorbeikam, als Senkel das Corpus Delicti fand.

Onkel Job stritt alles ab. Selbst als Richter Fahrenholt ihm eine gewisse Hafterleichterung anbot, blieb er bei seiner Aussage, wohl wissend, dass er damit dem Tode geweiht war. Erschwerend kam hinzu, dass man in Onkel Jobs Kemenate allerlei obskure Bücher fand, wie das *Necronomicon*, und diverse Elixiere, die ihn der Hexerei verdächtig machten.

Als Onkel Job, zunächst ohne jedes Urteil, aufgrund der Fluchtgefahr in den Gefangenenturm eingekerkert wurde, dachte jeder, der Mörder sei endlich gefunden. Die Ahnung trog. Kaum saß Onkel Job hinter Schloss und Riegel, ereignete sich ein weiterer Mord. Diesmal traf es Baumeister Solneß. Die Symptome waren wieder dieselben, Atemnot und Herzstillstand. Auch diesmal hatte der Täter wieder einen Skorpion an unsere Tür geschlagen, woran ein Pergament hing: *ALLOS EGO.*

Vonseiten der Ordnungshüter bewahrte man Stillschweigen. Offiziell war Baumeister Solneß an einem Schwächeanfall gestorben, weil er sich bei Bauarbeiten überanstrengt hatte, was keineswegs als unwahrscheinlich gelten musste.

Alles ging, wenn man so will, seinen geordneten Gang, bis zu der Nacht, als ein Mann mit dunklem Umhang und Pestmaske den Nachtwächter Jacob Bockweißkorn niederschlug, sich Zugang zum Gefangenenturm verschaffte und meinen Onkel befreite. Jedenfalls bezeugte die Witwe Dekkers, einen solchen Mann gesehen zu haben. Die Rede war von einer geheimnisvollen Bande des Teufels, die Dülkens Existenz bedrohte. Doch diese Aktion geschah ausgerechnet in der Nacht auf den 1. August, also an Petri Kettenfeier, wie das Fest hieß, an dem ein Engel den Apostel Petrus auf wunderbare Weise aus der Gefängniszelle befreite, obwohl er zwischen seinen beiden Bewachern angekettet war.

Diese sensationelle Tat wäre auf dem Dülkener Marktplatz breitgetreten worden, wenn nicht eine andere, viel größere Sensation angestanden hätte: Der Besuch von Jan von Werth am 1. August. Der 1. August bot, wie ich dachte, die besten Voraussetzungen. Von den Süchtelner Höhen wehte ein milder Sommerwind.

19. Bild: Aufwind

Die Sommerbrise entpuppte sich gottlob nicht nur als laues Lüftchen, sonst wären meine Versuche wohl gnadenlos gescheitert. Natürlich muss nicht erwähnt werden, dass sich ganz Dülken auf den Weg zu jener Anhöhe an der Irmgardis-Kapelle machte, die steil genug war, um hinunterzufliegen, und die genug Platz zur Landung bot. Insbesondere die Honoratioren, die es schon immer gewusst hatten und mit bierernster Miene meinem Vater versicherten, dass er ihrer Hochachtung gewiss sein könnte, ließen es sich nicht nehmen, in vorderster Front anzutreten, um den Platz an der Sonne nicht zu verfehlen.

Mein Flugapparat bestand aus leichten Holzstäben, die ich gitterartig miteinander verflocht und dann mit Leinentüchern bespannte, so wie Windmühlenflügel. Nun gab es Einwände, diese Konstruktion sei naiv, doch dem konnte ich entgegenhalten, dass mir unser handwerklich äußerst begabter Knecht Lorenz beim Bau geholfen hatte, ebenso wie der leider inzwischen verschwundene Job Opgenrijn. Fraglos, meine kindlichen Arme besaßen nicht genug Spannweite, das heißt, sie umfassten kaum mehr als vier Ellen, die Flügel maßen aber sechs Ellen, also um gut ein Drittel mehr, deshalb fiel es mir schwer, sie zu bewegen. Um ihnen eine gewisse Eigendynamik zu verleihen, packte ich mir auf den Rücken eine L-ähnliche Kiepe, wie sie die Steinschlepper auf den Baustellen auf dem Rücken trugen, nur dass meine wesentlich weniger wog und am oberen Ende ein Rad angebracht war, in dessen Rillen zwei Riemen zu den Flügelenden liefen. Damit sollte der Flügelschlag koordiniert und eine gewisse Eigendynamik erzeugt werden. Zugegeben, hier griff ich auf eine Idee meines Onkels zurück, die er wahrscheinlich aus einem seiner geheimen Bücher hatte. Man mag meinen Flugapparat für das naive Modell eines Kindes halten, aber er funktionierte. Zuerst hatten Onkel Job und der Knecht Lorenz ihn zusammen mit mir ausprobiert. Vom Ergebnis überwältigt, hatte mein Onkel den Höhenweg im Lauftempo zurückgelegt und pausenlos gerufen: »Dat Tillmannchen is jefloche ...« Nun, da er im Nirgendwo verweilte, konnte er an meiner großen Stunde nicht teilhaben.

Die Dülkener erfüllte es mit Stolz, dass zudem hochherrschaftliche Generäle meinem Flugversuch beiwohnten. José Alemán gelang es dank seiner exzellenten Beziehungen, gleich mehrere Heerführer einzuladen, neben dem katholischen Jan von Werth den Protestanten Rabenhaupt, der seinem Namen mit seiner rolligen Vogelnestfrisur alle Ehre machte. Neben ihm sein späterer Gegner, der Münsteraner Fürstbischof Bernhard von Galen, in späteren Jahren vom Volksmund »Bommen Berend« – Bomben Bernhard – genannt, weil er die niederländische Stadt Groningen fünf Wochen belagerte und innerhalb dieser Zeit fünftausend Bomben und Stinktöpfe in die Südhälfte der Stadt schießen ließ. Guillaume de Lamboy gesellte sich hinzu, der später bei der Schlacht auf der Kempener Heide eine verheerende Niederlage erlebte.

So war die Lage am 1. August 1629, die Kriegsgötter thronten erhaben neben ihren Lakaien. Ich wurde den Herren als Wunderknabe vorgestellt: »Habe die Ehre.« Bei Gott, was für ein Affentheater. Nur Rabenhaupt fand ich einigermaßen nett, wegen seiner Vogelnestfrisur.

Mein Vater schnürte die Gurte und befestigte die Riemen. Ich nahm einen gehörigen Anlauf und glitt mit ausgebreiteten Armen durch die Luft, entgegen aller Gesetze der Schwerkraft. Die Augen der staunenden Menschen waren auf mich gerichtet. Welche Entzückung und Entrückung, beseelt von anmutigem Staunen, in diesem mystischen Moment schien die Welt stillzustehen. Meine von ihrer Körperlichkeit befreiten Glieder, vogelgleich schwebend. Die Heerschar stieß ein Raunen aus und die Herrscher ebenfalls. Mit wedelnden Armen, gleich Flügeln, zeigten sie auf mich. Ihre Kleider bauschten sich vom Wind, als trachteten sie danach, selbst zu Vögeln zu werden. Die Zeit hatte aufgehört zu existieren, es gab keinen Krieg mehr, nur dieses Wunder. Doch während meine Seele, ergriffen von diesem hinausgeschrienen Lob, in Jubel ausbrechen wollte, fiel mein Blick auf die Generäle. Was ich in ihren Gesichtern sah, entsetzte mich, die gebleckten Zähne, die kalten Augen, die nur ein Ziel verfolgten, mit allen Mitteln noch mehr Blutopfer zu bringen. Ihre ganze Gier umwehte ihre langen fettigen Haare, mit knochigen Händen griffen sie nach meiner Idee, nach der Idee von Daedalus und Ikarus. Ich sah lüsterne, feige, entmenschte Dämonen, deren obszöne Fratzen ihre Unfähigkeit zu lieben hinausschrien, Schreckensgestalten aus Satans Bestiarium, an deren Blutdurst ich zu ersticken drohte. Das Fliegen war eine heilige Kunst, es durfte nicht zum Sklaven des Krieges werden. Vielleicht waren es diese Gedanken, die meine Landung misslingen ließen. Vielleicht war es auch der Windstoß, der mich abrupt zur Erde drückte. Nur mit Mühe gelang es mir, mich abzufangen, indem ich meine Beine bewegte, als würde ich auf einem Rad laufen. Im hochstehenden Roggen konnte ich einigermaßen sicher landen und trug nur ein paar Schürfwunden davon. Mein Schwebeflug schien die Herrschaften nicht zu befriedigen. Nicht mehr als ein paar Fuß war ich geflogen. Aber geflogen war ich!

Die Herrschaften bestanden auf einen weiteren Flugversuch. Skepsis befiel mich, doch ich hatte keine andere Wahl. Ich nahm Anlauf, flatterte mit meinen Flügeln, es war windstill, ich bekam keine Höhe, so sehr ich auch flatterte. Oder lag darin mein Fehler? Ich stürzte auf das Mohnblumenfeld, dessen Blüten rot wie Blut glänzten, das nicht vergossen werden musste. Dennoch gratulierten mir die hohen Herrschaften, jedoch sie schienen zu dem Ergebnis gekommen zu sein, ein Flieger könnte nur ihren Zwecken dienen, wenn er Waffen herunterschleudern würde, was in meinem Fall undenkbar war, es sei denn, ein Mensch besäße vier Arme. Diese anatomische Unmöglichkeit abwägend, entschied man sich, weiterhin die Waffen Mann gegen Mann einzusetzen, und Pfarrer Herrmani war beruhigt, weil Fliegen seiner Ansicht nach ohnehin Hexenwerk war, wie er im Vorfeld bereits des Öfteren betont hatte. Zudem muss ich zugestehen, dass mein Flugapparat einige Kinderkrankheiten aufwies. Vom Fliegen, so wie ich es mir erträumte, konnte man eigentlich nicht sprechen, es handelte sich um ein Gleiten.

So konnte jeder auf seine Art zufriedengestellt die Süchtelner Höhen verlassen. Meinem Vater hatte die Anwesenheit der Generäle beste Verbindungen eingebracht, durch die er noch bessere Geschäfte machen würde.

Was mich anbelangte, war ich froh, dass Ignacio bei mir stand. Wir sahen die ganze Bagage abziehen und wussten, dass sich die Dinge in unseren Träumen anders gestalteten als in der Wirklichkeit.

Beim Engel, wenn ich es nicht schon sagte, gab es keine Trennung zwischen Traum und Wirklichkeit. Jedenfalls nicht an dem Ort, an den mich der Engel gebracht hatte. Der Ausdruck »beim Engel« ist im Grunde genommen falsch, schließlich war ich nicht in seiner Wohnung. Ich saß in einer nur durch das schwache Licht einer Kerze erleuchteten Kammer, deren geringe Ausmaße kaum ausreichend Platz für den Engel und mich boten.

»… dass sich die Dinge in unseren Träumen anders gestalteten als in der Wirklichkeit …«, schrieb ich mit meinem lahmenden Zeigefinger. »Bis hierher, einstweilen nur bis hierher«, sagte ich und sah den Engel an.

»Bravo, Tillmann!«, lobte er mich.

Ich lehnte mich erschöpft zurück. Mein Buch war vollgeschrieben. Ich glaubte die Aufgabe schon bewältigt zu haben, doch ich sah am fordernden Blick des Engels, dass es noch nicht überstanden war. Er reichte mir ein neues Buch mit weißen Seiten.

Noch immer fasziniert von den wächsernen Siegeln, betastete ich die Geisterkerze und stellte fest, dass sie zwar flackerte, aber überhaupt nicht niederbrannte. In der Tat, wir befanden uns in einer Durchgangsstation, schließlich gab mir der Engel von Anfang an das Gefühl, dass dieser Zustand, in dem ich mich befand, nur vorübergehend war. Allerdings hatte sich mein Gesicht verändert, wie ich beim Blick in den Spiegel feststellte. Es hatte wieder etwas Farbe gewonnen und sah nicht mehr, wie anfangs, leichenblass aus. Auch in meinen Augen war wieder blickweise die Glut des Lebens zu erkennen.

»Gut«, sagte der Engel, Strenge im Gesicht. »Tempus fugit – die Zeit geht dahin. Du wirst zehn, du wurdest elf, zwölf, dreizehn, vierzehn Jahre alt, wir können die Bilder überspringen, weil sich nichts Gravierendes tat. Immerhin geht es uns um einen Überblick, nicht wahr? Und dazu brauchen wir nicht jedes Hü und Hott und so weiter.«

»Jaja«, lachte ich, »und so weiter.«

Meine Reaktion schien ihn zu kränken. Wenn der Engel reglos vor mir stand, erinnerte er mich an eine jener großartigen Figuren, die Michelangelo aus den Steinblöcken des Carrara-Marmors herausgeholt hatte. Ich konnte mich täuschen, aber waren nicht alle Marmorstatuen Albinos? Doch mein Engel war keine Statue, und in der Bewegung erinnerte er mich an van Eycks Verkündigungsengel. Warum konnte ich nicht neu sehen? Warum brauchen wir immer Anhaltspunkte, Brücken, Krücken, Vergleiche? Vielleicht auch ein Grund, weshalb ich mich in dieser Zwischenwelt befand, in der sich mein ganzes Leben in einem Haufen Bilder offenbarte.

»Über die Liebe haben wir noch nicht viel gesehen«, sagte der Engel.

Ich nickte, über die Liebe hatten wir noch gar nicht gesprochen ...

Zweites Buch

»Oder ist unter euch ein Vater,
der seinem Sohn eine Schlange gibt,
wenn er um einen Fisch bittet, oder einen Skorpion,
wenn er um ein Ei bittet?«
Neues Testament, Lukas 11, 11–12

20. Bild: Tempus fugit

Zeit, über die Liebe zu reden? Ich wünschte, man könnte darüber ohne Hintergedanken sprechen. Längst hatte der Wind Staubkorn um Staubkorn über die Vergangenheit gelegt, bis sich nichts mehr erkennen ließ, außer irgendwelchen Ereignissen, die zu Legenden geworden waren oder die Maler gemalt hatten, als das Malen noch etwas galt. Längst hatte der schnöde Mammon die Stadtmauern und die alten Häuser ergriffen, sofern sie nicht, Stein um Stein, durch den Krieg abgetragen wurden und für eine neue Zeit Platz machten, die nur so lange »neue Zeit« hieß, bis sie selbst Geschichte geworden war.

»Wie soll ich anfangen?«, fragte ich, vom Bilderrausch verwirrt.

Der Schauplatz war noch immer der dunkle Raum, in dem die Zeit nicht existierte.

»Schreib auf, was du siehst«, antwortete der Engel.

»Als ob das so einfach wäre ...«

Aber ich fing an: Die Kopfweiden hingen voller Stare, die sich, sobald ein Geräusch sie aufscheuchte, wie eine Wolke in den Himmel erhoben und sein wässriges Blau so lange bedeckten, bis sie sich wieder auf die ausgestreckten Zweige niederließen. Mit diesem Jahrhundert sah es schlecht aus, dabei war gerade erst das erste Drittel vorbei, doch es gab keine Möglichkeit, dem großen Hexenkessel zu entkommen. Sieben Jahre waren seit dem Verschwinden meines Onkels ins Land gegangen, und da er nicht mehr auftauchte, fragte nach einiger Zeit niemand mehr nach ihm. Der Tod des Baumeisters Solneß konnte nie aufgeklärt werden, ebenso wenig die anderen Skorpionmorde. Das Gras der Geschichte wuchs darüber wie über die vielen Toten dieses jämmerlichen Krieges. Die Toten, das waren die vielen Nullen vor dem Komma: zehntausend, fünfzigtausend, hunderttausend. Zwei Drittel der Bevölkerung rafften Pest und Krieg weg. Und die Übriggebliebenen waren meistens zu nichts anderem mehr in der Lage, als ihren gottverdammten eigenen Kopf zu retten, bis auch sie zu den Nullen zählten, die auf dem Müllplatz der Geschichte abgekippt wurden. Die Städte sahen aus wie leergefressene Rattennester. Überall lauerte der Schatten des Verfalls, und die Überlebenden waren umherirrende Gespenster, ausgesetzt in einer untergehenden Welt.

Flugversuche hatte ich seit der großen Vorführung nicht wieder unternommen. Dabei störten mich die Verbote kirchlicherseits reichlich wenig, die Zeit war einfach noch nicht reif. Man schrieb das Jahr 1636, und ich wurde im November achtzehn. Noch hatte ich mit keiner Frau einen Kuss getauscht. Aber mein Körper, meine Stimme und meine Art, über die Dinge zu denken, machten rasche Veränderungen durch. Man sollte, fand ich allerdings, nicht erwachsen werden, wo das Leben so wenig Glück verhieß. Da Onkel Job nicht mehr mein Lehrer war, bestand auch keine Möglichkeit mehr, das Gymnasium zu besuchen und ein Studium aufzunehmen. Mir fehlte ein Fürsprecher, der sich gegen Vaters brachiale Willensstärke durchsetzen konnte.

José Alemáns Prophezeiungen waren voll eingetroffen. Mein Vater stieg innerhalb kurzer Zeit zum reichsten und einflussreichsten Kaufmann im Rheinland auf, der Viehhandel war nur ein Teil seines Imperiums. Der Krieg brachte gute Geschäfte, denn mein Vater verkehrte mit beiden Kriegsparteien. Etliche Bewohner verließen fluchtartig Haus und Hof, was meinem Vater nur recht sein konnte, denn durch geschickte Verhandlungen mit dem Amtmann von Brüggen gelang es ihm, sich viel Land und den einen und anderen Hof anzueignen, auf den er dann Lehnsmänner setzte, die für ihn die Bewirtschaftung betrieben. Und als die Pest 1634–36 in Dülken wütete, bereicherte er sich am Besitz der Pestopfer, noch ehe ihre Leichen auf dem Pestfriedhof neben der Brauerei begraben worden waren.

Ich beobachtete meinen Vater oft, wie er Münzen auf seinem Rechenbrett ordnete und ihren Wert ermittelte. Sein Gesicht hatte sich verändert. Es nahm die Züge an, die nur die Gesichter reicher Leute zeichnen: Habgier und Grausamkeit. Unzählige Gold- und Reichstaler brachte er von seinen Geschäften mit, mal aus Köln, dann aus Hamburg, aus den Niederlanden, aus Flandern und Frankreich und verschiedenen lombardischen Handelsstädten. Er musste sie nicht einmal zum Wechsler bringen und in einheimisches Geld umtauschen, schließlich wurde er nach Barusis Tod selbst von Amts wegen zum Geldwechsler ernannt. Wenn er sich an den Münzen sattgesehen hatte, legte er einen Teil in die eisenbeschlagene Truhe unter dem Fenster, den Rest teilte er zwischen sich und dem spanischen Hauptmann auf. Ganz recht, José Alemán hatte die Armee verlassen und war zu Vaters Kompagnon geworden.

Manchmal keimte die zarte Hoffnung, die Dinge könnten sich zum Besseren wenden, aber alles wurde nur noch schlimmer. Jeder Tag ließ beißende Beklommenheit zurück, als gäbe es irgendwo eine finstere Macht, die nach einem teuflischen Plan die Welt zerstören wollte. Doch die Linde blühte, als wäre nichts geschehen, und die Butterblumen und der Klatschmohn auch. Die Schönheit der Roggenfelder bildete das Gegenbild zum Schlachtfeld, doch hier wie dort sichelte die Sense. Ähren oder Menschen, alles war eine Form von Gewalt.

»Wie soll ich etwas über Liebe schreiben, wenn ich nur das Bild meines Vaters sehe?«, rief ich aufbegehrend mit scharfer Stimme.

Der Engel reagierte nicht auf meinen Protest, sondern zog weiterhin Bild an Bild auf.

»Stopp, du hast gesagt, ich soll etwas über die Liebe schreiben.«

»Ich weiß.«

»Als wäre das so einfach«, maulte ich. »Das Gesicht meines Vaters hat verdammt wenig mit Liebe zu tun.«

Der Engel runzelte die Stirn seines bleichen Gesichtes. »Wieso hat das Bild deines Vaters nichts mit Liebe zu tun?«

»Die Frage enttäuscht mich. Kennst du etwa meine Geschichte nicht?«

»Doch!«

»Das verstehe ich nicht.«

Das war der Moment, in dem ich zu warten begann, bis eine Unzahl von Bildern auf mich einwirkte. Ich sah Kaufleute den Tod um die Welt tragen und Menschen ihrer Heiligkeit entsagen, um das Goldene Kalb anzubeten. Ich sah eine Taube, die von einer Bocksgestalt über einem Liebespaar geköpft wurde. Ich sah das Gesetz und wie es immer wieder gebrochen wurde. Darüber legte sich das Gesicht des Schächers, dessen Schrei in einen Fluss von Blut fiel, durch den ein grätenloser Fisch schwamm. Alles strömte ineinander. Der Engel hielt seine schützende Hand über jedes Bild, bis meine inneren Bilder sich auf die äußeren eingependelt hatten.

Da wären wir also!

Es war der Sommer, in dem mich mein Vater in seine Geschäfte einwies. Der Himmel des Todes hing voller Schäfchenwolken. Sogar der Geruch dieses Tages stieg mir in die Nase, als wäre jener Tag Ende Juni 1636 aus der Geschichte zurückgekehrt ...

21. Bild: Der einsame Cäsar

Also Ende Juni 1636. An windfrischen Tagen roch die Luft nach Blüten oder Dung. So auch an diesem Tag. Wir schrieben, genau gesagt, den 29. Sobald es wärmer wurde, vermischten sich die Gerüche zu einer seltsamen Melange, die eher streng- als wohlriechend herüberwehte. Erst im Sommer, wenn die langen Sommertage den Dung austrockneten, dominierten die Wohlgerüche.

An jenem sonnigen 29. Juni 1636 eilte Lorenz, der Knecht, mit schweren Schritten aus den Stallungen herbei. Sein schiefes Gesicht, das im Profil aussah wie eine Mondsichel, von Narben übersät, plierte schief, als wollte es sagen: »Ich hab genug davon, kommandiert zu werden.«

»Ist der Gaul parat?«, fragte mein Vater. Sein ockerfarbenes Wams, seine blanken Reitstiefel, der taubengraue Regenumhang, das flache, tellerartige Samtbarett, das er schräg ins Gesicht zog, all das zeugte davon, dass er zu den Wohlhabenden gehörte, und darauf legte er großen Wert. Wie er überhaupt, seit er mit José Alemán zusammenarbeitete, nicht mehr unter Minderwertigkeitsgefühlen litt. Nein, das ist nicht richtig, sein ganzes inneres Wesen setzte sich aus nichts anderem als durch Ehrgeiz getarnte Minderwertigkeitsgefühle zusammen.

Jeden Tag ließ mein Vater sein Pferd, den gestriegelten Rappen, aus dem Stall führen, verschaffte sich mit einem kräftigen Ruck den nötigen Schwung zum Aufsitzen und ritt in betulichem Trab über den Marktplatz, wie ein König, der sein Reich inspiziert. Danach beendete er seinen morgendlichen Ausritt, kehrte in den Hof unseres neuen Hauses auf dem Domhof zurück, das er der Witwe Brockers abgeknöpft hatte. Das größte Haus der Stadt, wie er nicht müde wurde zu betonen. Nach dem kurzen Ausritt übergab er den Rappen dem Knecht Lorenz und ging in sein Kontor, in dem ein eichenes Stehpult stand, ein blank polierter Tisch mit gedrechseltem Lehnstuhl und eine Kommode mit drei Schubfächern, deren Aufsatz Sortierfächer, Schubfächer und Aussparungen für Tinte und Pergamente enthielt, und das, obwohl mein Vater nur leidlich schreiben konnte und seine Geschäfte normalerweise per Handschlag abschloss. Die Kommode ließ sich mit einem nach vorne ausklappbaren Pultdeckel verschließen, der im geöffneten Zustand als Schreibplatte diente, doch meistens zugeklappt blieb. Ein aufgeschlagenes Buch lag darauf. Mein Vater gab etwas dafür, als gebildet zu erscheinen.

Die Geschäftsreisen, die mein Vater unternahm, waren nicht mehr von unkalkulierbar großen Gefahren begleitet. Durch den Raub seiner Viehherde kurz hinter Hamburg war er ein gebranntes Kind. Auf längeren Unternehmungen eskortierte ihn eine kleine Privatarmee von Söldnern, die José Alemán mit der ganzen Kriegskunst eines kampferprobten Hauptmannes führte.

Als Erstgeborener wurde ich von meinem Vater eingearbeitet. Die harte Schule, Süßholzraspeln war nicht angesagt. Wir verstanden uns nicht, doch das eherne Gebot »Du sollst Vater und Mutter ehren« erlaubte mir nicht den leisesten Anflug von Widerstand. Anstatt mit Onkel Job philosophische Theoreme zu diskutieren, füllte ich Zahlenreihen aus und ertrug Weisheiten wie »Lehrjahre sind keine Herrenjahre« oder »Es ist besser, die Faust in der Tasche zu ballen«. Ich führte ›eine Armee in meiner Faust‹, sie gelangte nicht einmal auf den Tisch, geschweige denn in das Gesicht meines Vaters. Und so kam es noch einmal zu einer Begegnung mit

145

Jan von Werth. Alemán hatte dank seiner Kontakte das Geschäft eingefädelt, und mein Vater bestand darauf, dass ich mitkam. Ich war so etwas wie der Trommler, der, bevor die beiden in die geschäftlichen Gespräche einstiegen, beim großen Jan Stimmung machen sollte, damit, wie mein Vater sagte, »du lernst, den Respekt vor den hohen Tieren abzulegen. Er ist ein wissbegieriger Mann. Du kannst ihn bestimmt durch dein Wissen beeindrucken. Erzähl ihm von deinen Philosophen. Das fällt auf fruchtbaren Boden. Wenn du ihn weich geklopft hast, kommen wir zum Zug«. Ich war ihm sogar dankbar dafür.

Werths Heerlager lag bei Lüttich, das er seit Wochen vergeblich belagerte. Die Felder waren bedeckt mit erdfressenden Massengräbern, es roch beißend-bitter nach faulendem Menschenfleisch. José Alemán ritt neben meinem Vater, ich ein paar Pferdelängen dahinter, sonst musste ich mir ihre kannibalischen Witze anhören. Und ihre Libido hatten sie auch nicht daheim gelassen. Jeden Geschäftsabschluss galt es zu feiern.

»Los, geh!«, befahl mein Vater. »Wir vertreiben uns so lange die Zeit. In einer Stunde kommen wir nach.«

Ich wusste, dass sie nach den Dirnen Ausschau hielten, die überall mit den Soldatentrecks mitzogen. Ich ging zum Zelt des Heerführers, das eher einem Zirkuszelt fahrender Gaukler glich, und blieb an den äußeren Zeltpflöcken stehen. Die Planen des Eingangs waren zur Seite geöffnet und gaben den Blick frei auf den General, der zurückgezogen auf einem Lehnstuhl saß. Neben dem Stuhl befand sich ein Tisch, auf dem Schlachtpläne und Landkarten lagen. Aus goldenen Räucherschalen stieg in dichten Schwaden berauschender Weihrauch auf und vertrieb den Kriegsgeruch von Schwefel und Blut.

Jan von Werth hatte sich seit unserer Begegnung vor sieben Jahren kaum verändert. Keine noch so scheußliche Grausamkeit schien dem hartleibigen Mann etwas anhaben zu können. Er war von einer Bärengesundheit und hatte das Gemüt eines Bauern, der dick und unverrückbar auf seiner Bank sitzt. Mit dem lustigen Dreiecksbart um Nase und Kinn, in dessen Mitte die dicken Fischlippen eines niederrheinischen Bauers aufragten, wirkte er alterslos und verloren. Einsam musste man vielleicht sein, um aus dem Krieg seinen Nutzen zu ziehen. Durch eine Gauklergruppe ließ er sich zerstreuen, wenn man das so sagen konnte. Wahrscheinlich hatte er sie irgendwo auf dem Feld aufgelesen. Zerstreuen? Nein, sie war sein Spiegel.

»Herrreinspaziert! Dames und Herre, herrrreinspaziert! Höret die Legend von armen Knecht, dem John van Werth, der sein groß Lieblied hatt' und wie es ihn machte zum mächtigsten Mann von Welt. Nix ist spannender wie ein Geschicht' von Liebe. Und so, Dames und Herre, geht die Geschicht. Los, spiel die Fiedel, Fiedler! Dudler, hau in den Dudelsack! Flötenmarie, blas uns ein' Marsch! Leut, hört, was ich zum Sagen hab:

Die Moritat auf Janus van't Wort!

War ein armer Knecht nam's Jan,
Der warb um't schöne Jriet.
Schmiss sich wo immer möchlich ran,
Doch Jrietchen wollte nit.
Oh Griet, wann du mich nit eens liebst,
Dann splittert mir mei Herz.
Dann zieh ich mittenmang in Krieg,
Zum Töten Liebesschmerz.

Jan von Werth, Jan von Werth,
Heißa hopp, juchhee!
Jan von Werth wird hoch verehrt,
Vom Scheitel bis zum Zeh.

Jan zog aus und sieget viel,
Un jammert nich im Jammertal.
Spielt großen Held, hat Glück im Spiel
Un is bald Jeneral.
Zieht mit Triumph Trara nach Köln,
Da wo dat Griet verkaufen tut,
Kanns du min Sack mit Obst mich völln?
Ruft Jan van Werth mit Wut.

Jan von Werth, Jan von Werth,
Heißa hopp, juchhee!
Jan von Werth wird hoch verehrt,
Vom Scheitel bis zum Zeh.

Ach Jan, sacht Jriet, hätt ich gewoss,
Dat du ein jroßen Helden wird,
Dann hätt ich dich jenomm!
Isch habe misch jeirrt.
Un Jan ritt weg mit Hüa hott,
Un jriente sich halb tot.
Dat Jriet fiel schluchzend op die Fott
Und bettelt um sin Brot.

Jan von Werth, Jan von Werth,
Heißa hopp, juchhee!
Jan von Werth wird hoch verehrt,
Vom Scheitel bis zum Zeh. Oje.

So kann gehen, die Dames und Herre, so kann gehen. Ein traurig Lied, ein schaurig Lied. Ein garstig Lied, mit die Moral: Liebt kein Soldat, heißahoppjuche ...«

»Halt den Schnabel, du Krähe!«, sagte die dunkle Stimme des Generals. »Ist genug jetzt!«

Sofort schwieg der Moritatensänger, nur die Musik spielte leise weinend weiter.

Ich betrat das prunkvoll ausgestattete Zelt. »So sieht man sich wieder, Jan von Werth!«

Der Krieger sah mich stirnrunzelnd an. »Wieso kommst du ohne Anmeldung hier herein? Bist du ein Feind?«

»Begrüßt Ihr alle Gäste so?«

Dann kam ihm die Erinnerung: »Ah, der Flieger. Bist ganz schön gewachsen seither.«

»Warum redet der Kirmesschreier von Dames und Herre, wenn Ihr nur allein seid?«

»Er tut es auf meinen Wunsch. Vielleicht sind aber auch ganz viele Leute hier, die du nur nicht siehst. Dort hinten in der Ecke, könnte zum Beispiel ein Soldat sein, dem ich den Kopf abgeschlagen habe. Und in der anderen Ecke der, dem ich meine Lanze durchs Herz gebohrt habe. Und oben, hier gleich über mir, an der Decke, hängen diejenigen, die auf meinen Befehl hin aufgeknüpft wurden. Und sie tragen alle mein Gesicht. Du siehst, Flieger, das Zelt ist ganz schön voll, und alle wollen unterhalten werden, nicht nur ich ...«

Er klatschte in die Hände, wie ein römischer Cäsar, und befahl damit den Gauklern zu schweigen. Hatte ich ihn nicht als bescheidenen Mann, der ganz aus der Nähe von Dülken, aus Büttgen, stammte, in Erinnerung?

»Ihr seid in teutschen Landen ein großer Held«, sagte ich eher ironisch als schmeichlerisch. Jedenfalls bildete ich mir das ein.

»Held, Held, ein Krieger verliert schnell seinen Ruf. Sobald ihn das Glück verlässt, ist es vorbei«, entgegnete er. »Es ist gut, sich selbst nicht zu wichtig zu nehmen.«

»Ihr könntet mein Lehrer sein!«

»Such dir einen besseren Lehrer, du bist kein Krieger, mein Junge, das sehe ich gleich.«

»Ich bin aus geschäftlichen Gründen hier«, sagte ich mit einer Kälte, die ich mir, seit ich bei meinem Vater eingestiegen war, angewöhnt hatte.

»Der Krieg ist ein dreckiges Geschäft. Die Soldaten werden Mordmaschinen, die Fronarbeit verrichten«, sagte der General in überstrapaziertem Bass und nippte an einem bauchigen Weinglas. Ein Zug bittersüßer Ironie umspielte seinen Mund, der nicht verriet, ob Mut und Übermut sein Antrieb waren oder ob Selbstmordgedanken ihn in den Kampf trieben, die ihn mit jedem Sieg in seiner Lebensverachtung noch brutaler machten.

Ich sagte, er erinnere mich eher an einen Philosophen als an einen Krieger. Zweifellos ein Fehler, denn ich verlor die innere Distanz, die bei Geschäftsabschlüssen unerlässlich ist.

»Hör zu, Flieger, vieles in diesem Leben ist ein Geheimnis, doch der Krieg ist keines. Er ist nur ein negativer Ausdruck der Liebe. Seine Grundlage ist Enttäuschung und Angst. Schlechte Voraussetzungen, um den Sinn des Lebens zu erkennen.«

»Ihr wäret wirklich besser Philosoph geworden«, murmelte ich mit einem Unterton von Mitleid, der mir nicht zustand.

»Das lag nicht auf meinem Weg. Außerdem geht es dich nichts an«, wies mich von Werth zurecht.

»Schreibt Eure Gedanken wenigstens auf!«, insistierte ich.

»Ich kann nicht schreiben. Das ist was für Philosophen«, grinste er, seinen niederrheinischen Humor gewahrend, und

150

gab den Gauklern per Handzeichen den Befehl, zur Unter-
malung unseres Gesprächs zu musizieren. »Flieger, du
machst Scherze. Es gibt nur einen Meister, das ist das Leben«,
näselte er spöttisch.

»Ich hatte einen Meister, meinen Onkel! Ihm verdanke ich
die Kenntnis von den Schriften Thomas von Aquins und
Nicolaus von Kues und der Humanisten …«

Jan von Werth lachte, Überlegenheit blitzte in seinen
Augen auf. »Schau, ich weiß Dinge über das Leben, die selbst
Philosophen nicht wissen.« Er zog ein imaginäres Messer aus
dem Wams und setzte es mit mühelosem Stoß unter meine
Rippen. »Das erste Gesetz lautet: Stirb oder lass sterben!«

»Ist das alles?«

»Als ich so alt war wie du, beobachtete ich, wie ein Hund
seine hungrige Schnauze in den Leichnam eines Söldners,
den ich gut kannte, steckte. Ich packte den Köter beim Genick
und schüttelte ihn so lange, bis sein Genick brach. Wir können die Welt nicht verbessern, Flieger. Philosophen wollen
das, aber sie wissen nicht, wie sie wirklich aussieht. Immer
neue Berichte über Soldaten, die bis spät im Wirtshaus
hocken und bei Tagesanbruch in den Kampf gewankt kommen. Leutnants, die mit Huren unter Hecken gefunden werden. Die Heiden lebten nicht in einer größeren Finsternis als
wir.« Der General winkte mit einem müden Lächeln ab. »So
einfach liegen die Dinge!«

»So einfach liegen die Dinge!«, wiederholte ich nachsin-
nend.

»Das Leben ist längst nicht so viel wert, wie deine schlauen
Gedanken es dir offenbaren«, bemerkte er höhnisch und leerte das Weinglas bis zur Neige.

Nein, er war kein Meister, und ich war wegen des Geschäftes
hier. Mein Vater würde mir zu Recht Vorwürfe machen, weil

ich angefangen hatte zu philosophieren. »Ich trete gezwungenermaßen in die Fußstapfen meines Vaters«, sagte ich und winkte ab. »Als Soldat würde ich werden wie Ihr. Bei den blutigen Nagellöchern Christi, warum tut man sich das alles an?«

»Herzöge und Heeresführer treiben ihre meuchelnde Meute durch einen Krieg, den sie ›heilig‹ nennen. Wallenstein stellte eine Hunderttausend-Mann-Armee auf. Was für eine ungeheure Zahl! Um dieses gewaltige Heer mit zu versorgen, machen die hohen Offiziere gute Geschäfte. Sie organisieren die Rekrutierung von Söldnern, deren Bewaffnung, Kleidung, den Fraß der Truppe, und verdienen sich eine goldene Nase dabei. Der schamlose Krieg rollt über das Land, das unter ihm zusammenbricht. Unbeschreiblich die Gräuel, die ganze Landstriche entvölkern. Nichts bleibt außer Asche und dem Blut, das die Felder düngt. Nichts bleibt außer der totalen Sinnlosigkeit ihres Todes.«

»So redet ein hochdekorierter General?«

»Nur er kann so reden.«

»Ihr scheint aus zwei Teilen zu bestehen?«

»Das ist bei jedem Krieger so. Um Gewalt zu verhindern, führt er Krieg. Ein Paradoxon.«

»Warum macht Ihr dann weiter?«

»Wer das Schwert nimmt, der soll durchs Schwert umkommen – vielleicht deshalb?«

»Plagen Euch immer solche … wie soll ich sagen … Gedankenspiele?«

»Warum so viel Blutvergießen zwischen Brüdern?«

»Ihr sprecht von ›katholischen und protestantischen Brüdern‹?«

»Habe ich das gesagt? Das hast du herausgehört.« Er wischte mit seinem Daumen ein mattes Lächeln weg. »Wir sind wohl alle die Kinder Kains.«

»Deshalb erschlagen wir unsere Brüder?«

Der General machte einen Buckel und stützte sich mit den Ellenbogen auf seinen Knien ab. »Jeder, der die Bibel kennt, weiß, dass unser Gott ein eifersüchtiger Gott ist und es nicht schadet, sich nach allen Seiten abzusichern. Und jeder, der die Welt kennt, weiß, dass sie korrupt ist.«

»Ich will nicht auch ein Kainsmal tragen wie Ihr.«

Ein weiterer Fehler! Jan von Werths Blick schnitt jede Melodie ab. Die Gaukler nahmen ihre Hände von den Instrumenten. Im Gesicht des Generals ging eine gespenstische Verwandlung vor sich. Seine Pupillen verengten sich zu zwei schwarzen Schlitzen. »Wage es nicht noch einmal, solch eine dumme Bemerkung zu machen.«

Ich stand fassungslos vor ihm. Was war an meiner Feststellung so verachtenswert?

»Hau schon ab!«

Offenbar hatte ich in ihm etwas angerührt, was ihn schmerzte. Wie ein Schleier hing die Schwermut über seinem Gesicht. Er, der die Selbstkontrolle bis zur Meisterschaft beherrschte, schien, für einen Moment wenigstens, die Gewalt über sich zu verlieren. Er verströmte den Geruch von Ohnmacht und Wut. Ich ahnte, er war wirklich ein enttäuschter Liebender gewesen, der in den Minenschacht seiner Seele hinabgestiegen war und gelernt hatte, die gesamte Energie seines Denkens darauf zu richten, die unerfüllte Liebe zu vernichten.

»Schuldig sind wir ohnehin, bei so viel unschuldigem Blut, das an unseren Händen klebt«, spie ich ihm entgegen. »Ihr tut mir leid, Eure Lebenszeit zu verschwenden!«

Er sprang wütend auf. »Du Klugscheißer, hau ab oder ich lasse dich vierteilen!«

»So einfach liegen die Dinge!«

»Weg, Dämon!«

Er stand dort mit hängenden Schultern, mit baumelnden Armen: ein trauriger, uniformierter Tanzbär. Das Virus unerfüllter Hoffnung nistete in ihm.

»Zu Befehl!«, sagte ich lau.

Er fand schnell die Beherrschung wieder und warf mir instinktsicher ein maliziöses Lächeln zu. Ich verabschiedete mich dienernd im Rückwärtsgehen, ein Abschied, wie er einem Potentaten zustand. Bei Gott! Musste man ihn nicht wegen seiner Selbsttäuschung bemitleiden? Der kurze Anflug des Mitleids änderte nicht mein Bild, das ich von ihm hatte: ein Fremder, der in unendlicher Traurigkeit durch die Welt irrte.

22. Bild: Verbogene Liebe

So viel Irrtum und so viele Menschenleben und keines nur einen Pfifferling wert. Wer konnte bezweifeln, dass alles noch schlechter ginge, würde die Welt von Dorftrotteln statt von desillusionierten Generälen und besoffenen Fürsten regiert?

Vom Graben, der um von Werths Feldlager gezogen war, stieg ein Schluchzen auf, das mich unweigerlich anzog. Zuerst dachte ich, einer von seinen Gauklern säße dort, ein weiß geschminkter trauriger Mime. Ein Mädchen. Nein, eine Königin. Auf ihrem zerzausten, wirren Haar saß eine aus Gänseblümchen geflochtene Krone, über ihr stand die Sonne, ihr Haar fiel mit Gold auf die Schultern. Aus langen seidigen Wimpern sprang ein dunkler Blick, der einem unendlich traurigen Streicheln glich.

»Haben sie dich geschlagen?«

Sie schüttelte unerbittlich, wie gegen einen Widerstand, den Kopf. Und das Gesicht, das ich sah, bleich und seltsam verzerrt, erschien mir als das traurigste, das ich je gesehen hatte.

»Es tut weh.«

»Was tut weh?«

»Frauenkrankheit nennt meine Mutter es.«

Wusste ich, was das bedeutete? Ich wusste es nicht und zuckte mit den Schultern. »Das tut mir leid. Hast du dir die Krone geflochten?«

Sie stieß ein jaulendes Lachen aus. »Wie meine Mutter es früher gemacht hat. Da lebte mein Vater noch. Da war noch nichts mit Anschaffe.«

»Was heißt Anschaffe?«

Meine Ratlosigkeit zerrte ein trauriges Lächeln auf ihr Gesicht. »Aber ich muss doch mit den Soldaten schlafen. Meine Mutter wird sonst böse, weil wir dann nichts zu essen bekommen.«

Immerhin, was »miteinander schlafen« bedeutete, wusste ich. Ignacio und ich hatten oft darüber gesprochen und uns vorgestellt, wie es ist, mit einer Frau zu schlafen. Das Mädchen sah mich unverwandt an. Ihre Augen waren traurige Mohnblumen. Sie war etwas jünger als ich, sechzehn vielleicht. Jetzt wusste ich, dass sie eine Dirne war. Ich hatte gedacht, Dirnen wären minderwertig, aber dieses Mädchen konnte nicht minderwertig sein.

»Mein Vater hat sein ganzes Geld verloren. Weil ihn die Kurkölner ausgeplündert haben, musste er in den Schuldnerturm. Weil meine Mutter wegen der Schulden nirgendwoher mehr Essen bekam, hat sie mich ans Frauenhaus verkauft. Da war ich zwölf. Zwei Jahre später hat sie mich rausgeholt. Da war sie auch schon eine Dirne geworden.«

Sofort kam mir die Erzählung des Räuberhauptmanns in den Sinn. Und der Held von Werth, hatte er nicht gesagt: »Der Krieg ist ein dreckiges Geschäft?« Man würde ihm ein Denkmal bauen.

»Du kannst gehen, wenn du mich nicht magst«, ihr trauriger Blick beobachtete das Zelt, wo die Freier warteten, um das loszuwerden, was sich in ihnen im Kampf aufstaute. Ich hatte sie alle im Ohr, meinen Vater und Alemán, auch Onkel Job und den Pastor: Ein Weib hat die Sünde in die Welt gebracht! Dieser Satz konnte nur von einem notgeilen Mann stammen. Nachdenklich drehte sie mit einem Finger Locken in ihr Haar, dessen Gold wohl bald schon abblättern würde.

»Doch, ich mag dich!«, sagte ich.

»Aber ich bin doch nichts wert!«

»Du bist das schönste Mädchen, das ich jemals gesehen habe.«

»Du lügst.«

»Nein, wirklich.«

»Männer lügen alle!«

»Darf ich dich berühren?«

»Wusste ich doch, dass du dasselbe wie die anderen Kerle willst!«

»Nein, nicht so. Ich möchte dein Gesicht anfassen.« Ich streckte vorsichtig meine Hand nach ihr aus. »Nur dein Gesicht.«

Sie schreckte zurück. »Nein, das möchte ich nicht.«

Ich nickte. »Schon in Ordnung.«

»Du bist ein komischer Kauz«, sie lächelte, ihren Mund zu einem Amorsbogen geformt.

Ich wiegte pikiert den Kopf. Pikiert? Doch, schon, von wegen ›komischer Kauz‹. Immerhin fiel mir noch etwas halbwegs Nettes ein: »Kauz, na, warum nicht. Käuze können fliegen. Und fliegen ist mein großer Traum.«

»Nein, nein, so war das nicht gemeint.« Ihr innerstes Herz öffnete sich mir. »Andere Kerle fragen erst gar nicht.« Ihr Lachen läutete durch die Luft, und während sie ihren Kopf schüttelte, schaukelten die fransigen Enden ihrer Goldlocken um ihren weißen Hals. Die wächserne Blässe ihres Gesichts wirkte fast verklärt in ihrer elfenhaften Anmut. Ich strich ihr übers Haar, über die grünen Baumwipfel jagten junge Krähen den Hain entlang.

»Wenn alle Kerle so nett wären wie du …«

Ich wollte sie nicht weinen sehen. Aber sie weinte. Manche Wunden bedurften der Heilung mit Herzensbalsam.

Der Himmel tat sich auf und schenkte mir eine goldene Kutsche. ›Steig ein‹, sagte ich – ›Wohin willst du mich brin-

157

gen?‹ – ›Zu mir nach Hause. Wir könnten glücklich werden, oder?‹ – ›Wo wohnst du?‹ – ›Da wo der Himmel ist‹, sagte ich. ›Das hört sich vielleicht komisch an.‹ – ›Komm, ich kann dich nicht hierlassen‹ – Wir stiegen in die goldene Kutsche, der Himmel nahm uns auf.

Wir stiegen nicht in eine goldene Kutsche. Der Himmel schwieg. Das harte Licht der Sonne zeichnete die Trauer in tiefen Falten auf das Gesicht des Mädchens, das nun aussah wie eine heilige Jungfrau.

»Ich muss gehen«, sagte sie.

»Warte, ich …«, sagte ich, »bleib …« Ich suchte nach Worten.

»Wozu?«

»Ich will dir helfen.«

»Versprich mir lieber gar nichts. Ich brauche dir nicht leidzutun«, sagte sie, als wären ihre Hoffnungen schon zu oft enttäuscht worden. »Die Welt ist ein Haufen Dreck. Mir geht es noch gold. Wenn du den ganzen Dreck um mich herum sehen würdest, wüsstest du, dass kein Anlass besteht, mich zu bedauern.«

Ihr gelang es nur mühsam, mich mit ihren traurigen und müden Augen anzusehen. Und ich, ihrem Blick ausgesetzt, wusste nicht, was ich sagen sollte. Ich bemerkte nicht einmal, dass sie ging, und dann war sie weg. Irgendwohin verschwunden. Von irgendwoher rief jemand einen Namen: »Lalena.« So musste sie heißen. Wie ein Schatten bei Neumond war sie verschwunden, ein aus der Nacht geschnittenes Fragment. Ihr Platz war leer und ich mir überlassen, die Sonne malte meine Umrisse auf die harte Erde. Von irgendwoher erscholl ein Ruf.

23. Bild: Die Geschäfte der Herren dieser Welt

Die dunkle Stimme meines Vaters rief mich zu sich. Jan von Werth war auf die Angebote eingegangen. Er überließ es seinem Unterhändler, Graf Terneuze, den Geschäftsabschluss zu Papier zu bringen und dann zu feiern, wie es unter Handelsleuten üblich war.

»Es geht das Gerücht, dass es einen Vertrag zwischen den Katholen und den Protestanten geben soll: schlechte Nachrichten für's Geschäft, wenn etwas dran ist«, sagte Graf Terneuze.

»Aber aber, Graf«, beschwichtigte José Alemán, »es kann sich nur um Gerüchte handeln. Die Herren wissen durch solcherlei Gerüchte das Volk ruhig zu halten.«

»In Rom wird kaum der Anspruch erhoben, für Frieden zu sorgen«, sagte von Werth. »Und im protestantischen Lager auch nicht. Der Krieg ernährt den Krieg.«

»Zumal einige Generäle die Fronten wechseln wie ihre Wäsche«, sagte mein Vater.

»Oder wie ihre Weiber«, gab Alemán kieksend zum Besten.

»Apropos Weiber!«, rief Graf Terneuze.

Damit waren sie beim Thema und sprachen über die Freuden der Liebe, als wäre ihre Privatsphäre ein stinkendes Loch. Jan van Werth beteiligte sich nicht an ihrem Gespräch. Beim Hinausgehen legte er mir die Hand auf die Schulter. »Flieger, ich hab deinem Vater gesagt, er soll dich studieren lassen.«

»Setzt dem Jungen keine Flausen in den Kopf. Viehhändler bleibt Viehhändler. Arbeiten hat noch keinem geschadet!«

Ich zuckte mit den Schultern. Eine andere Antwort wäre auch nicht nötig gewesen. »Ich habe eine Bitte an Euch«, sagte ich. »In Eurem Lager ist ein Mädchen, sie heißt, glaube ich, Lalena, ich möchte, dass Ihr sie freigebt.«

Der General bohrte seinen Zeigefinger in mein Brustbein. »Du meinst die kleine Hure? Hast du dich in sie verguckt? Ist ein hübsches Ding. Junge, tu dir das nicht an. Dirne bleibt Dirne. Sie ist nicht besser als ihre Mutter. Die Weiber kämpfen mit den schwachen Waffen, die Gott ihnen gegeben hat – Lust, Tücke und dem Talent zu betrügen, und wenn du dich auf sie einlässt, dringen sie auf Gebiete vor, auf denen ein Mann verloren hat.«

Dann verließ er das Zelt, gebeugt, wie jemand, der die ganze Last der Welt auf seinen Schultern trug, ein Würdenträger, für den das pralle Leben zu würdelos war, aber ich hasste ihn für das, was er gesagt hatte.

»Eine Hure, das fehlt noch«, fuhr mein Vater auf. José Alemán lachte.

Die Gaukler stimmten ihre Instrumente und legten los, und der Braungelockte mit der Fistelstimme sang: »Manchmal ist es besser, wenn Amor die Dinge zulässt/liebt euch wenn es geht, schon morgen kommt die Pest, zwei, drei …«

»Meine Herren, dann wollen wir mal unseren Geschäftsabschluss gebührend begießen«, sagte Graf Terneuze und klatschte in die Hände. »Die Dirnen müsst Ihr diesmal bezahlen!«

»Wie viel?«, fragte mein Vater, Geiz und Geilheit im Gesicht.

»Fünfzig Gulden.«

Er lachte. »Fünfzig Gulden. Die höchste Summe, die ich jemals bezahlt hatte, betrug zehn. Das sollen mir mal Luxusweiber sein!«

Zwei Tänzerinnen betraten das Zelt. Eine in ein brokatenes Gewand mit Kapuze gehüllt, die andere trug Purpur und anstelle einer Kapuze eine rote Haube mit roten, über die Krempe hinausragenden Federn.

»Oh Tanzratten«, lachte mein Vater. Es regte ihn ungeheuer auf, doch die Tänzerinnen lachten nicht. Oder lag gerade darin der Reiz für ihn?

Wie muss es für meine Mutter sein, dachte ich, einen Mann zu haben, der sie so demütigt und lieber mit Huren zusammen ist, ohne daraus ein Geheimnis zu machen? Und wieso tröstet sie sich mit einem Liebhaber wie dem spanischen Hauptmann, der dasselbe tut?

Mein Vater zahlte in klingender Münze. War das die Begleichung einer Schuld? Eine endgültige Tilgung der Liebe? Ich saß da, ohne zu lachen und mit einer beängstigenden Abwesenheit; hier zu sein, kam mir wie eine Strafe vor. Terneuze erhob sich, um einen abseitsstehenden Diener heranzuwinken, der die Pokale zu einem Dreiviertel füllte, sich nickend zurückziehen wollte, doch die gehobene Augenbraue Terneuzes befahl ihm, die Gläser randvoll zu gießen.

Auch Alemán sprang auf, umtanzte die Brokatdirne mit schwungvollen Bewegungen, wobei er mit einer Hand ihre Hüfte fasste und mit der anderen ihren Po tätschelte. Das schien zum Spiel zu gehören. Sie stand fast nackt da, sah ihn mit hassenden Augen an.

»So kann ich nicht«, sagte er. »Musst schon lächeln.«

»Einer wie du kann immer«, sagte sie.

»Du irrst, meine Schöne. Wir Spanier haben etwas Mönchisches«, sagte Alemán spöttisch. »Selbst unsere größten Könige ließen sich Klöster bauen.«

»Aber jemand wie du nicht.«

»Die Süße der Sünde«, lachte er und streichelte mit seinen zartgliedrigen Händen über ihre Schenkel. »Das ist was Gutes. Ja, ja, tanz!«

Sie schubste ihn zu Boden, worauf die drei Männer kicherten wie pubertierende Jungs. Die Brokatdirne umarmte die Purpurdirne. Hoch aufgerichtet bauten sie sich vor Alemán auf, der wie ein läufiger Köter auf dem Rücken lag und mit allen vieren strampelte, worauf die beiden Dirnen mit lasziven Bewegungen um ihn herumkreisten. Ihre Arme wurden zu Schlangen, und sie gaben sich keine Mühe, den Ausdruck von Geringschätzung zu verbergen, der aus ihrem aufgeschminkten Lächeln sprach.

»Geh mal zu dem Kleinen«, befahl Alemán, »'s wird Zeit, dass er lernt, was es heißt, ein Mann zu sein.«

Es war ein entwürdigendes Spiel. Doch ich merkte auf, wie es behutsam, fast unmerklich Besitz von mir ergriff und mich durchströmte. Mir kam es wie Verrat an Lalena vor, wie eine widerliche, gottlose Schwäche.

»Der ist doch noch ein halbes Kind«, lachte die Dirne.

»Ach was, achtzehn wird er in ein paar Monaten«, sagte mein Vater, seine Schnauze zum Kuss mit der Brokatdirne verbogen.

»Stimmt das?«, lachte der züngelnde Mund der Purpurdirne über mir.

Ich sah sie an wie ein entweihtes Heiligtum. Meine körperliche Erregung war so heftig wie das Gewitter in meinem Kopf. »Küssen darf man eigentlich schon mit vierzehn. Aber die spanische Königin war erst dreizehn, als sie verheiratet wurde«, begann ich, als wäre ich besoffen vom schweren Wein, dabei hatte ich keinen Schluck getrunken. »Erwachsen im Sinne von mündig ist man schließlich mit vierzehn Jahren. In diesem Alter hatte Otto III. eigenständig als König regiert.«

»Otto III., ausgerechnet«, sabberte Graf Terneuze.

»Ein Plumpsack«, stimmte mein Vater ebenfalls sabbernd ein.

»Otto III. war nicht der einzige Kinderkönig.«

Die Augen der Dirne sprühten vor Vergnügen. »Du bist süß«, sagte sie, ihre Stimme klang wie Samt.

Ich zitterte am ganzen Leib, mein Atem ging bebend schnell. »Ja, es klingt komisch, aber die spanische Königin hatte mit neunzehn schon vier Kinder oder waren es fünf?«

Alemán kringelte sich vor Vergnügen, auch er sabberte: »Du weißt alles über Spanien, aber nichts über die Liebe.«

Die Purpurdirne befeuchtete die Finger ihrer rechten Hand. »Komm«, sagte sie, »vergiss die spanischen Königinnen.« Ihre nassen Finger fuhren über meine Schläfe, als hätte ich Fieber. Sie legte ihre Hände um meinen Hals und drückte ihren Kopf an mich, sodass ich sie nicht ansehen konnte. Aber ich dachte an Lalena, dass sie auch so etwas mit fremden Männern machen musste, und mir wurde schlecht. Trotzdem ließ ich alles geschehen. Kälte durchschauerte mich, vor Angst und Erniedrigung. Es kam mir vor, als würde ich meinen Körper verlassen. Sie fuhr mit einer Hand unter mein Hemd. Eine raue Hand, ohne Liebe. Die drei Sabbermänner schrien vor Vergnügen. »Na, wird er noch 'n Mann oder nich?«

Wenn Gott zurückkehrt, dachte ich, findet er sein Haus voller Scherben, Dreck und Müll. Während ich mich fragte, was ich tun sollte, sah ich, wie jemand den Vorhang vom Zelt zurückzog. Ich sah ein Engelsgesicht, von einer Gloriole gleißenden Lichts umgeben, und rief: »Lalena!« Dann sah ich nur noch die Sonne hinter dem Vorhang verschwinden und spürte den Sommerwind, der kurz hindurchfegte. Meinen beunruhigten Atem bemeisternd sprang ich auf und spie vor meinem Vater aus. »Ich empfinde nur Ekel für dich«, schrie ich und sah angewidert zu, wie er die Brokatdirne betatschte, mit Händen, die nur dazu taugten, etwas zu zerstören.

Er setzte seinen Stiefel auf das Ausgespuckte, wischte mit der Sohle darauf entlang: »Dich hätte man besser nicht geboren, dich moralinsauren Hund!«

»Ja, Vater, wenigstens bin ich nicht ein dreckiges Schwein wie du!«

Sein Wutgesicht verrunzelte sich. »Warte, Junge, darüber ist das letzte Wort noch nicht gesprochen!«

»Mensch, hau doch ab, Junge, und verdirb uns nicht den Spaß!«, geiferte Graf Terneuze.

Meinem Gesicht war nichts anzusehen, weder Reue noch Bedauern noch Angst. Mit wenigen Schritten sprang ich jählings hinaus, hörte noch die Flüche meines Vaters und Alemáns beschwichtigende Worte und wie der Graf sagte: »Solche Schlappschwänze sind eine Schande für unseren Stand.« Sie lachten. Ihr Lachen klang wie Dreck, bis es in ein Stöhnen überging.

Ich ging durch das Heerlager und suchte Lalena, doch sie war nirgends zu sehen. Ich ging zum Dorfteich, der hinter dem Heerlager lag. Auf dem schmutzigen Wasser trieben flügellahme Schwäne, zu träge, sich in die Luft zu erheben.

24. Bild: Vatermord

Unfähig mich von meinem Platz zu erheben, saß ich am Dorfteich. Wenigstens hatte ich meinem Vater gesagt, was ich von ihm hielt. Er würde mich dafür zur Rechenschaft ziehen, so viel wusste ich jetzt schon. Von tief unten aufsteigende Gefühle brachen auf, weil ich aus den Narben blutete, die er mir zugefügt hatte.

›Ich hätte nichts dagegen, wenn du am Schandpfahl endest, Vater. Zwischen uns gibt es keine Übereinstimmung, nicht einmal eine formlos geistige. Ich kann dich nur noch als Fremden sehen. Zugegeben, in mir lodert die schmerzhafte Verlockung, dich zu hassen. Doch der Hass würde nur noch tiefere Klüfte in mir aufreißen, und ich fiele in den abgrundtiefen Schlund meiner Seele. Warst du das wert? Jeder Blick von dir verhieß nichts anderes als Schmerz und Unheil. Was für eine groteske Vorstellung, aber ich konnte dich nie erreichen. Dein Aufstieg zu einem der bedeutendsten Händler machte dein Herz noch härter, deine Gedanken noch stumpfer. Schön, dass du dir als Mann von Welt gefällst. Irgendwann muss der Tag der Abrechnung kommen! Hätte ich nicht versuchen müssen, dein Leben aufzuhellen? In den dumpfen Gewölben meiner Erinnerung war alles ein Schrei nach dir, du tauber Vater. Du hast mir keine einzige befriedigende Antwort gegeben. Jede Frage ersticktest du bereits im Ansatz. Wenn ich irgendwann nicht mehr fragte, geschah es nur, weil ich ein weises Kind war, das seinen eigenen Vater kannte, ein geniales Wunderkind, wie Onkel Job sagte, von dem du froh bist, dass er tot oder geflohen ist. Auch er ist ein Opfer deines Machtstrebens.

Dass du zuerst für den Skorpionmörder gehalten wurdest und sie wenig später vor dir, als du ein großer, erfolgreicher

Händler warst, zu Kreuze krochen, hältst du für die Krönung, du einfältiger Narr. Die Meinung der Leute dreht sich mit dem Wind. Mich kannst du nicht täuschen. Warst du irgendwann etwas anderes als ein Schwächling? Durch den spanischen Hauptmann wurdest du stark. Ein Mordbube passt zum anderen. So einfach ist das. Der spanische Hauptmann, dem du Mutter überlassen hast, wie ein Stück Fleisch. Seit ich die Dinge klar sehe, Vater, bete ich zu Christus, dem fleischgewordenen Wort, dass er sein Wort hält und dich gnadenlos richtet.

Bis heute lebe ich in der Angst, dass auch ich zu deinem Opfer werde. Bin ich es nicht längst? Wann kommt der Moment, an dem du mich auf den Altar deines Machtstrebens legst? Du wirst nicht wie Abraham ringen, und nicht wie Isaak bliebe ich am Leben. Du kannst gar nicht mit dir ringen, Vater, dazu bist du viel zu feige. Ich vergesse nie, welche Verzweiflung aus dir sprach, als man die Viehherde raubte. Dein langer Blick aus leeren Augen bleibt mir ins Gedächtnis graviert. Ach ja, brennt nicht seither ein vernichtendes Feuer in deinem Hirn?

Als ich klein war, drei oder erst zwei Jahre alt, warfst du mich in die Luft, dass mir Hören und Sehen verging. Der Flug dauerte eine halbe Ewigkeit, an mir sausten Himmel und Erde vorbei, und als die halbe Ewigkeit vergangen war, sah ich deine fangbereiten Arme. Ein Lachen in deinem Gesicht sah ich nicht. Nicht mal ein Lächeln. Deshalb weiß ich, die Sehnsucht zu fliegen, kommt nicht von dir, sie kommt von Mutter. Bestätigt wurde es mir, seit ich sah, wie ihr Blick bei deinen groben Annäherungsversuchen zum Vogel wurde, um deine plumpen Hände nicht zu spüren. Du merktest es nicht einmal. Deine Gefühlswelt ist nichts anderes als ein verrostetes Stück Eisen. Oder soll ich sagen, sie ist

Dreck? Mutter war es, die zu mir kam, wenn ich nachts nach dem Schlafwandeln weinte. Sie nahm mich auf den Schoß und sagte: »Ich ziehe dir die bösen Bilder weg!« Sie war es, Vater, nicht du. Du träumtest von großen Geschäften und vom Ruhm der Welt. Deine wuchtige Gegenwart erdrückte mich schon früh, und die Glut des Widerstands begann schon früh in mir zu glimmen. Mutter liebe ich, auch wenn sie mir fremd geworden ist, seit sie sich an den spanischen Hauptmann verschenkt. Onkel Job habe ich geliebt. Dich nie. Jetzt sehe ich, dass es nur eine Frage der Zeit sein konnte, bis meine Wut auf dich lichterloh brennt. Du warst bis vorhin für mich eine Respektsperson, ein Poltergeist, ein eiskalter Geschäftsmann, doch eine Respektsperson. Dass du mich bei Dirnen zum Mann machen wolltest ... Bei Gott, was soll ich sagen zu dieser Erniedrigung, die du dir zugefügt hast, nicht mir?‹

Alles brachte sich mir in Erinnerung, während ich flache Kiesel über den stillen Teich titschen ließ. Das scharfe Licht der Sonne ließ einen langen Schatten vor mir entstehen. Ich sah eine hochmütige und starrsinnige Erscheinung. Steif und mit Hohlkreuz auf seinem Pferd sitzend, näherte sich ein Mann, den ich am wenigsten am Dorfteich erwartet hätte. Ich schaute absichtlich nicht zu ihm, um ihn nicht grüßen zu müssen. Ich schaute auf die Stelle, wo der Graben des Heerlagers in den Teich mündete, und veränderte mit einem Stock die Wege der Wasserspinnen, die am Schilf emporkletterten. Wie friedlich alles aussah, das Land, das unberührte Licht der Sonne, die krummen Bäume. Der Mann näherte sich mit seinem vom Wind geblähten, fast explodierenden Umhang, gewann vor der Leere des Horizonts eine unerwartet größere Gestalt. Ritt er etwa auf mich zu? Ich spürte, wie sich mein Herzschlag erhöhte, und als der Schwan weiß blitzend auf-

167

flog, begann es noch heftiger zu pochen. Jeder Pulsschlag ein Flügelschlag. Und dann hatte ich Gewissheit, dass der Mann zu mir wollte. Er stieg vom Pferd und ließ sich schwerfällig neben mir nieder. Der Krieg machte seine Knochen steif.

»Hier bist du also, Flieger«, sagte Jan von Werth.

Meine neugierige Zunge kroch heraus, um die Trockenheit von den Lippen zu lecken.

»Ich komme auch manchmal hierher, wenn ich allein sein will.«

»Das wundert mich nicht«, sagte ich nach einer Weile, um die Stille zu durchbrechen.

»Darf ich mich setzen?«

Ich stieß ein Lachen aus. »Ihr fragt mich, ob Ihr Euch setzen dürft? Das ist Euer Land!«

»Mir gehört nichts.«

Er stützte sich mit beiden Armen ab, um seinen sackartigen Leib schwerfällig neben mir auszuwalzen.

»Das dürften Eure Knechte anders sehen.«

»Deine Gegenwart tut mir gut, Flieger. Vielleicht brauche ich auch nur jemanden, der sich traut, mir die Wahrheit ins Gesicht zu sagen.«

»Ich gewinne immer mehr den Eindruck, jeder Soldat braucht nur eins: Mut zu leben.«

»Ich hätte gern studiert, Flieger. Aber das Schicksal wollte es nicht«, Jan von Werth fuhr mit seinem Daumen über den Mund, als wollte er ihn zum Schweigen bringen. »Du bist zu begabt, um als Viehhändler dein Dasein zu fristen.«

»Mir bleibt wohl keine andere Wahl.«

»Du könntest mein Adjutant werden.«

»Vorhin im Zelt habt Ihr gesagt, ich sei kein Krieger.«

»Wer spricht vom Soldatendasein, Kerlchen. Damals hast du ein geniales Gerät gebaut. Bau mir eine Kriegsmaschine, mit der ich die Fronten durchschneiden kann. Umso eher gibt es Frieden.«

Nie zuvor spürte ich meinen inneren Zwiespalt so stark wie jetzt. Ich könnte meinen Vater verlassen. Ich könnte ihm zeigen, dass ich zu einem eigenen Leben fähig war. Irgendeine Kraft hielt mich zurück. »General von Werth«, begann ich. »Mich ehrt Euer Angebot, aber ich habe mich seit Jahren nicht mehr mit solchen Dingen befasst.«

»Du wirst es nicht verlernt haben.«

»Außerdem wird mein Vater sein Veto einlegen.«

»Ich werde ihm ein hübsches Sümmchen zahlen!«

Ich lachte bitter. »Ihr denkt genau wie er, für Geld lässt sich alles kaufen.«

»Das ist nun mal ein Gesetz dieser Welt.«

»Nein, es geht nicht. Ich kann Euch nicht sagen, warum.«

Ich sah Enttäuschung auf seinem Gesicht. Schwerfällig stand er auf. Der Krieg musste ihm fürchterlich in den Knochen sitzen.

»General von Werth, das Mädchen, von dem ich vorhin sprach …«

»So wie du war ich auch mal«, unterbrach er mich.

Doch damit brachte er mich nicht aus der Fassung. »Ich möchte ihr helfen. Sie geht sonst zugrunde.«

»Ein Tag ohne Leichnam ist kein Tag auf Erden«, sagte er, und ich merkte, dass er an jene Griet dachte, mit der er nicht zusammenkommen konnte. Wie zum Schutz verwandelte sich sein Gesicht zu einer undurchdringlichen Maske.

»Und wenn ich für sie kämpfe?«, sagte ich eifernd.

Mit dem kühnen Schwung des geübten Kriegers stieg er auf sein Pferd.

»Ich will ja nicht, dass sie mit mir kommt, nur, dass sie nicht wie eine ehrlose Dirne endet.«

Er legte seinen Kopf in den Nacken und blickte von oben auf mich herab. »Ich verspreche dir, dass sie irgendeine Arbeit bei mir bekommt.«

Ich sprang auf, um ihm die Hand zu küssen, aber er zog sie schroff weg. »Wenn du es dir anders überlegst, auch für dich werde ich immer einen Platz finden, Flieger.«

Wir sahen uns nicht mehr an. Kein Abschied, kein Gruß. Ich kehrte mich vom Wind ab, um die tränenden Augen zu wischen. Dann ging ich den Ziegelweg am Dorfteich vorbei. Da hämmerten so viele Fragen in mir, wie mein Puls gar nicht erfasste. Zu Hause in Dülken hätte ich mit Ignacio gesprochen, doch hier gab es niemanden, mit dem ich mich austauschen konnte.

Mich verlangte, das Heerlager zu verlassen, also blieb mir keine andere Wahl, als allein loszureiten. Mein Vater kauerte auf dem Boden, sein Atem roch nach Alkohol, sein Haar war von Dirnenhänden zerzaust. Er war ebenso wenig transportfähig wie José Alemán, geschweige denn in der Lage, selbst zu reiten. Die Geschäfte waren gemacht. Man brauchte mich nicht. Umso besser. Ich sagte dem Diener von Graf Terneuze, er solle meinem Vater mitteilen, dass ich schon den Rückweg angetreten hätte. In den Bruchniederungen stiegen Vogelschwärme auf. Dahinreitend spürte ich jeden Herzschlag wie einen Flügelschlag. Ich dachte an Lalena. Ich musste sie wiedersehen. So viel stand fest. Und ich dachte an das Gespräch mit General von Werth, das mir wie ein seltsamer Traum erschien. Die Aussagen, die ich von ihm im Ohr hatte, kamen mir geradezu unwahrscheinlich vor und schienen eher meinen frommen Wünschen als der Wahrheit zu entsprechen.

Die Wahrheit war die: Hinter dem Moor erstreckte sich die verwüstete Landschaft. Die Horden der Söldner und Marodeure waren schrecklich anzusehen, zerlumpte Gestalten, bewaffnet mit schreckenerregenden Schwertern und Arkebusen. Sie machten nicht lange Federlesen, sondern überfielen wild schreiend die Städte und Dörfer und metzelten alles nieder, was sich ihnen in den Weg stellte. Anschließend gingen sie auf Raubzug, um ihre Habgier zu befriedigen. Alles wurde gekascht. Bevor sie weiterritten, steckten sie die Hütten in Brand, damit man sah, dass nirgendwo, wo sie durchzogen, noch Gras wuchs. Jeder, der nicht rechtzeitig floh, musste über die Klinge springen. Selbst Hunde und Katzen spießten sie auf, und wo sie nichts Besseres fanden, hackten sie alle Bäume ab und zertraten die Pflanzen.

Was nicht die Banden besorgten, besorgten die großen Armeen aus Burgundern, Lothringern, Böhmen, Schwaben, Hessen, Niederländern, Spaniern, Schweden, Kroaten, Habsburgern, Habenichtsen und vielen anderen. Und Gott? Die Kirchen mit ihren eingefallenen Mauern sahen aus wie skelettierte Kadaver, mit Nestern aus fauligen Schlinggewächsen. Türme waren niedergestürzt wie gefallene Engel, schwarz von verheerenden Feuern. Kein Friedensgebet, um den Wahnsinn zu stoppen, dafür Hasspredigten, die das Feuer noch stärker entfachten. Täter in Talaren und Kutten, schon morgen selbst Opfer. Besiegte zogen in stiller Prozession vor den Siegern, alle barfuß und in Sack und Asche gehüllt, auch die Bischöfe; zu Bettlern geworden, flehten sie um Gnade, Kröten krochen aus ihrem Mund. Das Blut Christi floss in den Becher des Zorns. Und die Herzöge und Höflinge, einst in kaiserliches Purpur gekleidet, taumelten wie schweifende Sterne ihrem Unheil entgegen. Eine Zerstörung zyklonischen Ausmaßes, Irrtum und Gewalt …

25. Bild: Geißler

Überall Irrtum und Gewalt. »Die Hölle liegt in diesem Leben«, skandierten graue, skorbutgesichtige Gestalten. Es gab solche Tage, dachte ich, an denen unsinnige Erscheinungen den Beweis dafür lieferten, dass die Welt ein einziges Narrenschiff ist, von dem man am besten flieht, weil es kaum eine andere Möglichkeit gibt, nicht am Leben verrückt zu werden.

Mit lauten Schreien krauchten die nackten Geißler durchs Land, angeführt von ein paar psalmodierenden Mönchen aus der Kreuzherrenabtei auf der Klosterstraße, von denen ein junger, kräftiger Bursche das Kruzifix vorantrug. Noch immer Juni 1636, der letzte Junitag, der Sommer war immer noch heiß, und die Pest schien fürs Erste besiegt. Die Geißler schlugen mit Peitschen aus hartem Leder ihre nackten Leiber, manche traktierten sich mit der Neunschwänzigen Katze, einer Riemenpeitsche mit neun geflochtenen Tauenden, die das Fleisch schneller aufrissen. Ihre Blicke schienen verwirrt, als hätten sie in ihrer Ekstase höllische Visionen, und ihre Rücken sahen aus wie blutdurchtränkte Hügellandschaften. Narbe an Narbe, aus manchen klaffenden Wunden brach Eiter. Ein furchterregendes Heer, daran änderte auch das zur Schau gestellte Kruzifix nichts, das die psalmodierenden Mönche vorantrugen.

»Nur im Tod finden wir Trost ...«, schrie ein Mann mit langmähnigem, ungekämmtem Haarschopf. Sein rot angelaufenes Gesicht brannte im Zorn gegen sich selbst, und er hieb sich mit einer Peitsche, an deren Riemen sich Eisenhaken befanden, ins Gesicht, bis die Wangen aufklafften und man ihm seitwärts ins Maul schauen konnte.

»Und ich und ich!« Ein schrumpeliges Weib, ganz ohne Kinn, hob die von zähem Tränenschleim überquellenden Augen. »Ich bin schuldig«, schrie sie pausenlos, als wäre ihr Schuldeingeständnis eine Litanei.

»Ich bin schuldig«, rief auch Kaplan Senkel. Mit tänzelnden Schritten lief er auf mich zu. »Dein Onkel«, zischte er, »war nicht der Mörder.« Er kicherte mädchenhaft und machte eine wegwerfende Handbewegung. »Ich habe alle umgebracht, weil ich den dicken Job in allen sah. Dein bäriger Onkel hatte viele Gesichter, das eines Magiers, das eines Mystikers, eines Wissenschaftlers, eines Alchimisten, eines Dichters, das eines gealterten griechischen Jünglings, das eines kräftigen Schmiedes oder einer alten Jungfer. Haha. Manchmal sah er aus wie seine eigene Schwester, wie ein Weib, das die Frucht der Sünde in seinen Händen trug. Pfui Deibbel, alles Weibliche ist teuflisch. Weg, weg. Dabei habe ich ihn immer mehr geliebt als er mich. Haha, ist das nicht komisch?« Er ließ die Peitsche knallen wie ein Dompteur. »Weil er die Pestmaske nicht tragen wollte, hab ich ihn umgebracht. Stell dir vor, die schnabelhafte Pestmaske wollte er nicht tragen. Ausgerechnet er, der nie seinen Schnabel halten konnte. Was für ein seltsamer Vogel! Haha. Nein, ein Bär. Er war ein bäriger Bär, doch die Sünde stand zwischen uns.«

Ein verängstigtes Kalbsgesicht mit Schultern, deren Narben aussahen wie Rosenknospen. Er drehte, wie beschwipst, Kreise um das Kruzifix, das dennoch nicht ins Wanken geriet, denn der junge Mönch umklammerte das geschnitzte Holz, als würde er die ganze Welt festhalten. Der flagellantische Furor überreizte ihre Sinne noch mehr. Nackt wie sie waren, trugen die Geißler ihre Schuld wie eine Trophäe vor sich. Aber worin bestand sie?

»Tod der Sünde«, rief Kaplan Senkel und verdrehte seinen Kalbskopp. »Du bist auch ein Sünder, mein Kleiner.« Wer

173

hätte ihm widersprechen wollen? Die wundgepeitschte arme Seele neben ihm, eine Frau von knapp zwanzig, stimmte in seinen Ruf ein. Sie war weiß wie ein Laken und seltsam steif. Kein Muskel ihres Gesichts bewegte sich, sie blinzelte nur ab und zu, wie unter Zwang. Dann stürmte Kaplan Senkel erneut auf mich zu. Er schwang die Peitsche durch die Luft, wie ein Schweinehirt, der seine Sau durchs Dorf trieb. Seine Sau hieß Angst. Er schlug so lange gegen seinen Hals, bis sein Blut wie eine Fontäne herausspritzte. *Hingeben zur Vergebung der Sünden.* Schreiend lief er zum Zug der Geißler zurück. Seine Peitsche sirrte vor dem Kruzifix, bis er schmerzgekrümmt unter seinen Schlägen zusammenbrach.

Onkel Job war nicht der Mörder? Ich fühlte mich, als wäre ich ein Stein auf dem tiefsten Grund des Meeres.

26. Bild: Fallsucht

Schwer wie ein Stein fühlte ich mich am anderen Tag, der erste im Juli 1636. Ich streckte mich auf meiner Strohmatte aus und starrte mit offenen Augen ins Leere. Meine Hände über der Brust gefaltet, bewegte ich schwach meine Lippen, wie wenn ich betete, und träumte vom Fliegen.

»Steh auf, du fauler Strick«, rief Ignacio und schüttelte mich aus meiner Lethargie. Manchmal begannen unsere Endlosdiskussionen schon am frühen Vormittag und erstreckten sich über den ganzen Tag. Natürlich nur, wenn ich Zeit hatte. Ignacio ging keiner geregelten Tätigkeit nach. Hin und wieder half er auf dem Falck'schen Hof. Selten kam es vor, dass er uns auf den Geschäftsreisen begleitete. Mein Vater sah es nicht gern, weil er Ignacio für einen Nichtsnutz hielt. Nur weil er José Alemán zu seinem Kompagnon gemacht hatte, duldete er meine Freundschaft zu ihm.

Ich erzählte Ignacio von meiner Begegnung mit Jan von Werth, und es kam zu seiner üblichen Kritik: »Ihr Deutschen habt keine vernünftigen Generäle, keine vernünftige Kultur, nicht mal richtige Dichter habt ihr.«

»Dichter wohl, Walther von der Vogelweide, Sebastian Brant …«

Er unterbrach mich: »Komm mir nur noch mit Andreas Gryphius. Weißt du, wie es anderswo aussieht? Shakespeare, Cervantes, Dante – muss ich noch mehr Geistesgrößen aufzählen? Während Gryphius frömmelnde Rumpelverse auf Pergament quetscht, hat Shakespeare einen ganzen neuen Kosmos aufgefächert. Soll ich dir Shakespeares Sonette vortragen? Ach nein, du sprichst ja kein Englisch.«

»He, hör auf, mich niederzumachen.«

»Fühlst du dich angesprochen? Nimm nicht alles gleich persönlich. Was kannst du denn dafür, dass es in teutschen Landen statt Kultur nur Krieg gibt und dass die teutsche Geisteswelt weniger ist als ein stinkender Kuhfladen auf einem Blutacker? Während Palestrina mit seinen schwebenden Harmonien die Menschen in eine andere Sphäre hebt, gibt es in deutschen Landen nur das dumpfe Trommeln der Junker. Während in den Niederlanden Rembrandt ›Die Anatomie des Dr. Tulp‹ malt, geht hier jeder in den Gefangenenturm, der es wagt, von Anatomie zu sprechen. Woran liegt es? An der Schwerfälligkeit? An der Tumbheit?«

Als wüsste ich es nicht selbst, dass der größte Irrtum des Heiligen Römischen Reiches Deutscher Nation darin bestand, zu glauben, es sei der Nabel der Welt gewesen.

»Die Menschen sind so«, sagte ich lapidar.

»Ich hasse Menschen«, sagte Ignacio. »Und deine Antwort ist Dreck.«

»Ignacio«, sagte ich erschrocken. »So kenne ich dich gar nicht.«

Er lachte bitter. »Du kennst mich überhaupt nicht. Manchmal träume ich davon, wie sich alle Weltmeere und alle Flüsse vom Blut dieser verdorbenen Menschheit rot färben. Niemand hat es verdient zu leben.«

»Du machst mir Angst. Du tust so, als wärst du der Ewige Richter.«

»Vielleicht bin ich es?«

»Du hast zu viele Tote gesehen.«

»Es können gar nicht genug sein. Es ist nicht mal schwer, jemanden umzubringen, du musst jemandem nur ein bisschen Gift einträufeln. Wenn man's geschickt macht, geht das sogar im Schlaf. Auf die Zunge – und schon ist das Leben dahin …« Lachend nahm er seine Laute und spielte eine wundervolle Melodie, die wie ein Engelsgesang klang, doch so sehr sie mich ergriff, das, was er gerade gesagt hatte, saß wie ein Stachel in meinem Fleisch.

Nachdem er die Melodie in einer Kadenz enden ließ, entstand ein tiefes Schweigen, bis ich sagte: »Warum sagst du so etwas?«

»Egal, war nicht ernst gemeint.«

Er legte brüderlich seinen Arm um meine Schulter und strich mir durchs Haar, als wäre ich ein kleines Kind, das den Trost des Vaters brauchte, ein fragmentarisches Geschöpf.

»Ignacio«, sagte ich. »Beim Zug der Geißler habe ich Kaplan Senkel gesehen.«

»Er ist tot, oder?«, bemerkte er teilnahmslos.

»Jaja, aber bevor er tot zusammenbrach, kam er auf mich zugelaufen und sagte mir, Onkel Job sei nicht der Mörder, er sei es gewesen.«

»Das würde einiges erklären. Ich habe mich immer gewundert, weshalb niemand danach fragte, dass ausgerechnet er die Pestmaske und den Umhang bei deinem Onkel fand.«

»Ich werde ihn anzeigen. Auch wenn er schon tot ist.«

»Vergiss es, Tillmann. Keiner hat in diesem Krieg mehr Zeit, sich um solche Geschichten zu kümmern. Vorbei ist vorbei.«

»Aber was ist mit der Gerechtigkeit?«

Er blickt mit verdrehten Augen zum Himmel und faltete zum Spott die Hände. »Gerechtigkeit auf Erden, oh Herr, hat dich gekreuzigt.«

»Damals hast du deinen Vater verdächtigt.«

»Ja, aber es stellte sich heraus, dass er nichts anderes tat, als Skorpione zu verkaufen.«

»An Onkel Job, wie es hieß.«

»Ja, eigentlich war klar, dass er nicht der Mörder sein konnte. Erinnerst du dich, als wir uns an der Hütte von Vieten Billa trafen?«

»Wo dein Vater mit meiner Mutter herumgemacht hat …«

Wieder lachte Ignacio. Diesmal klang es bitter. Er spielte auf seiner Laute ein paar Akkorde, als müsse er sich abreagieren, damit die Erinnerung ihn nicht zum Erbrechen brachte. »Vorher haben wir diesen Mann gesehen.«

»Ja, ich erinnere mich.«

»Er war viel kleiner als dein Onkel und schmächtiger.«

»Ist dir das damals aufgefallen?«, murmelte ich entsetzt. »Warum hast du es nicht gesagt?«

»Was hätte es geändert? Alles, was Schicksal ist, ereignet sich, ob wir es wollen oder nicht.«

»Hast du es wirklich damals bemerkt?«

»Reg dich nicht gleich auf. Ich hab's nicht bemerkt, gut? Erst viel später wurde mir klar, dass es sich bei der Gestalt mit der Pestmaske nur um Kaplan Senkel gehandelt haben konnte.«

Ich sah ihm an, dass mit ihm irgendwas nicht stimmte, sein Atmen klang wie ein mechanisches Rasseln. Er legte sich hin, weiß wie ein Laken und seltsam steif. Sein Gesicht war starr, eine Maske. Kein Gesichtsmuskel bewegte sich.

»Ignacio.« Ich beugte mich über ihn. »Ist alles in Ordnung?«

Er antwortete nicht. Seine Pupillen blickten kalt und dunkel ins Nichts. Lag er im Sterben?

»Ignacio!«, schrie ich. Seine Pupillen blieben starr. Wahrscheinlich war er nicht mehr bei Bewusstsein, doch sein Körper zuckte heftig. Ignacio konnte sterben, ich wollte alles tun, um das zu verhindern.

»Jjji…ssss…krr…aaa…uuu…ttt…«, keuchte er.

Unter Aufbietung seiner ganzen Kraft wiederholte er

immer und immer wieder das Gleiche. Endlich konnte ich einen Teil des Wortes identifizieren. »Kraut? Du willst ein Kraut?«

An seinem kaum merklichen Nicken konnte ich erkennen, dass ich auf der richtigen Spur war. Ich durchwühlte seine Jackentaschen. In der Brusttasche fand ich Johanniskraut, es lag fein zerbröselt in einem Tütchen. Ich öffnete vorsichtig seinen Mund und streute ein paar Krümel auf seine Zunge. Doch es war viel zu wenig Speichel in seinem Mund. Ich sah mich verzweifelt um, viel Zeit blieb mir nicht, das spürte ich deutlich. Ich musste selbst das Zeug zerkauen. Ich kaute so schnell wie ein Brotdieb seine Beute. Es schmeckte etwas bitter. Ich trank einen kleinen Schluck Wasser und behielt den sämigen Saft in meinem Mund. Dann legte ich meinen Arm unter Ignacios Nacken und hob vorsichtig seinen Kopf an. Meine Finger rundeten seine Lippen, und ich ließ den Johanniskrautsud aus meinem Mund in seinen rinnen. Er würgte ein paarmal, aber nach und gelang es ihm, das Zeug zu schlucken. Nach einiger Zeit ging sein Atem wieder ruhiger. Langsam kam er wieder zu sich. »Tillmann«, murmelte er mit belegter Stimme. »Das Leben ist die Hölle.«

»Es tut mir leid«, sagte ich.

»Du brauchst dich nicht zu entschuldigen. Du kannst nichts dafür.« Er sah mich mit aufgerissenen Augen an, als sei er weit fort gewesen und gegen seinen Willen wieder zurückgekehrt. Ich strich ihm über seine Wangen und durch sein Haar. Seine Hände klammerten sich an meinen Rücken. Er zitterte am ganzen Leib. Da wusste ich, dass niemand ihn jemals geliebt hatte, selbst seine Mutter nicht, wie ich früher dachte. An welchem Abgrund der Verzweiflung befand er sich? Und warum? Plötzlich lachte er sein schallendes Jungenlachen, als wäre nichts geschehen. Ich war mir nicht sicher, ob er nicht an

179

jener Krankheit litt, die man »schüttelnde Gottesstraf«, »Fallsucht« oder »morbus daemonicus« nannte. Sie wurde durch Exorzismen behandelt oder durch Quacksalber, die den Schädel aufbohrten, um ein Ausschlupfloch für böse Geister aus dem Kopf zu schaffen. Vielleicht litt er nur an einer leichten Form der Krankheit, denn zuvor hatte ich nie etwas davon bemerkt, und wenn sie öfter aufgetreten wäre, hätte man ihn ausgesetzt oder in einen Narrenturm gebracht oder auf den Kirmessen als wutschnaubendes Tier ausgestellt, wie man es landläufig machte.

»Treffen wir uns heute Nachmittag am Breyeller See?«, fragte ich.

Er nickte. Bevor er ging, umarmte er mich und drückte mich fest an sich.

27. Bild: Die strenge Hand

In der Umarmung Ignacios steckte so viel Sehnsucht nach Zuneigung, dass es mich fast schwindelig machte. Ich wusste nicht, was ich davon halten sollte. Vielleicht nur deshalb, weil überall Krieg war und die Zartheit keinen Namen mehr kannte. Nach dem Frühstück zitierte mich mein Vater in sein Kontor. Er war wieder bei seiner Lieblingsbeschäftigung und ordnete Münzen auf seinem Rechenbrett. Ich überlegte, ob ich ihn meine Abneigung spüren lassen sollte, entschied mich aber dagegen.

»Vater«, begann ich. »Kaplan Senkel hat mir gesagt, er sei der Skorpionmörder gewesen.«

»Die Sache ist aufgeklärt und vorbei. Wir haben über andere Dinge zu reden.«

»Man muss Onkel Job Recht verschaffen!«

»Jetzt hör mir mal zu!«, brummte er mit seinem mordstiefen Bass. »Tote soll man ruhen lassen. Kommen wir zu deinem Verhalten bei unserem Treffen mit Jan von Werth.«

»Gut, kommen wir dazu«, sagte ich. Innerlich kippte meine Entscheidung. »Wenn ich die Liebe kennenlerne, dann bestimmt nicht durch irgendeine Dirne.«

»Du wagst es, dich zu beschweren? Ausgerechnet du? Du hast dich aufgeführt wie eine Memme. Du hast mich vor Graf Terneuze und José Alemán blamiert. Dein widerspenstiges Auftreten ist eines Sohnes des bedeutendsten rheinischen Viehhändlers nicht würdig.«

»Du bist selbstherrlich geworden, Vater. Jede Kritik prallt an dir ab. Du behandelst mich wie einen Hund. Und Mutter behandelst du nicht besser. Ist dir nicht aufgefallen, dass es ihr seit einigen Wochen schlecht geht? Aber du machst mit Dirnen herum.«

»Noch ein Wort, und du kannst gehen. Du hast zu tun, was ich dir sage. Und wenn ich dir sage, du sollst dir den Arsch aufreißen, wirst du es tun!«

»Für wen hältst du dich, für Gott?«

Mein Vater nahm seine Reitpeitsche. »Wenn du in meinen Plänen nicht noch eine Rolle spielen würdest, könntest du mir gestohlen bleiben. Morgen begleitest du mich zum Landvogt nach Brüggen. Und ich erwarte, dass du nicht unangenehm auffällst. Ich denke, wir haben uns verstanden.«

Er ließ mich stehen und stapfte mit festen Schritten an sein Stehpult. Ich sah ihn mit wutverzerrtem Gesicht an und ballte die Fäuste, ohne zu einer Reaktion fähig zu sein.

Nach einer Weile drehte er sich um. »Auf was wartest du?«

»Ich habe, als ihr euch vergnügt habt, noch einmal mit Jan von Werth gesprochen.«

Mein Vater kam einige Schritte auf mich zu und rieb über seine fleischige Nase. »Mit welchem Resultat?«

»Er bot mir an, in seine Dienste zu treten.«

»Was hast du ihm geantwortet?«

»Ich würde es mir überlegen.«

Sein Mienenspiel zeigte einen Ausdruck von überraschter Erbitterung. Er fixierte mich mit einer Miene, in der Warnung und Wut zugleich lagen. Nie werde ich vergessen, welch tötenden Blick seine Augen in diesem Moment besaßen. Er sagte jede Silbe betonend: »Ob mein Sohn zur Armee geht, entscheide ich.«

Ich verließ sein Kontor, ohne ein weiteres Wort zu sagen.

28. Bild: Jedermörder

Ohne ein Wort zu sagen, machten Ignacio und ich uns auf den Weg zum Breyeller See. Mir gefiel nicht, wie launisch er in der letzten Zeit geworden war. Nur eine falsche Bemerkung, und er ging gleich hoch. Diese plötzliche Launenhaftigkeit schmerzte mich noch aus einem anderen Grund. Seit Onkel Jobs Tod war er für mich der einzige ebenbürtige Gesprächspartner, dessen Horizont über Geschäftemachereien hinausreichte.

Wir gingen auf Sankt Peter in Boisheim zu, um den Weg Richtung Breyeller See einzuschlagen. Vom Kirchturm stürzte eine Taube auf uns zu. Sie zischte zwischen unseren Köpfen durch, und, weil sie offenbar kurzzeitig ihren Orientierungssinn verloren hatte, donnerte sie gegen die Kirchenmauer und fiel zu Boden. Die Mauer stand weiter, mit dunklen Flecken von Taubenblut verklebt, aber die Taube blieb auf dem Gras liegen, ein dunkelgraues, zitterndes Tier, und ich dachte an meinen verunglückten Flugversuch.

»Ich frage mich nur, warum kommt dieser Senkel, während er mit dem Zug der Geißler zieht, auf dich zugerannt und gesteht dir, der Mörder zu sein?«, sagte Ignacio unvermittelt.

»Weil er sein Gewissen entlasten wollte?«

»Tillmann, manchmal bist zu naiv, dann würde er eher die Sache beichten.«

»Vielleicht wurde er sich bei der Geißelung seiner Sünden noch einmal bewusst.«

»Und kurz danach stirbt er. Woran ist er eigentlich gestorben?«

»An seinen Wunden, die er sich zugefügt hat.«

»Vielleicht hat ihn ein Skorpion gestochen?« Ignacio nestelte aus seiner Tasche ein kleines Kästchen und öffnete vorsichtig den Deckel. »So einer wie dieser hier?«

Ich wich automatisch einen Schritt zurück.

»Keine Angst, er tut dir nichts. Er reagiert nur böse, wenn er gereizt wird. So ein Geschöpf ist schließlich nicht so abartig wie ein Mensch«, er lachte, und seine Stimme klang auf einmal sehr tief, als spräche ein Dämon aus ihm. »Hast du dich nie gefragt, weshalb ausgerechnet immer die Leute starben, mit denen dein Vater Schwierigkeiten hatte?«

Ich hielt weiterhin Abstand, auch wenn Ignacio den Deckel wieder schloss. »Nicht nur ich habe mich das gefragt, die meisten Dülkener wohl.«

»Und dann geschah alles wie durch Zauberhand. Menschen verschwinden, dein Vater wird reich und mächtig, doch niemand fragt mehr nach. Und trotzdem bleiben einige Fragen offen, zum Beispiel, wieso hörten die Morde plötzlich auf, als dein Vater keine Feinde mehr hatte, jedenfalls keine, die es wagten, gegen ihn zu opponieren?«

»Hast du eine Antwort?«, fragte ich aufgeregt.

»Vielleicht war ich der Mörder. Ich meine, jeder kommt in Betracht«, sagte er kalt. »Hast du nicht auch manchmal Lust, jemanden umzubringen?«

»Hör zu, Ignacio«, sagte ich. »Ich betrachte dich als meinen Freund. Wenn du etwas weißt, musst du es mir sagen.«

»Willst du es wirklich wissen?«

Ich nickte.

»Ich auch.«

Langsam verlor ich die Geduld. »Ich habe keine Lust auf solche albernen Spiele.«

»Gut, vergiss alles, was ich gesagt habe. Kaplan Senkel ist der Mörder, damit deine Welt nicht auseinanderbricht. Aber jeder von uns könnte es sein, Tillmann, auch du! Wo warst du, als die Morde geschahen?«

»Nicht da, wo der Mörder war.«

»Ach, tatsächlich? Du bist Schlafwandler, könnte dein Vater diesen Zustand nicht missbrauchen, indem er dich anwies, die Skorpione bei den Opfern zu verstecken?«

»Spinnst du?«

»Ich nicht, aber du vielleicht? Woher wissen wir, was Wahrheit ist? Weißt du es? Was ist das, die Wahrheit, Tillmann? Wir sehen eine Menge Bilder. Doch welche Bilder sind wahr, welche bilden wir uns nur ein? Welche Bilder sehen wir erst gar nicht? Vielleicht weil wir sie nicht sehen wollen oder nicht sehen können, weil wir blind sind? Ist es nicht Jesus, der sagt: ›Sie werden sehen, aber nicht erkennen. Sie werden hören, aber nicht verstehen‹? Was sehen wir, Tillmann, was verstehen wir? Kannst du dich an irgendeine Begebenheit erinnern, die während deines Schlafwandelns geschah?« Er steckte das Kästchen mit dem Skorpion achtlos in seine Jacke zurück. Ja, es geschah mit einer solchen Beiläufigkeit, dass man davon ausgehen konnte, er habe nicht nur keine Angst vor den giftigen Tieren, sondern er wusste mit ihnen so gut umzugehen, dass er sie nicht fürchten musste, was den Rückschluss denkbar machte, Ignacio käme als derjenige infrage, der die Skorpione bei den Opfern eingeschmuggelt hatte. Ich musste gestehen, Ignacio hatte mich reichlich verwirrt. Kaum stellte man seine Wirklichkeit auf den Kopf, drohte die eigene Welt hohl und bedeutungslos zu werden …

29. Bild: Hohlwelt

Wie in einer Hohlwelt kam ich mir vor, als wir entlang des Breyeller Sees gingen. Der moosige Boden unter uns klang so hohl, als befände sich darunter ein Höhlenlabyrinth. Es roch nach Heusommer. Ignacio hatte nicht unrecht, was wissen wir über uns und wie viele Schritte sind wir vom Abgrund entfernt, ohne es zu wissen?

»Wir wissen nichts, Tillmann«, sagte Ignacio. »Wir sehen Bilder. Schau her …«, er hob einen Ast auf. »Was siehst du?«

»Einen Ast«, ich schaute genauer hin, um ihm die bestmögliche Antwort zu geben. »Den Ast einer Linde, deren lindgrüne Blätter aus den Zweigen sprießen.«

»Falsch!«, Ignacio lachte auf. »Ich sehe einen Flugapparat.« Er wedelte mit dem Zweig durch die Luft. »Die Blätter sind Flügel, siehst du?«

»Du bildest dir vielleicht ein, dass es ein Flugapparat ist«, sagte ich kopfschüttelnd.

»Nein, nein. Jede Hexe könnte darauf reiten.«

Ich riss ihm den Ast aus der Hand und brach einen Zweig ab. »Lässt sich brechen wie ein Ast, riecht wie ein Ast, fühlt sich an wie ein Ast, sieht aus wie ein Ast.«

»Du bist auf den Ast fixiert. Vielleicht kannst du deshalb nicht fliegen.« Er lächelte süffisant, und zum ersten Mal entdeckte ich in seinem Gesicht das Gesicht seines Vaters, das ich nicht mochte. »Wann ist ein Ast ein Ast?«

»Ignacio, das ist Wortklauberei.«

Er warf den Ast in hohem Bogen in den Breyeller See, wo er kurz auftitschte, ein paar kleine Wellen schlug und dann entlang des Ufers schwamm, bis er sich in einem Gewusel aus gestrandeten Ästen, Laub und Tang verfing.

»Du denkst tausendmal um die Ecke«, sagte ich.

»Ich bin mir sicher, unsere Welt hat tausend mal tausend Ecken und das ganze Weltall noch mehr.«

Mit Holzpantinen schritten wir über das Büschelgras, das sich unter unseren Tritten sternförmig ausbreitete. Ignacio zog ein abgegriffenes Pergament heraus und las vor: »Du kennst alle Buchstaben, aber weißt du, was sie bedeuten? Weißt du, wie man sie verwendet, um Wolken zu machen oder den Schlaf? Sind es nicht gottgegebene Zeichen? War nicht im Anfang das Wort?« Er machte eine Pause und sah mich durchdringend an, mit Augen, die aus einer anderen Welt herüberstarrten.

»Das ist ein schöner Text. Wir haben uns lange keine Gedichte mehr vorgelesen«, sagte ich.

Ignacio feixte mich an, wobei sein Gesicht maskenhaft erstarrte. »Du hast recht.« Er zerriss das Pergament in lauter kleine Stücke und warf sie über den See, wo sie vom leichten Wind ein Stück getragen lautlos hineinfielen und auf der Oberfläche entlangtrieben, sicher kein Fraß für die Enten und Schwäne, nur Treibgut, das irgendwo strandete oder irgendwann auf den Grund trudelte.

Ich starrte ihn entsetzt an. »Warum hast du das gemacht?«

»Es war kein Gedicht. Nein, nein, du hast wirklich recht, ich denke manchmal zu sehr um die Ecke. Eigentlich hatte ich gehofft, du würdest mich verstehen, aber seit dein Onkel nicht mehr da ist, ist dein Geist flöten gegangen. Vielleicht kommt er wieder. Aber vielleicht sehe ich das alles auch falsch. Entschuldige, ich wollte dich nicht kränken.«

Dass er mich gekränkt hatte, sah er wohl an meinem Gesicht, auch wenn ich es vorzog, seine Schimpftirade nicht zu beantworten. Die Augen weit offen wie vor einer Vision, starrte er durch die Sonnenstreifen, die durch das Blattwerk fielen. »Weißt du, was ›Allos ego‹ heißt?«

187

»Ich erinnere mich, dass mein Vater nach den Morden immer einen angenagelten Skorpion an unserer Haustür fand, an dem ein Pergament mit diesen Worten hing. Onkel Job erklärte … warte, lass mich nachdenken … es bedeutet so etwas wie: ›Du bist ich‹.«

»Gutes Kerlchen, fein aufgepasst«, sagte Ignacio und goss mit seinem Blick seinen ganzen Spott über mich. »Eigentlich heißt es ›anderes Ich‹. Tja, ja, und dann heißt es auch noch: ›Liebe deinen Nächsten wie dich selbst‹ – oder in einer besseren Übersetzung: ›Liebe deinen Nächsten als dich selbst‹. Mmh, das macht es nicht einfacher. Bist du mein anderes Ich? Bin ich dein anderes Ich? Aber wer ist der Skorpionmörder?« Er steigerte sich in ein hässliches, falsetthaftes Lachen, das, je länger es andauerte, dem Gackern eines geilen Hahns mehr ähnelte als einem menschlichen Laut. »Teufel, Teufel, wer ist nur der Skorpionmörder? Dein Onkel jedenfalls nicht. Übrigens, er lebt im Hardter Wald als Eremit. Mein Vater hat ihn damals aus dem Gefängnisturm befreit. Husch, husch, wie die Waldfee.«

»Weißt du, was du da sagst?«

»Ich weiß es haargenau, Tillmann. Im Gegensatz zu dir verschließe ich die Augen nicht vor der Wahrheit. Dein Onkel, mein Lieber, beschäftigte sich mit schwarzer Magie. Er war ein Zauberer und zog Kaplan Senkel in seinen Bann.« Er flatterte mit seinen Armen wie ein Vogel.

»Rede weiter!«

»Tirilü. Was weiter?«

»Rede, verdammt noch mal!«

»Was ich nicht weiß, macht mich nicht heiß. Doch was ich weiß, hat seinen Preis. Ein Preis ist Wahrheit, ein anderer Irrsinn, ein anderer Klarheit, ein Wirrsinn … nein, Wirsing, nein Unsinn …« Er sprang in hüpfenden Schritten voran und stieß ein nervöses Gelächter hervor, zu dem sein galoppierendes

Trampeln echote. »Es stimmt, mein Vater hat deinen Onkel befreit. Weißt du, weshalb? Weil deine Mutter ihn auf Knien angefleht hat, er müsse den armen Job befreien. Eigentlich hätte er lieber gesehen, wenn man deinen Onkel geviertelt hätte, weil dadurch alle unangenehmen Fragen verstummt wären. Vielleicht gab er nur seiner Leidenschaft nach? Oh ja, deine Mutter hat viele Küsse dafür hergegeben. Wie eine Metze hat sie vor meinem Vater gekniet und jeden schmutzigen Wunsch, den er äußerte, erfüllt.«

»Ich glaube dir kein Wort. Du bist so verrückt wie Barusi«, schrie ich.

»Ich habe alles mit meinen Wirsingohren gehört und mit meinen Albino-Augen gesehen, du Schwächling. Hast du dich nie gefragt, wieso mein Vater, José Alemán Marqués de Riscal, so plötzlich in das Leben deines Vaters trat? War es Zufall, dass er nach dem Diebstahl der Herde in der Lüneburger Heide aufkreuzte? Warum kam er nicht eher? Hatte er womöglich etwas mit dem Raub zu tun? Und wenn, warum kümmerte er sich um deinen Vater? Und wie kam er ausgerechnet dazu, als der Schmied Dekkers deinen Vater fast im Pfuhl auf dem Marktplatz ersäuft hätte? Alles Zufall? Nein, mein Lieber, mein Vater ist der Teufel.«

Jeden anderen hätte er damit beeindrucken können, mich nicht. »Klar, wer sonst? Da glaube ich eher, dass alles einfach ein Zufall war.«

»Was weißt du schon vom Zufall«, er jaulte wie ein mondsüchtiger Hund. »Kann nicht nur der Teufel der Skorpionmörder sein? Jemand, der sich mit den geheimen Säften, die den Tod herbeiführen, auskennt?«

»Also doch dein Vater!«

»Nein, es wird wohl Senkel gewesen sein. Meine Fantasie geht manchmal mit mir durch. Ich bin einfach verrückt. Tut mir leid, ich wollte dir keine Bilder in den Kopf setzen, die dich beunruhigen. Wenn ich zaubern könnte, würde ich sie aus deinen Gedanken wegziehen.«

Doch meine Gedanken fuhren Karussell. Das alles klang zu verrückt, um wahr zu sein, aber es konnte sich auch nur um einen Trick handeln ...

30. Bild: Lis und Liebe

Vielleicht handelte es sich tatsächlich nur um einen Trick. Was Ignacio sagte, klang einerseits völlig verrückt, andererseits überzeugend. Der polierte Panzer seines Geistes glänzte undurchdringbar in der warmen Julisonne.

Dann kam plötzlich Lis auf uns zu. Dass wir früher viel miteinander gespielt hatten und sie eigentlich viel jungenhafter war als ich, hatte sich geändert. Wir sahen uns nur noch selten, denn ihr Vater, der Viehzüchter Falck, und mein Vater, der mächtige Viehhändler, verkehrten nicht mehr im gleichen Stand, und die Tatsache, dass wir verschiedene Konfessionen hatten, reichte schon aus, um mir das Gefühl zu geben, dass wir inzwischen in grundverschiedenen Welten lebten. Sie war ein hübsches, angenehmes Mädchen, ich fand sie allerdings nicht besonders anziehend, erst recht nicht, wenn ich sie mit Lalena verglich.

»Tillmann will immer noch fliegen lernen«, sagte Ignacio, als hätten wir über nichts anderes geredet. Ich hatte den Eindruck, er sagte es nur, um als Erster irgendetwas zu sagen, und ich spürte, dass in den Blicken zwischen ihnen eine besondere Spannung lag.

»Red' doch nicht.«

Lis hob den Blick und ließ ihn über die Baumwipfel gleiten, wo sie das Schlagen eines Taubenflügels wahrnahm, dessen Gurren über uns überraschend menschlich klang. »Wenn du fliegen kannst, zeigst du mir dann, wie es geht?«

»Klar«, sagte ich. »Das ist gar keine Frage, klar zeige ich's dir.«

Unsere Blicke begegneten sich, und ich sah, dass sie wirklich schön war. Das musste auch Ignacio bemerkt haben.

Seine Geheimnis erforschenden Augen waren voll Heimlich-
keit, und plötzlich sagte er: »Ich muss nach Hause!«

»Warum? Bleib doch.« Es klang halbherzig, das wusste ich
selber.

»Und vergiss alles, was ich gesagt habe«, sagte Ignacio
schroff, dabei klang seine Stimme so schrill wie zersplittern-
des Glas.

Lis schürzte die Lippen und sah mir ins Gesicht, und ich
spürte plötzlich die Hitze des Sommers.

»Du guckst sie an, als wäre sie eine dreibeinige Katze«,
sagte Ignacio.

Das war gemein, aber ich hielt es für das Klügste, nicht zu
reagieren.

»Ich lach mir einen Ast ab.« Gelächter sprang aus seiner
Kehle, er fegte mit seinen schweren Holzpantinen am Ufer
entlang, und seine erhobenen Arme fuchtelten durch die
Luft. Insgeheim war ich froh, dass er weglief, denn jetzt hatte
ich Lis für mich allein. Haute Ignacio etwa ab, weil er eifersüchtig war?

Lis setzte sich neben mich. Wir schwiegen eine Weile. Die
blühenden Wiesenblumen kribbelten in der Nase. Ich kaute
an irgendwelchen Worten, schluckte sie herunter und kaute
an neuen Worten. Mein Hals wurde immer dicker. Sie sah
mich an, einfach so, und ich konnte überhaupt nicht mehr
schlucken. Ihre schwarzen Schwärmeraugen ließen mich an
einen fernen Horizont denken. Ihr Gesicht war von atembe-
raubender Zartheit. Unter der Porzellanhaut glühte sie. Ich
versuchte zu lächeln, aber es gelang mir nicht. Meine körperliche Erregung war so heftig wie das Gewitter in meinem
Kopf. Während meine Hände über ihre Arme fuhren, kam
ich mir vor, als entweihte ich ein geheiligtes Mysterium. Lis
lächelte und fuhr mit ihren Händen über ihr Kleid. Ich

bemerkte erst jetzt, dass sie ein weißes Kleid trug. Es war schlicht geschnitten und ohne jedes schmückende Element, ich hätte schwören können, es wäre das Kleid eines Engels. Sie legte ihren Kopf in den Nacken, ihre langen schwarzen Haare hingen bis zu den Hüften. Etwas lag in ihrem Blick, das nur für uns beide bestimmt war. Sie roch nach Flieder. ›Flieder?‹ – Ja. ›Fang an, sie zu streicheln‹, befahl mir irgendeine Stimme in meinem Kopf, aber meine stummen Annäherungsversuche nahmen sich wie ein missglückter Flugversuch aus. Ihre runden Lippen bogen sich zu einem Lächeln: »Tillmann, weißt du, was ein Friedenskuss ist?«, fragte sie. Ein langer Blick aus dunklen Augen folgte.

»Wenn die ersten Christen sich um den Esstisch versammelten, küssten sie sich von Mund zu Mund, um zu zeigen, dass jeder der Anwesenden vom Heiligen Geist beseelt war, dann setzten sie sich hin und teilten miteinander das Mahl.« So hatte ich es zumindest von Onkel Job gelernt.

Lis schlang die Arme um mich und legte den Kopf an meine Schulter. »Du bist ja wirklich gebildet.« Sie schlug eine niederrheinische Lache an, mit der man alles banalisieren konnte, was mir missfiel, und ihr Augenzwinkern empfand ich als aufdringlich. »Das wollte ich eigentlich gar nicht wissen«, sagte sie und drückte mir einen ganz kleinen, im wahrsten Sinne des Wortes flüchtigen Kuss auf die Wange.

Mein dumpfes Gefühl aus Liebe, Verlangen und Erregung wurde auf einmal stärker als in Lalenas Gegenwart. Viel stärker, aber meine Arme waren wie gelähmt. Sie spürte natürlich meine Unsicherheit und wusste, wenn nicht bald etwas passierte, würde nie zwischen uns etwas laufen. Mit sicherem Instinkt kam sie näher und zog meinen Mund an ihren heran. Dann geschah etwas mit mir, das mir den Atem raubte, nicht mehr und nicht weniger. Ich hatte das Gefühl, ich

193

würde von einem Luftstrom aus Zärtlichkeit eingesogen. Lisbeths Lippen waren weich wie Samt, und dann fühlte ich, wie sich meine Gedanken auflösten, als hätten sich die Pforten zum Paradies geöffnet. Ich spürte die Weichheit ihres Körpers, warm, fordernd. Und plötzlich das Kribbeln in meiner Nase. Wiesenblumen! Ich wusste nicht, wie ich atmen sollte. Wiesenblumen! Verdammt noch mal, Wiesenblumen! Bevor ein größeres Malheur passierte, zog ich meinen Kopf abrupt zur Seite und spuckte ein gellend-feuchtes Niesen aus. Lis' Augen sprühten vor Vergnügen. »Du bist süß«, sagte sie, und ihre Stimme fühlte sich so samten an wie ihr Mund. Mein Atem ging bebend schnell, nicht nur wegen des unaufhörlichen Niesens, dem sich irgendwelche dummen Entschuldigungen und Erklärungsversuche anschlossen. Ich musste noch nie wegen irgendwelcher Blumen niesen! Sie legte den Zeigefinger auf ihre Lippen und schüttelte leicht den Kopf.

Diese Wirklichkeit unterschied sich von jeder, die ich bis dahin erlebt hatte. Alles fühlte sich leichter an als sonst. Ich wollte es ihr sagen, aber sie verschloss mir den Mund mit einem Kuss. Ich muss sie gleich fragen, was sie denkt, dachte ich. Wollte ich das überhaupt wissen? Ihre Augenlider zuckten. Ich schloss auch die Augen. Sah ich das Bild von Lis? Nein. Das von Lalena? Das wäre Verrat. Ich streichelte ihr weiches Haar und sog seinen Duft ein, Flieder. Nach einer Weile öffnete sie die Augen und drehte ihren Kopf weg, um meine Lippen loszuwerden, und ließ ihren Kopf an meine Brust rutschen, als wollte sie meinem Herzschlag lauschen. Lange blieben wir im Gras liegen. Ich war siebzehn, im November wurde ich achtzehn, an der Schwelle zum Mannsein. Die hochstehende Sonne tanzte mit hundert Münzen auf den Wellen. Himmlisch ist das einzige Wort für meine

Empfindungen, denn in diesem Moment dachte ich weder an Ignacio noch meinen Vater noch an Onkel Job und ob er tatsächlich als Eremit im Hardter Wald lebte.

»Hast du Ignacio schon mal geküsst?«

Sie sprang mit einem mädchenhaften Lachen auf und lief ans Ufer. Sie streckte mir die Zunge heraus, so wie früher, wenn sie höher in die Baumkronen klettern konnte als ich. Mit wenigen Schritten war ich bei ihr, doch sie reagierte mit einer seitlichen Drehung, beugte sich ans Wasser und schippte mir ein paar Wellen ins Gesicht. Mir gelang es, sie zu packen. Meine Lippen suchten ihren Mund, sie drehte ihren Kopf weg. Ich weiß nicht, wie lange wir im Breyeller See schwammen. Sanft streichelten wir Wasser und Schweiß von unserer Haut und leckten Salz miteinander.

»Wir sollten keine Gewohnheit daraus machen«, murmelte sie spröde.

Auf dem Rückweg gelang es mir nicht, meine Gedanken zu sortieren. Auch Lis schwieg. Als die ersten Dülkener Häuser zu sehen waren, bat sie mich, getrennte Wege zu gehen. Sie musste ohnehin einen anderen Weg zum Falckhof einschlagen.

»Aber ich sehe dich doch wieder?«

Sie schenkte mir ein strahlendes Lächeln und nickte. In ihren Augen geisterte so etwas wie Spott. »Wird sich kaum vermeiden lassen, wenn man so nah beieinander wohnt.«

An der Linde schaute ich der Gestalt nach, die sich langsam von mir entfernte und sich nicht ein einziges Mal zu mir umdrehte. In diesem Moment war der Fliederduft verweht, und ich starb einen kleinen Tod.

31. Bild: Nicht Jedermanns Tochter

Der Geruch des Todes hing über Dülken. Die Hexenverfolgung erreichte ihren Höhepunkt, und ich, Tillmann Swart, stand dabei, als der Pöbel den Mord an zwei Hexen bejubelte. Frauenhass trieb die konkurrierenden Konfessionen zu einer seltsamen Ökumene. Über allem dräute die Drohung von Hölle und Sintflut als pastorale Entgleisung. In meinem Kopf toste ein Meer von Ungewissheit. Wenn es stimmte, was Ignacio gesagt hatte, lebte mein Onkel tatsächlich und meine Mutter hatte sich für ihn zur Hure gemacht. Meine Welle der Empörung schlug gegen die Wogen der Sehnsucht, die mich zu Lis treiben wollten. Die Wellen prallten gegeneinander und verursachten einen Gefühlsorkan. Ich war allein. Mit keinem konnte ich reden. Könnte ich nicht zu Jan von Werth fliehen? Ich betete Rosenkränze, was einigermaßen zu meiner Beruhigung beitrug. Ich machte Onkel Jobs Exerzitien. Es konnte doch nicht alles falsch sein, was er mir beigebracht hatte. Ich ging den Weg des geringsten Widerstandes und verachtete mich dafür. Jeder Stein war für mich lebendiger als mein Vater. Ich wollte mit Steinen nach ihm werfen. Nein, wollte ich nicht vielmehr wie ein Skorpion meinen Stachel ausfahren, um ihn zu töten? Hatte José Alemán meinem Vater nicht erklärt, dass Skorpione sich nur wehrten, wenn ihnen Gefahr drohte?

»Ich will, dass du mit zum Hexenprozess kommst!«, sagte mein Vater.

Ich ging mit. Widerwillig war ich dabei. Aber ich war dabei. Leugnen half nicht. Ich hatte alles gesehen. Ich hatte sie gesehen, Magda und Afra, zwei junge Frauen, Flachsspinnerinnen beide, mit flachsblonden Haaren, angeklagt der Hexerei und der Unzucht mit dem Teufel. Für vierzig Tage wurden sie in den Stock gesperrt, und ihre zerschundenen, leidenden Leiber wurden ausgestellt.

Nein, ich spuckte nicht auf sie. Ich hasste sie nicht. Warum auch? Sehr wahrscheinlich taten sie mir leid. Wollte ich sie nicht fragen, wie das mit dem Fliegen ist? Schließlich mussten sie es doch wissen: »So also die Hexen, sobald sie sich mit ihren Salben eingerieben haben, auf Stöcken, Gabeln oder Holzscheiten zum Sabbat zu gehen, indem sie entweder einen Fuß darauf stützen und auch auf Besen oder Schilfrohren reiten, oder indem sie von entsprechenden Tieren, männlichen Ziegenböcken oder Hunden, getragen werden …« Hass ist das schlechteste Glaubensbekenntnis. Ich schlug mir selbst an die Brust, ich musste zugeben, ich gab ihnen nicht zu trinken, nicht zu essen und kühlte nicht ihre Wunden. Ich verstopfte meine Ohren, um ihre Schreie nicht zu hören. Kainsmal des Glaubens.

Nein, sie konnten ihre Unschuld nicht beweisen. Es sei denn, Unschuld wäre das verquollene Gesicht aus Eiter und Blut. Nach vierzig Tagen tagte das Gericht am Richtstein auf der Galgheide. Gravitätisch und feist wälzte Richter Fahrenholt seinen massigen Körper zum Richtplatz, die Verhandlung bestand lediglich in der Verlesung des Schuldspruches. Der Henker trat mit festen Schritten hinzu, ein Riese von gewaltiger Größe, die Glieder verschwommen und fließend wie bei einem Gespenst: Meister Floris aus Nimwegen. Er übernahm die verurteilten Frauen und brach zum Zeichen ihres verwirkten Lebens über sie den Stab mit den Worten: »Ich stoße dich an diesen Stein, du kommst nicht mehr zu Vater und Mutter heim.« Ignacio hatte recht, die Deutschen konnten wirklich keine Gedichte schreiben.

Die beiden Verurteilten, ihre Augen vom Irrsinn der Folter verdreht, zogen an den fettwanstigen Schöffen vorbei und an

Dülkens Gaffern und Geifernden. Der Henker zog mit Tschingerassabumm voran zum großen Schlachtfest, nur noch den Herold vor sich: »Habe die Ehre, ihr Leut', Weibsvolk und Mannen, heut wird gesprochen ein Recht über Hexen, wo ham sich verlumpt annen Deibbel. Leut', macht Platz. Platz! Seht den Meister Floris aus Nimwegen! Tschingbumm …«

Meister Floris, für das Herzogtum Jülich zuständig für die Tode, die nicht durch Krieg, Pest oder Skorpionbisse herbeigeführt wurden, Meister Floris, jener Riese von gewaltiger Größe, trug wie alle Henker eine enge knallrote Lederhose, deren Bund geschnürt war und deren Beinlinge sich vom Schritt etwas absetzten, damit man alles sah. Sein nackter, eingeölter Oberkörper glänzte in der Sonne. Über seinen Vierkantschädel trug er die schwarzlederne Henkersmütze, aus der nur die Augen lugten. Seine Schaftstiefel knallten bei jedem Schritt. Dahinter die ganze Prozession der Gaffer, die auf den Richtplatz gezogen kam.

»Wat für'n Mann, wie 'n Baum!«

»Wie 'ne Löwe steht er auf sin Föss.«

»Guck em nit so an. Hass ja schon Augen wie 'n Fröschken, so weit stehen die vor.«

»Henker, dat sin schöne Bürschken.«

»Ich bin eine honette Person, aber du, dat weiß jeder, du gucks sieben Paar lederne Hose durch! Pass auf, dat du nit selbs als Hex endst.«

Mein Vater zog mich in die erste Reihe. Als einer der ersten Bürger Dülkens durfte er ganz vorn stehen, wo das Blut spritzte.

»Hast du die ganz junge Hex gesehen?«, fragte mein Vater? »War bestimmt 'n ganz heißer Feger.«

Der Herold stieß in die Schalmei, riss einer Hexe die vereiterten Lippen auseinander und krakeelte: »Zeig dein viehische Hexenzung! Beschäme die christliche Gemeinschaft! Leut', was ihr da seht, das ist Vieh, das is wenijer als Esel! Ja, das is viehdummes Hexenvolk, is Bestie. Bäh. So beschämt es das Christenvolk. Ekel isses! Was habt ihr gedenkt, ihr Hurensöhne, was man kann machen mit Hexen? Man macht sie ab. Im Namen Chrissi. Du bist geschaffen aus Staub, Sand, Dreck. Willst du mehr sein als Staub, Sand, Dreck? Seht alles, was recht is: Hexen muss man töten, bis man könnt kötzen. Wir abba feiern das Köpfen von zwei Hexen, damit die Schuld getilget wird, Challeluja. Wir ham die Botschaft, die die Welt besser macht. Zack, die Bohne.«

Ich hatte das Gefühl, mein Lebensende starre mir ins Gesicht, und schrie: »Allos ego!« Mein Vater schlug mir eine runter, doch ich wurde dabei nicht geköpft.

Der Henker hörte sowieso nur das geile Raunen der Menge und tat, was alle Mörder tun, öffentlich oder nicht öffentlich. Die beiden Köpfe der Frauen fielen ab, das Blut spritzte dabei vom Beil und segnete die, die in der ersten Reihe standen, also meinen Vater und mich, denn ich kann nicht leugnen, ich war neben ihm in der ersten Reihe stehen geblieben. Der Stadtschreiber notierte: »Meister Floris aus Nimwegen hatte viel Arbeit, die Hexen zu Tode zu bringen.«

Die Glocken von Sankt Cornelius läuteten den Abend ein. Die Sonne ging nicht unter. Ein roter Feuerball wäre nach diesem Nachmittag auch eine zu kitschige Metapher gewesen. Mir blieben Fragen über Fragen …

32. Bild: Vertrauen gegen Vertrauen

Ungewissheit war verbunden mit ständigem Fragen. Was mir am meisten auf die Nerven fiel, war das Warten auf Lis. Lis, wo bleibst du? Lis, wo bist du? Lis, warum kommst du nicht? Ich liege vor eurem Haus und beobachte Motten und Käfer. Warum schaust du nicht einmal aus dem Fenster, wenn ich wie ein waidwunder Bock um euer Haus herumpirsche? Hast du keine Sehnsucht nach mir? Sie hatte sich zwischenzeitlich ein paarmal mit Ignacio getroffen, das wusste ich.

Um mich zu beruhigen, sagte ich mir, manche Dinge entwickeln sich erst mit der Zeit. Als im Zeichen des Skorpions Geborener strebte ich schließlich mein Ziel nicht sprunghaft an, sondern tastete mich in einer webenden Bewegung vorwärts. Doch ich schien mich eher in schwere Gedanken einzuweben, als einen Faden zu spinnen, der mich zu ihr zog. Nichts als Feigheit. Gab es das, Hoffnung, ohne zu hoffen?

»Geh endlich!«

Ich ging zum Falck'schen Hof.

»Na, Tillmann, lang nicht mehr gesehen. Dass es dich noch gibt!«, sagte der alte Falck.

Ich wusste nicht, was ich antworten sollte. »Ja, seit mich mein Vater ins Geschäft genommen hat, habe ich kaum noch Zeit.«

»Ach, dein Vater, hör mir mit dem auf!«

Nicht erst seit mein Vater zu Geld gekommen war, konnte der alte Falck ihn nicht leiden. Angeblich war er von ihm oft übers Ohr gehauen worden. Bei meinem Vater würde mich das nicht wundern.

»Ist Lis zu Hause?«

»Is inner Küche.«

Sanfte Pfeile des Mittagslichts fielen aus den hohen Oberlichtern über den Fliesenboden und trafen sich in der Kohlenwolke und den Schwaden des gesottenen Fetts.

»Lis, ich wollte dich sehen.«

Sie hätte mich wenigstens angucken können. War es nur Scham?

»Lis, wann sehen wir uns?«

Sie hackte in dem Gebratenen in der Schüssel herum, klatschte es auf sechs Teller und sagte: »Siehst mich doch. Was willsten mehr?«

»Lis, so geht das nicht. Hast du vergessen, was am Breyeller See geschehen ist?« Fordernd umfasste ich ihre Handgelenke.

Sie drehte sich weg. »Lass mich.«

Hatte sie da schon die Schritte ihrer Mutter gehört? »Tach Tillmann, wolltste ma gucken kommen, wie arme Leute leben?«

»Ich wollte Lis mal wieder sehen.«

Die Mutter beäugte mich mit kritischem Blick, eine alte Eule, die in die dunkelsten Ecken lauern konnte. »Na, so was.« Still und heimlich war sie eingetreten, und mein Herz schlug höher, denn sie wusste, dass irgendetwas zwischen Lis und mir geschehen war.

»Also gut, bis um drei auf dem Burgacker«, sagte ich, als gäbe es dieses Versprechen. Damit hatte ich sie in Bedrängnis gebracht.

»Ja, ist gut«, sagte sie.

Ich machte mich auf den Weg, da war es erst eins. Die Zeit, die eigentlich kein Gewicht hat, wog schwer. Gegen halb drei ging unerwartet ein heftiger Schauer nieder. Der Geruch feuchter Erde dunstete aus den Feldern. Im Westen gewann die Sonne wieder die Oberhand. Das ungetrübte Licht ließ

jede schimmernde Beere erkennen. Von den sonnenbeschie-
nenen Blättern fielen Tropfen wie flüssiges Gold. Lis verspä-
tete sich. Der aus Kübeln schüttende Regen hatte sie aufge-
halten und ihre Kleider durchnässt, was einen Blick auf ihre
sanften Körperrundungen freigab. Ich nahm sie in meine
Arme und sog ihren Duft ein. Angstschweiß und Regen. Kein
Flieder diesmal.

»Meine Mutter hat mitgekriegt, dass du in mich verliebt
bist.«

»Bist du nicht in mich verliebt?«

Ich drückte mich an sie und legte meine Arme um ihren
Nacken. Sie so in den Armen zu halten, war märchenhaft. In
mir wallte wieder diese Hitze auf. Sanft küsste ich sie auf die
Lider, dann auf den Mund. Sie zog ihren Kopf zurück.

»Tillmann, das geht nicht. Wir können nicht so weiterma-
chen.«

»Warum nicht?«

»Du bist katholisch, ich evangelisch.«

»Das ist kein Grund.«

»Für meine Eltern schon – und für deine auch.«

»Gut, dann hauen wir ab!«

»Wovon sollen wir leben?« Sie schürzte die Lippen und sah
mich so lange an, bis ich verlegen wurde. »Ich mag dich auch,
weißt du«, sagte sie.

Ich strich ihr langes Haar hoch und küsste es.

»Also gut«, sagte sie.

Wir legten uns auf das nasse Gras, und ich genoss die Zartheit ihrer Hände. Für einen Moment verlor ich jegliches
Gefühl dafür, wo ich mich befand. Ich glaubte, von einer
unbezähmbaren Gewalt besessen zu sein, in deren Zentrum
der verbotene Baum des Paradieses stand. Was wirklich existierte, waren nur wir beide.

»Ich liebe dich«, sagte ich zu ihr.

Als ich meine Augen wieder öffnete, war ihr Gesicht verwandelt, als sei sie Lalena. Ich kam mir vor wie mein eigener Vater.

»Gut«, sagte sie. »Das ist gut. Daraus sollte eine Ewigkeit werden.«

»Können wir uns nicht öfter sehen?«

Lis sprang auf. »Nein, ich weiß jetzt schon nicht, was ich meinen Eltern sagen soll.«

Ohne sich umzudrehen, verschwand sie im Laufschritt. Ich hob die Augen und sah einen Vogel, der einen Blitz in den Himmel ritzte. Hinter dem Horizont müsste es ein Versteck für die Liebenden geben. Mein durchnässter Rücken fühlte sich kalt an.

Als ich nach Hause kam, baute sich mein Vater mit verschränkten Armen vor mir auf und sah mich drohend an. Früher spiegelte sich in seinen Augen mitunter so etwas wie Unsicherheit, jetzt waren es die Augen eines Mannes, der gewohnt war, Befehle zu erteilen.

»Komm, Tillmann, wir trinken ein Gläschen ›Dülkener Gold‹«, sagte er überraschend ruhig. Ich folgte mit dem Blick seinem Weg zur Küche und sah, wie er begierig den Schrank öffnete, in dem der Schnaps stand. In diesem Moment hatte ich so etwas wie ein Déjà-vu, so in der Art jedenfalls, ich sah vor mir, wie er aus Barusis Geldschrank die Geldschatulle nahm. Vielleicht bildete ich mir das auch nur ein.

»Wir müssen miteinander reden«, sagte mein Vater gelassen.

Ich hätte einfach gehen sollen. »Mir ist nicht nach ›Dülkener Gold‹«, hätte ich sagen können, oder »Ich weiß nicht, was wir zu bereden haben«. Etwas in der Art. Aber ich starrte ihn

203

nur stumm an. Schließlich nickte ich und setzte mich gehorsam zu ihm an den Eichenholztisch. Mein Vater goss zwei Gläser voll und leerte seines in einem Zug, um gleich nachzuschenken. Dann umfasste er mein Handgelenk. In dieser stählernen Umklammerung lag eine seltsam unerschütterliche Kraft. Sein Griff war eher der eines Dämons als der eines Menschen: vollkommen gleichmäßig und kalt, als ob kein Blut in seinen Adern pulste.

»Ich weiß, dass du dich mit der Lisbeth getroffen hast«, sagte er. »Ich habe euch gesehen. Ihr ward so miteinander beschäftigt, dass ihr es nicht bemerkt habt.«

Ich erwiderte nichts. Ich war mir nicht sicher, ob er uns wirklich beobachtet hatte. Vielleicht hatte Ignacio mich verraten, aber das ließ mich kalt.

»Wenn du nicht reden willst – auch gut. Ich weiß, was vor sich geht, auch ohne dass du es mir erzählst.« Sein Tonfall verriet keine Gefühlsregung. »Auf jeden Fall habe ich andere Pläne mit dir. Ein Katholik und eine Protestantin, das geht nicht.«

»Du machst doch selbst Geschäfte mit Protestanten.«

»Das ist etwas anderes.« Er drückte das Schnapsglas an seine fleischige Nase. »Ich meine es ernst. Glaub mir, was immer ich für richtig halte, werde ich tun.« Er legte den Kopf in den Nacken und sah mich mit halb heruntergeklappten Lidern an, als wollte er mir signalisieren, dass er mir nichts zu erklären brauchte. Ich sagte immer noch kein Wort. »Ich möchte vermeiden, dass die Dinge aus dem Ruder laufen. Ich möchte nicht, dass es zwischen euch noch mal zu einer heimlichen Begegnung kommt. Habe ich mich klar genug ausgedrückt? Ein für alle Mal!«, sagte er. Er nahm mein noch unberührtes Glas, leerte es und schüttete noch einmal ein. »Kein Wort mehr darüber. Sollte ich je erfahren, dass zwischen euch noch etwas läuft, kannst du dich darauf verlassen, dass ich dich plattmachen werde und sie dazu. Wir beide haben uns, glaube ich, verstanden. Richtig?«

Mit diesen Worten stand er auf. Er verließ festen Schrittes die Küche. Wie vor den Kopf geschlagen blieb ich sitzen. Schließlich stellte ich das »Dülkener Gold« in den Schrank zurück und putzte die Gläser aus. Wie ein unglückliches Vorzeichen von irgendetwas kam mir das Gesicht von Lis' Mutter wieder in den Sinn. Was zum Teufel geschah hier eigentlich?

33. Bild: Beim Landvogt

Was zum Teufel musste eigentlich noch geschehen? Lis und ich hatten uns seit unserer Begegnung auf dem Burgacker nicht mehr gesehen, und ich wollte schon anfangen, mein Liebesleid im »Dülkener Gold« zu ersäufen, als ich einen angenagelten Skorpion an unserer Haustür fand. Am giftigen Stachel hing ein zusammengefaltetes Pergament: *Tillmann Swart, lass die Finger von Lis. Wenn du ihr noch einmal zu nahe kommst, müsst ihr beide sterben! Bedenke es wohl!*

Zuerst dachte ich, das wäre Ignacios Werk gewesen, aber er wies jede Schuld weit von sich. Mir blieb nichts anderes, als ihm zu glauben. Wer sollte es getan sonst haben? Sein Vater? Mein Vater? Der große Unbekannte, der Skorpionmörder?

Ein paar Tage nach dem merkwürdigen Vorfall nahm mich mein Vater mit zum Brüggener Amtmann, der für das Amt Dülken zuständig war. Wie immer meinte er, über mich wie über einen Leibeigenen verfügen zu können. Er hielt sich immer noch für allmächtig, dabei hatte er diesen Nimbus für mich seit seinem Auftreten in Jan von Werths Heerlager endgültig verloren. Früher konnte er mir noch imponieren, vor allem, weil er sich aus dem Schlamassel wieder herausgearbeitet hatte. Der große Vater, meine Güte, was war sein Gehabe schon wert? Es wurde Zeit, dass ich ihm klarmachte, dass seine Einschüchterungsversuche nicht meinen Willen brachen.

Wir ritten Richtung Nordost. Keiner von uns sagte ein Wort, obwohl mir die Frage unter den Nägeln brannte, wieso wir nicht die andere Richtung nahmen. Dieser Weg führte nicht an Burg Brüggen vorbei, sondern an der Burg Liedberg, schnurstracks auf die Quarzitkuppe zu. Tatsächlich schien mein Vater es so zu wollen. An der Lichtung, hinter der sich eine sturztiefe Bodensenke auftat, befahl mir mein Vater zu warten. Er machte seinen Rappen an einem Baumstumpf fest und schlug sich durch das Gebüsch. Ich wartete. Schließlich gab ich der Neugierde nach und pirschte ihm hinterher, doch nirgendwo war etwas von ihm zu sehen. Als er zurückkam, schleppte er eine Satteltasche voller Münzen mit sich. Er schnaufte. Der Weg – welcher auch immer es war – hatte ihn sichtlich Kraft gekostet.

»Du hast hier ein Versteck!«

Er rieb seine Nase. »Geht dich nichts an.«

»Hier liegt also das Geld von Barusi«, sagte ich ahnungsvoll. »Daher das große Vermögen, das dich spekulieren ließ und zum reichsten Kaufmann am Rhein machte. Bei Gott, ich hätte mir denken können, dass du die Bestechungssummen an die Leutnants und Generäle, um Aufträge zu bekommen, nicht aus dem Opferstock gestohlen hast.«

»Wenn du nicht bald dein Maul hältst, siehst du Dülken nie wieder.«

Ich will nicht verhehlen (da ich nun einmal beschlossen habe, die ganze Wahrheit zu sagen), dass mich neben meiner Scheu, Konflikte offen auszutragen, insgeheim der Gedanke verlockte, an seinem Reichtum teilzuhaben. Selbst wenn ich die ganze Wahrheit ans Tageslicht brächte, wer schenkte mir Glaube? Mein Vater zählte zu den Honoratioren, machte der Kirche und dem Kloster große Geschenke und wusste den Schultheiß, die Schöffen und Amtmänner ebenso auf seiner Seite wie den Landvogt und einige einflussreiche Herzöge. Wenn du einmal oben angekommen warst, brauchtest du dir keine Gedanken mehr zu machen. Hier mauschelte jeder mit jedem, und solange die schützende Hand eines Mächtigen über dir ruhte, musste schon einiges passieren, ehe er dir seine Hilfe entzog. Dafür musstest du dich arrangieren und am besten ein paar verwundbare Stellen deiner Geschäftspartner kennen, um ihnen zur Not drohen zu können. Gerissen genug war mein Vater, und als Mann fürs Grobe hatte er José Alemán, der genug Tricks kannte, störende Faktoren zu beseitigen. Notfalls per Gewalt.

Mein Vater entledigte sich seiner Hose und der Jacke, die verdreckt waren, was darauf schließen ließ, dass er sich nicht nur durchs Gebüsch geschlagen hatte, sondern in irgendein Versteck gekrochen war, möglicherweise in eine Höhle. Ruckartig nahm er den Kleidersack, der am Knauf hing, nestelte die frische Wäsche heraus und stopfte die verschmutzte herein. Er zog sich ein ordentliches Beinkleid an und ein feines Wams aus Samt, nicht das Beste, aber so gut, dass es durch das Reiten strapaziert werden konnte und dennoch einen exzellenten Eindruck hinterließ.

Schwer wie Blei wog die Satteltasche in den Händen meines Vaters, als er die Stufen zum Haus des Amtmanns Petrus Hilse hinaufging. Dem krötengesichtigen Diener des Amtmanns folgend, betraten wir das Zimmer, wobei sich durch den betont festen und schnellen Schritt meines Vaters die breitfächerigen Ärmel seines Wamses hinter seinem Rücken bauschten. Es roch nach Wein, offenbar hatte der Landvogt gerade eine Flasche geöffnet.

»Du hast deinen Sohn mitgebracht, das ist gut«, sagte Hilse mit einem Funken Ironie in den schlammfarbenen Augen.

»Alles wie besprochen, mein Lieber, alles wie besprochen.«

Der Amtmann erhob sich schwerfällig, seine riesige Gestalt eierte mit ungelenken Schritten auf uns zu. Er war anderthalb Kopf größer als mein Vater und einen halben Kopf größer als ich. Unter Hilses offenem Wams ließ sich ein Seidenhemd sehen und darauf das goldene Glitzern einer Kette, die so mächtig war, dass ein Fürstkardinal damit in den Petersdom einreiten könnte. Überhaupt zeigte die ganze Aufmachung einen Parvenü, der glaubte, dass sich durch Kleidung Adel erwerben ließ.

»Der Landvogt wird wie geplant zum Mittagstisch kommen«, sagte er und schnupperte wie ein Pferd im frischen Heu. Er hob seinen Kopf. Ha, ha … jawoll. Die Wangen in seinem langen, grauen Gesicht schlotterten beim Niesen.

Mein Vater schlug auf die Satteltasche. »Gesundheit, mein Freund! Ich habe natürlich an alles gedacht.«

»Ich hoffe, mein Freund, auch für mich fällt ein ordentlicher Batzen ab.« Der Amtmann schnäuzte sich graziös. »Ein Bätzchen reicht auch schon. Haha.«

Nicht noch mal!

»Petrus Hilse, mein Guter …« Mein Vater legte seinen Kopf in den Nacken und sagte mit dem Selbstverständnis eines Mannes, der um seine eigene Macht bestens Bescheid weiß: »Habe ich dich jemals enttäuscht?«

Ich musste zugeben, mein Vater war mit seinen Aufgaben gewachsen. Während er früher grob wie ein Haudrauf auftrat, ein Viehhändler eben, wie er im Buche steht, hatte er durch José Alemáns Anleitung, der schließlich selbst adelig war, tadellose Umgangsformen gelernt, die sein Selbstvertrauen stärkten. Er wusste genau, wo er sie einzusetzen hatte. Bei rauen Kerlen wie von Werth kam das Burschikose besser an, bei blasierten Emporkömmlingen oder adeligen Zuckerschnöseln wusste er lyrische Kalbsäuglein und schöne Worte zu machen und den Mund mit einem Seidentaschentüchelchen abzuwischen, sobald er hüstelte. Bei Gott, ich kannte ihn noch, als er sich den höheren Chargen wie ein verschissener Lausejunge näherte. Jetzt buckelten sie vor ihm, denn er besaß das, worauf sie scharf waren, en masse: Geld und

Gold, und er besaß genug Chuzpe, sie vor seinen Augen wie schnöde Bittsteller tanzen zu lassen. Das machte ihn mir wieder ungeheuer sympathisch.

Sie gackerten noch ein wenig herum, ohne mich in ihr Geplänkel miteinzubeziehen, dann kam der Landvogt, standesgemäß durch Hilses krötengesichtigen Diener hereingeführt. Landvogt Onophrius entstammte einem bedeutenden rheinischen Adelsgeschlecht. Dieser massige Mann, stiernackig, mit zurückweichendem Haar und dem fleischigen Gesicht, war noch etwas größer als Amtmann Hilse, so wie jeder Ranghöhere eigentlich immer ein Stück größer sein musste, damit man schon rein äußerlich erkannte, wer der Herr war. Der Kaiser selbst hätte nach diesem Maßstab an die Wolken stoßen müssen, was in der Natur freilich nicht vorkam.

Mein Vater setzte sein höflichstes Lächeln auf, sein Händlerlächeln. »Ich freue mich, dass Ihr Zeit für ein gewinnbringendes Gespräch gefunden habt.«

»Meine Zeit ist knapp, aber Hilse drängte mich zu kommen.« Wie ein Sack sank Onophrius' massiger Körper in den Eichensessel am Fenster, ohne dass der Amtmann ihm einen Platz angeboten hatte: »Na, von einem einfältigen Viehhändler aus Dülken erwarte ich keine besonders feinen Manieren, also nehmt meine kostbare Zeit nicht zu lange in Anspruch.«

Ich sah, wie es in meinem Vater brodelte, doch er senkte gelassen die Augen, ein kurzes Lächeln huschte über sein Gesicht, er wischte es weg, indem er seine fleischige Nase rieb. »Hochehrwürdigster Landvogt«, begann er, »Ich wende mich untertänigst an Euch, weil es in Eurer gütigen Hand liegt, mir ein Herzensanliegen zu erfüllen.« Mit kräftigem Schwung stellte er die Satteltasche auf den Eichenholzschreibtisch, dessen fein geschwungene Ornamente von den

Sonnenstrahlen genau herausgearbeitet wurden. Mein Vater öffnete die Tasche, nahm eine Handvoll Goldgulden heraus und streute sie mit belangloser Geste auf den Holzteller rechts neben dem Weinkelch des Landvogts. »Deshalb bin ich hier! Geldgeschäfte erzählen Geschichten, die spannend sind wie Heldengedichte von Völkerschlachten und Menschenfressern.«

»Ja, schwätz nicht daher, wie viel zahlst du? Euer Preis wird immer zu wenig sein«, raunte der Landvogt.

»Ihr seid ein machtvoller Mann, und ich werde zahlen, was Ihr wünscht!«

»Gut, dass du mich richtig einschätzt. Mein Einfluss ist groß. Wenn ich dem Fürsten sag: Den musst du in den Adelsstand erheben, dann macht er es. Wenn ich dem Fürsten sage, jener ist nicht würdig, dann macht er es eben nicht. Denn wo immer eine Obrigkeit besteht, ist sie von Gott verordnet«, murmelte der Landvogt unwirsch mit seiner heiseren Stimme und fixierte mich mit Adlerblick. »Also, du willst den Adelstitel. Und ich sehe, du hast einen kräftigen Jungen, der ist nicht zu verachten!«

Deshalb war mein Vater hierhergekommen. Jetzt verstand ich. Und mich nahm er wahrscheinlich als Zeugnis dafür mit, dass der Adelstitel auch in den kommenden Generationen ... na, sagen wir, gut angelegt war.

»Ich will dreißigtausend Goldtaler«, sagte der Landvogt.

Mein Vater schrak zusammen, jedenfalls tat er so. »Bei allen Heiligen, eine solche Summe bringt nicht einmal jemand auf, der Kaiser werden will!«

»Was weißt du schon vom Kaiserwerden! Fünfundzwanzigtausend, mein letztes Wort.«

»Durchlauchtester Landvogt, bedenkt, ich bin ein einfacher Händler und nicht Krösus.«

»Krösus hat sich mir noch nicht vorgestellt. Bedenkt, dass du einen Batzen Land als Baronie bekommst«, maulte der Landvogt.

»Land hat er mehr als zehn Barone und Grafen zusammen«, ließ sich Amtmann Hilse etwas dümmlich verlauten.

Der Landvogt richtete sich auf. »Halt du dich da raus, sonst lass ich in letzter Minute verhindern, dass dir dein Adelstitel verliehen wird.«

Hilse zuckte zusammen.

»Ach, du wirst auch bald geadelt?«, fragte mein Vater mit gespieltem Erstaunen.

»Auch nur, wenn mein starker Arm es will.« Der Landvogt erhob seine ungeschlachte Gestalt und humpelte zum Fenster. »Zwanzigtausend, mein letztes Wort!«

»Hoheilsvolle, pardon, Hoheitsvolle Durchlaucht, ich habe auf Euer Geheiß meinen Ältesten mitgebracht.« Mein Vater sah mich an. »Steh auf!«

Ich stand auf.

»Schön«, sagte der Landvogt.

»Geh umher!«

Ich schritt über das gewienerte, knarzende Parkett.

»Geht er nicht wie ein junger Gott?«

»Schön, schön«, nickte der Landvogt. »Hat er gesunde Zähne?«

»Oh ja, er zerkaut einen wochenalten Kanten Brot, als wäre es Hühnerschmalz!«

»Zwanzigtausend, mein allerletztes Wort!« Das Blut färbte den Patriziernacken unter dem grau werdenden Haar des Landvogtes puterrot. Man sagte ihm nach, dass er sich dem Wein hingezogen fühlte.

Ungerührt zog mein Vater einen wohlgeordneten Packen Papiere aus der Tasche: »Und hier sind die Schuldscheine.

Aus dem obersten übrigens geht hervor, dass Ihr noch bei Barusi, Gott hab ihn selig, mit knapp achttausend Goldgulden in der Kreide standet, und wie Ihr wisst, bin ich Barusis legitimer Nachfolger. Also schuldet Ihr mir achttausend.« Er zeigte auf den Schein. »Hier, wenn Ihr sehen wollt.«

»Man hätte dir rechtzeitig die Eingeweide aus dem Leib reißen sollen!«

»Nun, ich könnte auch den Fürstbischof von Köln, bei dem ich übrigens für Sonntag zu einem Mahl geladen will, dringende Geschäfte, Ihr versteht … Nun, ich könnte auch ihn bitten, mich in den Adelsstand zu erheben …«

»Ich bereue, dass ich deine Dreistigkeit mit Mut verwechselt habe«, grollte der Landvogt.

»Ihr zweifelt an meiner Charakterfestigkeit?«, entgegnete mein Vater.

»Ich zweifle nicht an deiner Bauernschläue.«

Mein Vater schüttelte den Kopf. »Warum wollt Ihr mich nicht verstehen, Landvogt Onophrius von Hohenbudberg? Also, in Gottes Namen, hier mein Angebot: Ich zerreiße den Schuldschein vor Euren Augen, lege noch zehntausend Goldgulden drauf. Dann sind wir bei dreizehntausend. Und meinen Sohn kriegt Ihr für Eure Tochter gratis.«

Der Landvogt betrachtete ihn mürrisch: »Unmöglich, das hier ist kein Kuhhandel.«

»Ist das Euer letztes Wort? Bedenkt, Ihr braucht allein dreitausend Goldgulden für den Umbau Eures Landsitzes.«

»Das hat dir der Teufel gesagt.« Landvogt Onophrius, der bis jetzt immer von sich geglaubt hatte, mit allen Wassern gewaschen zu sein, kam aus dem Staunen nicht heraus. »Du bist nicht nur dreist, du bist ein ganz durchtriebener Hund!« Er ließ sich ermattet in den Sessel fallen. »Also gut, und du richtest die Hochzeit zwischen meiner Tochter und deinem Sohn aus.«

»Wie ein Stück Vieh«, entfuhr es mir. Sinnloser Aufschrei des freien Willens, den die drei Herren, Teufelsfratzen allesamt, ungehört verhallen ließen.

Mein Vater hielt dem Landvogt die Hand hin. »Schlagt ein!

So sah es aus, das komplexe System zur Erwirtschaftung gewaltiger Summen, das mein Vater durch das Knüpfen eines riesigen Netzes von Beziehungen errichtet hatte. Manchmal bewunderte ich ihn wirklich für seine ungeheure Dreistigkeit.

»Worauf wartet Ihr, Erlauchtester?«, bleckte mein Vater.

Der Landvogt schlug ein, und zum Beweis des Handels legte Amtmann Hilse seine Hand noch obendrauf.

»Rück schon den Schuldschein raus«, forderte der Landvogt.

Mein Vater lächelte maliziös: »Für wie naiv haltet Ihr mich? Glaubt Ihr, ich präsentiere Euch den echten Schuldschein? Der liegt an einem sicheren Ort, den nur ich kenne. Aber Ihr habt das Wort eines Ehrenmannes: Sobald ich den Adelstitel trage, werde ich ihn im Beisein unseres liebenswürdigen Freundes Hilse wie einen Pakt mit dem Teufel verbrennen.«

»Du Aas!«, echauffierte sich der Landvogt.

Mein Vater nickte höflich, sein geschäftliches Lächeln verbog sein Gesicht. »Ihr seid sehr scharfsinnig!«

Das späte Sonnenlicht der Nachmittagssonne brach wie Münzen durch die bleiverglasten Butzenfenster und ließ das Gold auf dem Schreibtisch aufblitzen, doch es schien, als wollten die Geldstücke das Licht nicht zurückgeben, als hielten sie etwas von dem Glanz begierig fest.

»Stoßen wir auf den gelungenen Abschluss an!«, sagte Amtmann Hilse.

»Wir haben es uns verdient!«, entgegnete mein Vater, der spürte, dass er ab jetzt zu den Weintrinkern gehören durfte, weil er sich dank des Geschäftsabschlusses dem Stand niederrheinischer Bauern enthoben fühlen konnte.

Amtmann Hilse nahm aus dem verschnörkelten Schrank vier Pokale, stellte sie auf den Tisch und füllte sie randvoll. »Auf die Zukunft!«, sagte er. Es klang wie eine Beschwörungsformel.

Der krötengesichtige Diener spähte aufmerksam in das Halbdunkel des Zimmers hinein, um den Gesichtsausdruck des Amtmannes zu erforschen, und sagte dienernd: »Kann ich noch etwas für die Herrschaften tun?«

Mein Vater hob die Arme. »Vergelt's Gott! Und jetzt sollten wir meinen Sohn mit Eurer Tochter bekannt machen!«

Schlagartig hellte sich die Miene des Landvogts auf. »Du bist ein Mann von rechtem Schrot und Korn.«

»Wer sich nicht zu helfen weiß, hat schon verloren. Man kann davon träumen, dass sich Wölfe in Lämmer verwandeln, wahrscheinlicher ist, dass die Wölfe die Schafherde auseinandertreiben und sich an ihrer Beute gütlich tun«, gab mein Vater zum Besten.

»Deine Analysen sind von herzerfrischender Schlichtheit, aber durchaus treffend. Ha, wollen wir zum Ernst des Lebens kommen, schließlich will ich mein ehrenwertes Töchterchen in Begleitung ihrer allerliebsten Zofe nicht umsonst mitgebracht haben, ha«, antwortete der Landvogt und klatschte in die Hände. Auf dieses Zeichen führte der krötengesichtige Diener die Landvogt'sche Tochter Amelie mit spargeligen Schritten herein.

Ein zartes Etwas in seidener Morgenröte erschien, die bestand aus einem gestickten karmesinroten Umhang über einem bordeauxroten Kleid mit orange-goldener Doppelstola, auf der rote Rosen prangten. Im Gefolge des Mädchens, das vom Sonnenlicht bestrahlt wie eine gefälschte Madonna aussah, kam seine Zofe, die einen Umhang aus blassrosa Damast über einem hellblauen Kleid, auf dem aus braunem Faden kleine Fischchen gestickt waren, trug. Sie hielt eine rote Spitzenstola in Händen, die offenkundig dazu diente, die Herrin zu wärmen, falls ihr kalt würde.

Ich betrachtete die beiden verzerrten Karnevalsmasken vor mir. Noch nie hatte ich zwei derart verschlossene Gesichter gesehen. Ich empfand Scham und Mitleid. Scham, weil ich sie begaffte wie Kirmestiere, Mitleid für zwei Wesen, die offenkundig mit gebrochenem Herzen niemandem mitteilen konnten, dass sie nur sich selbst wirklich liebten. Als ich der Herrin vorgestellt wurde, huschte ein kurzes, ein sehr, sehr kurzes Lächeln über ihr papiernes Geistergesicht, das sich in Sekundenschnelle wieder zurück in die abweisende leichenblasse Frauenmaske verwandelte, die durch mich hindurchsah, was ihre Wasseraugen noch wässriger erscheinen ließ. Alles in diesem Gesicht stand unter Verschluss.

»Nicht, dass dir kalt wird!« Die Zofe hängte die rote Stola über die schmalen Schultern der Landvogttochter. Auch das Zofengesicht war verschlossen. Auf der pfannkuchigen Gesichtsfläche lagen keine Schatten. Der außerordentlich kleine Mund reichte kaum zum Sprechen und wohl ebenso wenig zum Essen, denn sie war noch dürrer als ihre Herrin. »Nicht, dass dir kalt wird!«, wiederholte die Zofe und strich über Amelies weißen Schwanenhals, was beide zu genießen schienen.

»Blabla, ihr wird schon nicht kalt. Am besten geht ihr raus, damit ihr euch kennenlernt!« Der Landvogt pumpte schwer atmend seine Worte heraus. Auf seinem Gesicht erschien ein Lächeln, fremd und fern, ein Lächeln, das alles Unschöne in diesem Gesicht zu betonen schien.

»Ich ersuche untertänigst die erlauchten Herrschaften, mir in den Salon zu folgen«, sagte der Diener mit einer mädchenhaften Geste und ging krötenartig ein paar Schritte voran, mich wie einen dummen Hund fixierend: »Selbstverständlich unter Vorantritt der beiden Damen. Jungfer Amelie, folgt mir bitte«, hauchte er mit seiner dünnen Zitterstimme und ließ ein kurzes Gelächter aus seinem Mund flattern.

34. Bild: Amelie und ein Abgesang

Ein zickiges Stöhnen flatterte aus Amelies schmallippigem Mund, während sie mit kleinen Schrittchen neben mir stakte. Natürlich waren arrangierte Hochzeiten an der Tagesordnung, doch ich dachte nicht daran, mich dem Willen meines Vaters zu beugen. Mit seinem Vieh konnte er handeln, ich besaß einen eigenen Willen.

»Tapp, tapp, tapp, du taperst wie ein Bauer!«, sagte Amelie.

»Ich gehe, wie ich will. Und im Übrigen, meine Idee ist es nicht, dass wir heiraten sollen!«

»Das interessiert mich herzlich wenig. Du wirst wohl oder übel tun müssen, was dein Vater sagt. Aus unserer Alliance wird ohnehin nichts, solange du keinen Adelstitel trägst. Und mich fragt im Übrigen auch niemand. Ich sage dir gleich, zwischen uns wird nichts laufen. Wir werden unsere Pflicht erfüllen, wie es von uns verlangt wird. Zwei Kinder sollten wohl genügen. Das wird schon schwer genug. Meine Vorlieben gelten nicht niederrheinischen Bauern. Wenn du dir eine Freundin suchst, habe ich nichts dagegen. Das ist in gehobenen Kreisen üblich. Das wirst du wohl nicht wissen, aber du lernst noch früh genug. Ich weiß, dass mein Vater mich nur mit dir verheiratet, weil es keine anderen ernsthaften Anwärter gibt, also bilde dir nichts darauf ein. Ich bin schon fast dreißig, demnach wird es Zeit.« Sie sah mich mit ihren ausdruckslosen Augen an. »Willst du nicht auch mal etwas sagen? Wie alt bist du eigentlich, Till?«

»Ich heiße Tillmann. Ich bin fast achtzehn.«

»Meine Güte, ein Jungspund. Ich nenne dich Till. Du solltest deshalb in Erwägung ziehen, dich ab jetzt auch so zu nennen.«

Wir setzten uns einander gegenüber an einen Tisch. Bis der Diener mit Krötenlächeln einen Wein servierte, sprachen wir kein Wort. Wir saßen da und starrten einander an.

»Dürfte ich vielleicht erfahren, was du den lieben langen Tag so machst?«, fragte sie mich.

»Ich arbeite im Geschäft meines Vaters«, sagte ich höflich, gespielte Höflichkeit, der ich nur zu gern etwas Bäurisches hinzusetzte. »Ich schlachte Schweine und hänge ihre Innereien auf eine Leine, wo sie ausbluten. Dann stopfe ich die Därme in einen Schweinskopf und lasse ihn rotieren, bis er zum Himmel stinkt. Ja, keine leichte Arbeit. Aber wenn ich Zeit habe, schreibe ich Gedichte.«

»Gedichte? Jemand wie du? Unmöglich!«

»Darf ich mir erlauben, Euch eins aus dem Stegreif vorzutragen?« Ich baute mich wie der Gaukler in Jan von Werths Zelt auf:

»Indem wir etwas hören oder sehn,
Was stark uns anzieht, ist die Zeit verschwunden,
Bevor wir's glauben und es uns versehn.
Denn anders ist die Kraft, womit empfunden
Wird, anders unsrer Seele ganze Kraft;
Frei ist die letzte; erst're scheint gebunden.«

»Na ja, ganz nett. Ein bisschen schwülstig vielleicht«, die Arroganz in ihrer Stimme kriegte sie einfach nicht weg.

»Oh, es war ganz und gar auf dich gemünzt.«

Abscheu funkelte in ihren Augen: »Selbst wenn du meinesgleichen wärst, empfände ich keine Gefühle für dich. Und deine Gedichte sind nichts als das gedroschene Stroh eines niederrheinischen Narren!«

»Der so niederrheinisch wie Ihr ist, nehme ich an. Verzeiht, dass ich das vertrauliche ›Du‹ gebrauchte. Um Euch gerecht zu werden, will ich Euch für jetzt und alle Zukunft in der Euch gebührenden dritten Person anreden.«

»Es gibt hier keine dritte Person.«

»Doch, Ihr, Eure Zofe und ich. Wenn ich mit meinem maladen niederrheinischen Verstand nachrechne, sind das drei, und dabei lasse ich grammatische Fragen völlig außer Acht, falls Ihr versteht, was ich meine.«

»Rechnen kannst du vielleicht, aber ich kann darauf wetten, ein Bauer wie du hat noch nie etwas von Dante gehört.«

»Ihr meint Dante, den mit der *Göttlichen Komödie*? Mein Onkel, der womöglich jetzt selbst in der Vorhölle lebt, brachte sie mir näher, als ich noch ein Kind war … Ihr selbst scheint sie nicht so gut zu kennen, sonst hättet Ihr bemerkt, dass die Verse, die Ihr soeben schwülstig nanntet, ihr entstammten, ›Das Fegefeuer, 4. Gesang‹. Manchmal ist es gut, einen Text ganz zu lesen. Da fällt mir noch ein anderer Text ein, kennt Ihr den?« Wieder nahm ich die Gauklerstellung ein, wohl wissend, dass die Arroganz auch auf meiner Seite lag.

»Wenn ich in den Sprachen der Menschen und Engel redete, hätte aber die Liebe nicht, wäre ich dröhnendes Erz oder eine lärmende Pauke. Und wenn ich prophetisch reden könnte und alle Geheimnisse wüsste und alle Erkenntnis hätte; wenn ich alle Glaubenskraft besäße und Berge damit versetzen könnte, hätte aber die Liebe nicht,/wäre ich nichts. Als ich ein Kind war, redete ich wie ein Kind, dachte wie ein Kind und urteilte wie ein Kind. Nun aber bleibt Glaube, Hoffnung, Liebe, diese drei; doch am größten unter ihnen ist die Liebe.«

»Das ist bestimmt nicht von Dante!«, sagte sie siegesgewiss. »Solch einen bauerntrampeligen Sermon habe ich noch nie gehört.«

Ich räusperte mich gekünstelt, und auch mein Lächeln verbarg nichts an Arroganz. »Je nun … das Hohelied der Liebe. Der Apostel Paulus, von dem Ihr vielleicht einmal im Entferntesten gehört haben könntet, hat es geschrieben. 1. Korintherbrief. Aber ich will Euch nicht mit zu viel Neuem überlasten, zu viel Emotionalität schadet dem nüchternen Verstand – wenn man ihn hat … Ach nein, das war jetzt zu viel gesagt. Ich nehme es zurück und beziehe es auf mich. Kunst lebt von der Auslassung, müsst Ihr wissen.«

»Ihr seid lächerlich. Sobald wir verheiratet sind, werden wir in unserem Schloss getrennte Wohnflügel beziehen.«

»Oh, wenn es denn renoviert ist. Wie ich gerade mitbekommen habe, besitzt Euer Vater noch nicht mal das Geld, Euer Landhaus umbauen zu lassen. Er sollte vielleicht nicht das ganze Geld in unsinnige Kriege stecken. Ach nein, er ist ja nur Landvogt. Kriegsherren sind die erst ab Herzog aufwärts.«

»Wir gehen!«

»Jawohl, Herrin!«, antwortete die Zofe dünnstimmig.

»Bis zur Hochzeit will ich dich nicht mehr sehen – und danach auch nur, wenn es nötig ist.«

Die blassen Geistergesichter starrten mich mit toten, leeren Augen an. Augen, erstarrt in einem ewigen, finsteren Stolz. Ich machte einen Hofknicks, den die pikierten Frauen mit einem »Tzz« bedachten. Ich wusste nur eins: Diese Hochzeit könnte mein Vater sich aus dem Kopf schlagen. Ich legte mich auf die Lauer, um herauszuspionieren, was die drei Geschäftspartner im Herrenzimmer trieben. Dann und wann trat die krötige Figur des Dieners aus dem Türrahmen hervor, kontrollierte mit geübtem Blick alles. Auf den Wink des Amtmannes Hilse kredenzte der Diener neuen Wein und entzündete die fünf Kerzen im goldenen Kandelaber. Unruhig

flackerten sie vor sich hin, während der Landvogt immer red-
seliger wurde. Die Gespräche wurden lauter und intimer,
und es kam vor, dass sie nach einem guten Schluck das Singen befiel. Die Kerzenflammen senkten sich tiefer und tiefer.
Hin und wieder unterbrach ein herzliches Gelächter den
Wortschwall. Mein Vater, Amtmann Hilse und der Landvogt
verstanden sich immer besser, sodass sie sich in einem Anfall
zutiefst männlicher Rührung erhoben, um Bruderschaft zu
trinken, wobei sie sich gegenseitig stützen mussten, um nicht
hinzufallen. Nachdem der Landvogt den Verbrüderungsakt
mit einem lauten, lang anhaltenden Rülpsen besiegelt hatte,
entstand eine längere Pause, die erst durch einen zweiten
Rülpser, wiederum vom Landvogt, beendet wurde. Sein
massiger Körper schwankte verdächtig, als er sich erhob,
doch er hielt dem Kreisen in seinem Kopf stand, allein schon,
um keine Schwäche zu zeigen. Mein Vater bemühte sich
ebenfalls weinbeseelt so gut es ging um Haltung, die er allerdings aufgrund der merkwürdigen Drehungen, die sich in
seinem Kopf abspielen mussten, nur einnehmen konnte,
indem er sich mit beiden Händen an Hilses breiten Schultern
festklammerte.

»Weissu, dass Engel fliejen könn?«, fragte mein Vater.

»Schwippjubel. Hallelujah!«, rülpste Hilse.

»Ihr seid echte Froinde«, schluchzte der Landvogt, von
einer plötzlichen Melancholie ergriffen. »Issas Lebbe nich
herrlisch?«

Ich stützte mich schnaufend auf den Holzbock, an dem
unsere Pferde angebunden waren. Ich fühlte mich völlig leer.

35. Bild: Zeitcluster

Diese unangenehme Leere hielt eine Weile an. Zwei Tage nach der unglückseligen Begegnung im Herrenhaus von Amtmann Hilse stellte mich mein Vater zur Rede. »Du hast dich gegenüber der Tochter des Landvogts respektlos verhalten.«

»Sie ist eine eingebildete Ziege.«

»Eins ist klar, du wirst sie heiraten«, sagte mein Vater in einem Ton, der keinen Widerspruch duldete.

Diesmal ballte ich nicht nur innerlich eine Faust. »Dazu kannst du mich nicht zwingen!«

»Und wenn ich dich mit zehn Pferden vor den Traualtar schleife, dir bleibt keine andere Wahl!«

»Niemals.« Ich reckte ihm meine Faust entgegen.

Mein Vater brachte seinen nach zu viel Magensäure riechenden Mund an meine Nase. »Du tust, was ich dir sage! Ab jetzt werde ich andere Saiten aufziehen!«

Zunächst verstand ich nicht, was mein Vater damit meinte, bald sollte ich verstehen. Die Fronarbeiten, zu denen er mich drängte: Ställe ausmisten, Jauche karren, den Dachschober auf Knien reinigen. Zu allem gab es nichts als Wasser und Brot. Ich durfte nicht mehr am Tisch der Familie sitzen, auch nicht am Tisch des Gesindes, sondern musste wie ein Hund von der Erde essen. Dann kam die Abendstunde, in der ein Hitzegewitter aufzog. Ich ging in die Küche, ausgehungert und körperlich erschöpft. Mein Vater riss mir das Essen weg und warf einen angeschimmelten Kanten Brot nach mir, als wäre ich der Leibhaftige. »Wer nicht pariert, braucht nix zum Fressen!« Er nahm seine Reitpeitsche und nahm eine drohende Haltung ein. »Friss den Kanten. Friss!« Mit kurzen, schnellen Hieben drosch er auf mich ein.

223

»Mutter!«, rief ich.

Sie drehte sich weg.

»Jasper«, rief ich. »Walburga, Ruth.«

Auch meine Geschwister drehten sich weg. Ich hatte keine Familie mehr.

»Dir werde ich's zeigen! Zucht und Ordnung bringe ich dir bei, bis du auf Knien zu mir angerutscht kommst und mich anflehst, die Tochter des Landvogts heiraten zu dürfen!«

Jeden Tag wiederholte mein Vater dieses Spiel, selbst das Gesinde schaute zu. Nur Lorenz, der Knecht, hatte mir von seinen kargen Mahlzeiten etwas abgezwackt, sodass ich nicht ganz vom Fleisch fiel.

Wir schrieben den 11. August 1636, in drei Monaten würde ich achtzehn. Ich nahm mir vor, meinen Vater zu erschlagen. Ich erschlug ihn nicht. Dann kam der 12., der 13., der 14. Am 15. August lief ich durch das Steintor Richtung Bistard zum Falck'schen Hof, zu Lis. »Lis!«

Und machte das Drama dadurch noch größer.

»Was willst du?«, brummte der alte Falck und stellte sich mir an der Eingangstür seines Hofes in den Weg.

»Wo ist Lis?«

»Ich habe dir jeden Kontakt zu ihr verboten!«

»Wo ist sie?«

»Mach, dass du Land gewinnst!«

Ich drückte ihn zur Seite und ging in die Küche. »Lis!«

»Geh«, sagte sie schroff.

Der Blick ihrer Mutter strafte mich mit dem Flammenschwert Gottes. Aber ich ließ mich nicht aus dem Paradies vertreiben.

»Komm mit mir.«

»Mir war gleich klar, dass du alles missverstehen würdest«, sagte Lis kalt.

»Das meinst du nicht so. Komm mit.«

Lis weinte. »Geh doch bitte.«

»Geh jetzt endlich!«, sagte die eulenhafte Mutter. »Hast du kein Herz? Siehst du nicht, wie das Kind leidet?«

Ich sah, wie Lis innerlich zu zerreißen drohte.

»Weil wir uns nicht lieben dürfen, darum leidet sie. Weil ihr genauso engstirnig seid wie mein Vater.«

»Gegen Gottes Gebot soll man sich nicht auflehnen. Geh, Tillmann!«, die Stimme der Mutter bebte vor Erregung.

»Lis, wenn wir wollen, haben wir eine Zukunft vor uns!«

Lis' Vater stand mit einer Forke in der Tür und richtete sie auf mich. »Junge, ich zähle bis zehn, dann bist du verschwunden, auf Nimmerwiedersehen!«

Er zählte langsam. Auf einmal ging die Zeit seitwärts, dadurch schien sie noch langsamer zu vergehen, und sie wurde immer schwerer.

Plötzlich erklang die Stimme meines Vaters vom Scheunentor. »Falck, komm raus«, brüllte er. »Du schuldest mir noch Geld!«

Falck umfasste seine Forke fester und ging zur Scheune. Da ahnte ich schon dunkel die heraufziehende Katastrophe.

»Warte auf mich, Vatter Falck«, rief ich.

Lis ging einige Schritte auf mich zu, doch ihre Mutter ließ das Flammenschwert zwischen uns nieder, eine Grenze, die Lis nicht zu überschreiten wagte.

»Ich komme zurück, Lis!«

Ich lief zur Scheune.

»Swart, dein dreckiger Sohn hat sich an meiner Tochter vergriffen! Sieh zu, dass du Land gewinnst, sonst bohr ich dir die Forke in deinen verkommenen Leib!«

Jetzt geschah mit der Zeit etwas Merkwürdiges, sie verlor ihre Vergangenheit und hatte keine Zukunft mehr. Sie war nur noch Gegenwart. Unabänderliche, harte Gegenwart.

Vater nimmt sich den Dreschflegel von der Scheunentür. Er schlägt auf Falck ein. Falck ist flink, duckt sich sicher unter den Schlägen. Der Dreschflegel kreist. Falck zielt mit der Forke auf das Bein des Vaters, verfehlt es nur knapp. Beim nächsten Stoß schlägt er eine Wunde am Oberschenkel. Blut spritzt. Das lässt der Vater sich nicht bieten. Alle Dämonen schreien in ihm auf. Der Dreschflegel kreist jetzt blitzend wie ein Morgenstern.

Plötzlich läuft Ignacio herbei.

»Ignacio«, rufe ich. »Wir müssen verhindern, dass sie sich umbringen!«

Ignacio stößt ein Lachen aus. »Wenn du Lis nicht verführt hättest, wäre das alles nicht passiert.«

»Ist doch nichts passiert!«, schreie ich. »Nimm du Falck, ich dränge meinen Vater ab.«

Die beiden stehen sich wie wütende Stiere gegenüber. Jeder seine Waffe in der Hand, jeder mit Hass im Herzen.

»Ignacio«, schreie ich. »Steh nicht so da!«

»Mein Vater«, sagt er und fängt zu weinen an. »Mein Vater ist von einem Skorpion gestochen worden.«

»Das hast du nur geträumt«, schreie ich.

Mein Vater ruft: »Was ist?«

Ignacio schreit wie am Spieß. »Mein Vater ist von einem Skorpion erstochen worden, der Skorpionmörder ist wiederauferstanden.«

Skorpion? Mein Vater bekommt es mit der Angst. Panisch schlägt er um sich, trifft Falck an der Hüfte. Man hört, wie sie bricht. Skorpion? Schlägt gegen die Schulter. Falck verliert die Forke. Mein Vater, jetzt im Blutrausch, donnert den Holzstiel gegen Falcks Kopf. Der verliert die Balance. Torkelt. Greift in die Luft, dort ist kein Halt. Rudert schneller mit den

Armen, als wäre er eine Windmühle ohne Flügel. Der Dreschflegel kreist. Falcks Atem geht schneller. Falck ist hilflos, fällt.

»Vater, hör auf!«, schreie ich. »Du bringst ihn noch um!«

Der Dreschflegel gebietet Stille.

»Krepieren soll er, der Hund. Geld schuldet er mir noch. Krepieren soll er!«

Ich sehe Falck. Er kann sich nicht mehr erheben. Aber er hat noch nicht genug Verletzungen, um auf der Stelle zu sterben. Ich sehe meinen Vater, der ein weiteres Mal auf Falck einschlägt, wie auf einen Skorpion, vor dessen Stich er sich fürchtet.

»Vater!«, schreie ich. »Nein!«

»Nein …«, keucht Falck, die Stimme schon verdreht in der Schnauze.

Mein Vater kennt keine Gnade und schlägt und schlägt. Ich reiße ihm den Dreschflegel aus der Hand. Vater wischt sich den Mund. Ignacio sieht wie erstarrt zu, Schaum tritt ihm vor den Mund. Er zuckt nur noch, die Augen starr wie bei einem Toten. Fast so starr wie die von Falck.

Ich stehe vor Falck, den Dreschflegel in der Hand. Ich stehe da und sage: »Falck, sag doch was. Falck, komm, steh auf. Sag was.«

Lis und ihre Brüder kommen herbeigeeilt.

»Was machst du mit dem Dreschflegel?«, fragt ihr ältester Bruder und schubst mich zur Seite.

»Vater«, schreit Lis und beugt sich über ihn. Ihr Weinen wird zu einem einzigen Schrei.

»Ihr Schweine, ihr habt ihn umgebracht«, heult der jüngere Bruder.

Ich sehe in Vaters Gesicht. Plötzlich beginnt die Zeit sich auszudehnen, wie ein ausriffelnder Strick, der nicht zerreißen will. Ich sehe genau, was er denkt … Nein, nicht er, es denkt in ihm: ›Wenn ich zugebe, dass ich ihn erschlagen habe, werde ich zum Tode verurteilt. So habe ich wenigstens noch zehn gute Jahre vor mir. Vielleicht fünfzehn. Ich werde auch ohne José Alemán zurechtkommen. Jetzt, ja, jetzt zähle ich ja bald selbst zum Adel. Zum Henker, mir wird keiner den Kopf abschlagen. Ich bin der ich bin. Ich bin Henricus von Swart. Mein Leben ist wichtiger als das eines lausigen Taugenichts, der besser nie geboren worden wäre. Tillmann, der Taugenichts. Zehn gute Jahre habe ich wenigstens noch … und dieser Taugenichts nichts …‹, so denkt es in ihm.

»Der …« Mein Vater zeigt auf mich. »Tillmann, der Taugenichts, hat ihn erschlagen.«

Ich werfe ihm den Dreschflegel vor die Brust. Er lässt ihn reglos abprallen. »Lüge!«, schreie ich.

»Mörder!«, schreien Lisbeths Brüder und stürzen auf mich zu. Ich kann gerade noch ausweichen.

»Ignacio hat es gesehen, mein Vater war's!«, verteidige ich mich.

»Wer hält denn den Dreschflegel in der Hand, er oder ich? Ihr habt doch wohl gesehen, wie er ausgeholt hat«, sagt Vater mit seiner dunklen, ruhigen Stimme. Sein Gesicht verrät keinerlei Regung. »Das konntet ihr wohl doch von der Küche aus sehen.«

»Ja, das haben wir gesehen«, schreit Lis.

»Ich war's nicht! Ignacio, sag doch was!«

»Bilder«, sagt Ignacio. Schaum perlt von seinen Lippen. »Was sind schon Bilder?«

»Ignacio. Du musst mir helfen. Sonst glaubt mir niemand.«

»Ich weiß nicht«, sagt er. »Du hast Lis geküsst. Ich weiß nicht. Mein Vater ist von einem Skorpion gestochen worden«, sagt er und verfällt in ein leises Lachen. Speichel rinnt ihm aus dem Mund.

Blut rinnt aus Falcks Mund. Blut. Lis tupft es ab. Sie weint unaufhörlich.

Ich atme in tiefer Erregung, schlucke Luft, muss keuchen. Eine Münze funkelt in Vaters Hand. Will er dafür zahlen, dass die Falcks ihren Mund halten?

Einer von Lis' Brüdern nimmt die Forke. Der andere hebt den Dreschflegel auf.

»Dich machen wir fertig!«, sagt der Älteste zu mir, sein sommersprossiges Gesicht weint jetzt auch.

»Der war's.« Mein Vater lässt die Münze springen.

Lis: »Vater.«

Ignacio wispernd: »Vater.«

Mein Vater: »Vater.«

Alle, die Vater schreien können, schreien: »Vater.«

Eine schreckliche Wut hat Besitz von Lis' Brüdern ergriffen. Sie schreien meinen Namen, als wäre es ein Fluch.

Ich sage: »Ich bin, der ich sein werde.«

Sie schreien: »Tillmann, Mörder!«

Ich sage: »Vater, warum hast du mich verlassen?«

Wir schreiben den 15. August 1636, Schlangen kommen langsam gekrochen, aus Abflüssen, Spalten, Senkgruben, Misthaufen, überall kommen sie herausgekrochen. Die Sonne taumelt am Himmel und spaltet den Horizont. Auf der anderen Seite hängt das Gesicht meines Vaters, wie ein Blutmond, rot. Keuchend, mit immer mehr Münzen in der Hand klimpernd. Lis' Bruders sommersprossiger Hass blickt mir ins Gesicht. »Aug um Auge, Zahn um Zahn.« Das Pochen in meinem Kopf wird zu einem echoenden Schrei. Die Sonne, deren matt werdendes Licht sich über den weißlichen Mittagsdunst erhebt, lässt alles fraglich werden. Wilde Erregung. Die Luft steht vor Schwefel. Ich warte auf einen großen Vogel, der mich unter seine Schwingen nimmt. Stattdessen

spüre ich einen dumpfen Schlag, der gegen meine Brust donnert, um mir das Herz herauszureißen. Die Baumkronen
ragen auf wie gekrönte Häupter. Eine Rauchsäule erscheint.
In der Ferne hört man Stimmen, die durcheinanderreden. Ich
gehe rückwärts, als würde ich in den Bauch meiner Mutter
zurückkriechen. Ich muss weg, bevor die Welt in Trümmer
geht.

Mit einem Mal reißt die Zeit, so wie ein Strick reißt, an dem
eine zu schwere Last hängt.

Drittes Buch

»Und der Schmerz, den sie zufügen,
ist so stark, wie wenn ein Skorpion einen Menschen sticht.«
Neues Testament, Offenbarung 9,5

36. Bild: Der Eremit

Der Zeitriss geschah so abrupt, dass er mein Leben in zwei Teile teilte. Wir schrieben den 15. August 1636 – oder doch ein anderes Datum?

»Nein, nein, das siehst du schon richtig, es war der 15. August«, sagte der Engel.

Ich nahm meinen Blick von dem Bild, das er mir entgegenhielt, denn darauf war nichts zu erkennen, außer kobalt- und ultramarinblauen Farbtönen, die sich unregelmäßig ineinanderschoben, wie bei einem ruhevollen Abendhimmel. Aus dem Spiegel sah mir mein Gesicht entgegen, das wieder etwas mehr Farbe bekommen hatte, und die Lebensglut meiner Augen funkelte erheblich kräftiger.

Der Engel zog das zweite vollgeschriebene Buch zu sich herüber. »Also, mein Freund, siehst du schon etwas klarer?«

»Ja, ich denke schon.«

»Überzeugung klingt anders.«

»Ich nehme an, mich erwartet die Aufgabe, ein weiteres Buch vollzuschreiben.«

Ein Lächeln legte seine strahlend weißen Zähne frei. »Meinst du wirklich?«

»Hältst du eine andere Überraschung für mich bereit?«

»Nun gut«, sagte der Engel. »Diesmal ist es nur eine Kladde.«

»Das heißt, wir nähern uns dem Ende?«

Der Engel sah mich aus seinen rötlichen Albino-Augen an. »Ende? Was meinst du damit?«

Mit der gleichen Erwartung schürenden Langsamkeit, mit der er die Kladde vor mir aufblätterte, erhob er sich. Zu meiner Überraschung reichte er mir ein Glas Wasser. Ich trank in großen Schlucken, denn ich war wirklich sehr durstig. Mit einer kurzen Kopfbewegung verwies er mich auf das folgende Bild.

Die Dunkelheit um mich herum löste sich in Blautönen auf, die nach und nach immer heller wurden. Die Dunkelheit nahm Gestalt an. Der Moment des Erwachens zeigte mir einen barhäuptigen Mann, dessen fleckiger Bart bis zum Bauch reichte. Die schroffe Kantigkeit seines sommersprossigen Gesichts fiel sofort auf, ebenso die Ruhe, die es ausstrahlte. Tief in seinen Augen brannte ein schwaches Licht, wie das einer Kerze, die in einer dunklen, engen Kapelle flackerte. Die kühlende Hand des mönchischen Mannes lag auf meiner fiebernden Stirn, während die andere meinen trockenen Mund mit Wasser benetzte.

»Mehr«, bat ich.

Er hob meinen Kopf, und ich trank in großen Schlucken.

»Ich habe dich an der Liedberger Kuhle gefunden. Du musst ohnmächtig geworden sein«, sagte er mit einer zarten Stimme, die mehr in ihn hinein als nach außen sprach.

Langsam kehrte die Erinnerung wieder zurück. Ich war, bedroht von Lis' Brüdern, in den Falck'schen Pferdestall gerannt, hatte mir ein Pferd geschnappt und floh im Eiltempo über die Süchtelner Höhen. Meine Verfolger saßen mir hartnäckig im Nacken, doch mir gelang es, sie abzuschütteln. Ich nahm den Weg nach Liedberg, ritt zur Quarzitkuppe. Das Versteck, wo mein Vater seine Beute versteckt hatte, ließ sich leicht finden. Neben der Quelle öffnete sich ein Stollen. Vorsichtig setzte ich einen Fuß vor den anderen, meine Hände suchten nach Halt an den feuchten Wänden. Mein Vater war unvorsichtig genug gewesen, die Beute in einer der mittleren Steinnischen zu verstecken. Ich nahm, was ich finden konnte. Möglicherweise hatte mein Vater noch mehr versteckt, aber meine Beute sollte ausreichen, um irgendwo anders ein neues Leben zu beginnen. Bepackt mit der schweren Last kletterte ich ins Tageslicht zurück. Die Sonne blendete. Für einen Moment konnte ich nichts mehr sehen, nur noch ein helles, weißes Licht.

»Dann bist du also zusammengebrochen, und ich habe dich gefunden.«

»Wer bist du?«

»Ein Eremit.«

»Onkel Job?« Ich richtete mich mühsam auf und blinzelte mit den Augen. »Ignacio hat mir erzählt, du lebst als Eremit im Hardter Wald.«

»Im Hardter Wald sind wir. Einen Job kenne ich nicht. Ich heiße Jacobus.«

»Und ich Tillmann. Tillmann Swart.«

»Dachte ich mir. Vor wenigen Stunden war ein spanischer Junge hier und fragte nach einem Tillmann Swart, der wegen Mordes gesucht wird. Dieser spanische Junge hat mich schon zweimal aufgesucht.« Der Eremit sprach sehr langsam, jedes Wort abwägend, und ich musste mich wegen der geringen Lautstärke seiner Stimme enorm anstrengen, ihn zu verstehen. »Auf mich macht er einen verwirrten Eindruck, manchmal sprach er von Skorpionen, mit dessen Hilfe er die Welt reinigen will. Scheint eine verwickelte Geschichte zu sein.«

»Du hast recht, ich weiß gar nicht, wo ich anfangen soll …«

»Am besten bei dir selbst.«

»Bei mir? Also die Geschichte von den Skorpionen hat mit mir wenig zu tun.«

»Aber sie ist deine Geschichte.« Er sah, dass ich nicht verstand. »Sag mal, wer sind die ganzen Leute, die du mitgebracht hast?«

Ich stützte mich auf meine Ellenbogen, um mich in der spärlichen Hütte umzusehen. »Niemand da außer uns.«

»Verstehst du nicht?« Er senkte bedächtig seinen Kopf. »Wir sehen die Dinge wie durch einen Nebel, gerade wenn es ums nackte Überleben geht. Nun, also erzähle mir deine Geschichte …«

Angesichts seines Lächelns meinte ich, alle Ängste würden mir genommen. Nach und nach fand ich die Worte für meine Geschichte, ohne auf den chronologischen Ablauf zu achten. Meine Geschichte war wie ein Wildbach, der über viele Klippen rauschte und sich an etlichen Strudeln brach. Nachdem ich zu Ende erzählt hatte, sank ich erschöpft auf mein Lager zurück.

Der Eremit schien unbeteiligt zugehört zu haben. Er knüllte den langen Ärmel seiner Kutte zusammen und wischte damit über seine staubigen Sandalen. »Bist du fertig?«

Ich nickte. Meine Geschichte schien ihm in keiner Hinsicht imponiert zu haben.

»Enttäuscht?«

Ich runzelte die Stirn.

»Man hört viele Geschichten in einem Leben, und ich bin schon ziemlich alt.« Er schlug die Ärmel aus, der Staub tanzte in den Sonnenstrahlen, die durch den schmalen Lichtschacht neben der Tür fielen. »Der Weg, den wir gehen, ist lang, aber wir können immer mit der Gnade Gottes rechnen.«

Mein Herz machte vor Freude einen Sprung. Solche Worte hatte ich zuletzt von Onkel Job gehört. »Du hast mich gerettet. Willst du mein Meister werden? Ich werde dich reich entlohnen.«

Meine Worte schienen ihn nicht zu interessieren. »Versuch aufzustehen!«, sagte er ungerührt. »Ein Meister nimmt kein Geld. Doch ich bin kein Meister, sondern Eremit. Einsiedler lehren nicht und predigen nicht, sie öffnen sich schweigend der Stimme Gottes. Dennoch will ich dir gerne mitteilen, was

ich weiß. Aber du bist nicht geschaffen für das Eremitendasein, darüber musst du dir im Klaren sein. Außerdem solltest
du keine Ewigkeiten hier verweilen, dieser spanische Junge
wird wiederkommen, und es würde mich nicht wundern,
wenn dich noch ein paar andere suchen.«

»Du meinst wegen der Beute?«

»Stimmt, die sollten wir nicht vergessen. Ich habe alles
ordentlich hinter meiner Hütte gestapelt.«

»Nimm dir so viel davon, wie du brauchst!«, sagte ich
dankbar und stolz zugleich.

»Was ich habe, ist schon mehr, als ich eigentlich brauche.«

Dabei war seine Hütte bis auf einen Stuhl, eine Schlafprit-
sche und einen schmalen Tisch, auf dem ein paar Bücher
standen, leer.

»Du könntest mit dem Geld eine schöne Kirche bauen.«

»Es gibt genug schöne Kirchen. Wenn es zu viele gibt,
wächst die Kleingläubigkeit, die sich an der Schönheit fest-
hält.«

»Sie könnte deinen Namen tragen.«

»Weiche von mir, Satan, mir ist nicht daran gelegen, mich
in dieser Welt zu verewigen. Es klebt zu viel Blut an dem
Geld, ich würde auch dir raten, es nicht zu nehmen.«

»Irgendwann wird dieser grausame Krieg vorbei sein, vielleicht dann?«

Er schüttelte den Kopf. »Der Krieg wird nie vorbei sein,
solange nicht die Gerechtigkeit regiert. Statt Beruhigung her-
beizuführen, geraten die unruhigen Geister immer mehr in
Panik und scheuchen andere auf. So schlagen die Wellen der
Gewalt immer höher. Du kennst das Gleichnis von Jesus auf
dem See: Sturm schweige!, sagt er. So einfach geht das. Aber
die menschliche Gier ist zu groß. Mein Gott, die Gier …«

»Was mein ist, ist dein!«, sagte ich.

»Solange du das ganze Gold nicht vergisst, wirst du nicht dein inneres Wesen entdecken.«

»Du meinst, ich sollte es verschenken?«

»Du würdest am Ende nur die Hälfte verschenken«, sagte er, weil er in mein Herz blicken konnte.

»Hältst du mich für verrückt?«

»Ja. So wie niemand von uns vollkommen ist, sind wir alle verrückt.« Seine Stimme wurde noch leiser. »Erst wenn du die Wolke des Nichtwissens begreifst, wirst du der Wahrheit näherkommen. Gott ist tiefer und wahrer als wir.«

»Fliegen«, sagte ich. »Auf einer Wolke des Nichtwissens fliegen.«

»Flieg wohin du willst. Aber ohne Angst. Werde still.«

Nach einigen Tagen gelang es mir, mich zu beruhigen. Die Übungen, die er mich lehrte, fingen beim Atmen an. Ich lernte hinzuhören und merkte, wie langsam durch das Schweigen ein Raum für innere Stille geschaffen wurde, und ich meinem inneren Wesen näherkam, das von vielen Schalen, die aus Angst und Gleichgültigkeit bestanden, verborgen lag. Das äußere und innere Schweigen, die Form des Sitzens, die Wahrnehmung des Atems und der Umgang mit Gedanken und Gefühlen, all das eröffnete mir einen neuen Zugang zum Himmel. Als Nächstes lehrte der Eremit mich das Jesusgebet. Eine jahrhundertealte Form des Betens, die meine Wahrnehmung noch weiter öffnete. Langsam lernte ich, achtsam zu werden für das, was um mich herum und in mir geschah. Ich konnte die Bilder, Vorstellungen und Gedanken immer mehr loslassen. Ich erreichte einen Zustand der Leerheit, der mich leichter werden ließ.

»Wer nichts begehrt, nichts besitzt, nichts weiß, nichts liebt und nichts will, der hat noch immer viel zu viel«, sagte der Eremit und ergänzte. »Du musst Maria sein und Gott aus dir gebären. Du selbst bist Ewigkeit, wenn du die Zeit verlässt.«

Und ich schwieg, ohne dass sich die Leerheit weiter in mir ausbreitete. Im Gegenteil, ich verfiel in einen Zustand des Schmerzes.

»Achte auf deine Gedanken, achte auf deine Worte, achte auf deine Handlungen«, sagte der Eremit. »Achte deinen Nächsten als dich selbst!«

»Allos ego« – »Du bist ich«, dachte ich, und jetzt erschien es in einem völlig anderen Licht.

Nach ein paar Wochen, es muss Mitte September gewesen sein, fragte ich den Eremiten, wohin er die Satteltaschen mit der Beute gebracht hatte, hinter der Hütte lagen sie nicht mehr.

»Endlich, auf diese Frage habe ich schon lange gewartet.« Er führte mich zu einem Rinnsal, das mitten im Wald einer tief in einer Senke liegenden Quelle entsprang. Die Senke war so schmal, dass gerade ein Arm hindurchreichte.

»Wie tief ist sie?«, fragte ich.

»Probiere es aus.«

Ich nahm einen Stein und ließ ihn in die Tiefe plumpsen. Es brauchte eine ganze Weile, ehe das Echo seines Aufpralls ins Wasser nach oben getragen wurde.

»Hast du alles dort hineingeworfen?« Ich musste zugeben, bei dem Gedanken durchfuhr es mich.

Der Eremit wiegte seinen Kopf. »Es gehört mir nicht. Du musst wissen, was du damit tust, das kann ich dir nicht abnehmen.«

Unter dem fauligen Laub neben der Quelle fand ich die Satteltaschen. Ich merkte, wie schwer es mir fiel, trotz meiner ganzen Übungen, trotz aller Lehren, die der Eremit mir zuteilwerden ließ, mich von der Beute zu trennen. Mein innerer Kampf dauerte mehrere Stunden. Ruhig, ohne ein Wort zu verlieren, harrte der Eremit bei mir aus. Doch letztendlich, da hatte er recht, war ich allein mit meiner Entscheidung. Gewiss, mein Vater verfügte über noch mehr Reichtum. Konnte ich es übers Herz bringen, so viel Geld wegzuschleudern? Ich musste aufhören darüber nachzudenken. Ich versuchte zu beten, doch der Gedanke an das Geld ließ mich kaum ein Gebet zusammenbringen, geschweige denn die Stimme Gottes vernehmen. Schließlich entschied ich mich dazu, die Satteltaschen zu leeren. Ich kippte alles in den Erdschlund, wo es für immer verschwand. Nicht alles. Eine Handvoll Gold hielt ich zurück.

»Zur Sicherheit …«, sagte ich.

»Gold gibt keine Sicherheit«, antwortete der Eremit, ohne meine Entscheidung zu verurteilen.

Ich steckte das Säckchen mit einem Vermögen, das mir für einige Zeit eine finanzielle Absicherung böte, in mein Wams.

»Du musst dein Leben leben. Wie ich dir am Anfang sagte, du bist nicht geschaffen für das Eremitendasein. Finde deinen Weg in der Welt. Ich bin mir sicher, du wirst ihn finden, und vergiss nie, das Gute zu tun.«

Ich sah den Eremiten fragend an. Er umarmte mich herzlich. Da wusste ich, die Zeit war gekommen, getrennte Wege zu gehen. Das war auch aus anderen Gründen notwendig. Mein Vater hatte die Suche nach mir noch immer nicht aufgegeben. Womöglich hatte er inzwischen entdeckt, dass der Rest seiner Beute nicht mehr in der Senke an der Liedberger Quarzitkuppe lag. In den letzten Tagen streiften seine Häscher durch den Hardter Wald. Lange konnte es nicht dauern, bis sie zur Eremitenhütte kamen.

»Wohin wirst du gehen?«, fragte der Eremit, mit einer Neugierde, die ich von ihm nicht erwartet hatte. Aber, wie hatte er selbst gesagt, niemand von uns ist vollkommen.

»Ich kenne von unseren Geschäftsreisen den einen oder anderen Händler. Zuerst versuche ich mein Glück in Maastricht.«

Der Abschied fiel kurz aus. Wir hörten von Weitem wieder die Stimmen. Die Häscher meines Vaters. Der Eremit umarmte mich und sah mich eine Weile an. »Gott sei mit dir!« Ich bewahrte die Stille seines offenen Blickes.

Höchste Zeit! Die Schritte näherten sich. Ich hörte die mauligen Stimmen …

37. Bild: Maastricht

Auch die Stimmen kamen näher. Ich wartete, bis sie sich wieder entfernten, und schlug den Weg zur Eremitenhütte ein, dabei zog ich es vor, mich durchs Unterholz zu schlagen, um auf den Wegen keine Spuren zu hinterlassen. Durch den Eremiten hatte ich gelernt, so lautlos wie möglich zu pirschen, nicht, um Tiere zu erbeuten – der Eremit aß kein Fleisch –, sondern um sie nicht zu erschrecken. An der Buche stand mein Pferd, Falcks Pferd, musste ich eigentlich sagen. Die Häscher kehrten zurück. Soviel ich erkennen konnte, war es ein ganzer Trupp von Söldnern, die den Hardter Wald durchkämmten. Für mich galt nur noch, auf dem schnellsten Weg nach Maastricht zu gelangen.

Ich brach in südwestlicher Richtung auf, doch schlug ich mehrere Umwege ein, um meine Spur zu verwischen. Hinter Wassenberg ritt ich ein Stück mehr auf Aachen zu, so kam es, dass ich, obgleich mein Ziel im Südwesten lag, allmählich ein Stück weiter nach Süden abbog, ungefähr den Gebirgszügen der Eifel folgend, die sich hinter Aachen erstreckte, wodurch ich in eine Gegend geriet, die weniger gangbar und dichter bewaldet war. Bei gutem Wetter brauchte der Weg nach Maastricht nicht mehr als einen Tagesritt. Ich war ganze drei Tage unterwegs. Ich betrachtete aufmerksam die Ränder des Weges, den Weg selbst und die Bäume darüber, die ein sicheres Dach bildeten und mich vor der Hitze schützten. Geregnet hatte es seit einigen Wochen nicht, was meinen Weg leichter machte, und mit lästigen Staubwolken hatte ich kaum zu kämpfen, weil ich nicht den normalen Weg ritt, sondern moosige Schleichwege nahm. Ich durchquerte die Teverener und Brunssumer Heide und ritt in Südlimburg auf das

Kastell Alt Valkenburg zu. Je näher ich dem Kastell kam, desto mehr verlangsamte ich mein Tempo, denn schon aus einiger Entfernung vernahm ich Stimmen, und gleich darauf erschien hinter einer Wegbiegung ein aufgeregt gestikulierender Trupp von Mönchen und Laienbrüdern. Einer von ihnen trat sofort, als er mich erblickte, zur Seite und begrüßte mich mit ausgesuchter Höflichkeit: »Willkommen, mein Herr!« Ich erwiderte mit gleicher Freundlichkeit den Gruß und gab meinem Pferd die Sporen, denn ich wollte mich in keine unnötige Gefahr bringen. Tatsächlich hatte ich schließlich schon bei anderen Gelegenheiten bemerkt, dass die Wege voller Gefahren waren. An den Viehraub auf der Lüneburger Heide mochte ich mich ungern erinnern.

Maastricht erreichte ich am schönen 27. September 1636. Es war sonnig und überaus warm, doch der Wind verriet schon den kommenden Herbst. Ich überquerte die Maas über die Servatiusbrücke, auch das ein kleiner Umweg, doch mir schien, ich hatte alle Zeit der Welt, und genoss die vorüberziehenden Chausseebäume. Drei mächtige Transportwagen schoben sich vor das große Haus am Vrijthof, voll beladen mit Kornsäcken, auf denen in breiten schwarzen Buchstaben der Name »Samael Knorr« stand. Mit schwerfälligen Bewegungen sprangen die Kutscher von den Kutschböcken und riefen die Arbeiter herbei. Mein gebannter Blick fixierte aber etwas anderes, das unerhört herrschaftliche Haus des Maastrichter Kaufmanns, tastete sich an der Giebelfassade empor, verweilte auf den reichen Ornamenten und Neidköpfen und dem Spruch, der über dem Eingang gemeißelt stand: »Dominus vobiscum«.

Ich befestigte mein Pferd an einem der vielen Ringe, die in der Hauswand eingelassen waren, und stieg die drei Stufen zum Portal hoch. Die reich ornamentierte Eichentür war unverschlossen. Dann drehte ich den Knauf der Windfangtür und schritt langsam über die hallenden Dielenböden. Ich befand mich buchstäblich in einer anderen Welt. Durch eine Glastür, der Diele gegenüber, blickte man in das Halbdunkel einer Säulenhalle hinaus, während sich rechts eine hohe, dunkelbraune Flügeltür, die Türe zum Kontor, befand. Ein Lehrjunge kam, die Schreibfeder hinter seinem Ohr, aus dem Kontor gelaufen und musterte mich mit abschätzigen Blicken von oben bis unten. »Mijnheer?«

»Ich möchte Samael Knorr sprechen.«

Sein Blick verlor nichts an Abschätzigkeit, sondern war noch viel mehr von einem gewissen Ekel geprägt, einen staubigen Gesellen wie mich, in abgeschabtem Wams, vorzulassen. »Ich glaube nicht, dass Mijnheer Knorr Zeit für Bettler hat.«

Ich lächelte ihn an und musste unweigerlich an den Heiligen Franziskus denken. Vielleicht war es der bessere Weg, den Tieren zu predigen, wenn die Welt in Eitelkeit erstarrte. Dabei hatten mich seine Worte doch nur in meiner eigenen Eitelkeit gekränkt, und ich dachte auch an die Worte des Eremiten: ›Achte auf deine Gedanken, achte auf deine Worte, achte auf deine Handlungen, achte deinen Nächsten als dich selbst!‹

»Sag ihm, der Sohn des Viehhändlers von Dülken, Henricus Swart, möchte ihn sprechen.«

Es war das erste Mal, dass der Name meines Vaters mir als Türöffner diente. Nur wenige Augenblicke später leitete mich der Lehrjunge durch das Kontor in das Privatsekretariat von Samael Knorr.

Im Verhältnis zu der Größe des Zimmers waren die Möbel nicht zahlreich. Der eckige Schreibtisch mit mit Gold ornamentierten Beinen stand vor dem Fenster, zwei verschnör-

243

kelte Armstühle und ein ebenfalls reich verziertes Tischchen an der entgegengesetzten Wand, sonst gab es nur einen luxuriösen Sekretär, bedeckt mit Pergamenten, auf dem ein prachtvolles Tintenfass aus Delfter Porzellan in Gestalt eines weiß gefleckten Pferdes stand.

»Ja, ich erkenne dich wieder. Bist aber ein bisschen älter geworden. Wie der Sohn eines erfolgreichen Kaufmanns siehst du aber nicht gerade aus. Na, komm rein!«

»Das ist eine lange Geschichte, wenn Ihr erlaubt, will ich sie Euch in kurzen Zügen erzählen.«

»Ich erlaube, setz dich!«

Ich zögerte. »Meine Kleider sind schmutzig«, sagte ich.

»Flecken kann man reinigen!« Samael Knorr prüfte mich mit seinen scharfen, von kleinen Fältchen umgebenen kleinen tief liegenden Augen, deren Farbe zwischen grau und grün changierte. Sein Gesicht unter dem schlohweißen spärlichen Haar war rosig und lächelte. Er trug Kinn und Oberlippe glatt rasiert und ließ sich Koteletten stehen, die bis zu seiner schmalen Adlernase reichten. Während ich sprach, nahm sein Gesicht einen verschlossenen Ausdruck an, und seine Augen begannen, mit unruhigem Ernst nach allen Richtungen zu wandern. Einige Male strich er mit seiner großflächigen Hand über die Tischplatte, es machte den Eindruck, als horche er in sich hinein, wo etwas in ihm zu rebellieren schien.

Nachdem ich meine Erzählung mit der Bitte schloss, bei ihm eine Lehre absolvieren zu dürfen, sah er mich lange und prüfend an und sagte nach einer angemessenen Weile: »Wie unerforschlich, Herrgott Zebaoth, sind deine Wege, doch du hilfst in allen Nöten und Gefahren und lehrst uns deinen Willen zu erkennen.« Sein mit einer gewissen milden Schlauheit lächelndes Gesicht wandte sich von mir ab und dem

Lehrjungen zu, der während der ganzen Zeit an der Tür gelauscht hatte. »Jan, du hast gerade einen neuen Kollegen bekommen. Ich erwarte, dass alle im Kontor ihn ordentlich behandeln. Er ist mein Gast!«

Ich zog vorsichtig mein Säckchen Gold aus meinem Wams und sagte: »Ich habe Lehrgeld mitgebracht.«

Samael Knorr fiel in ein lang anhaltendes brummendes Lachen. »Ein Gast ist ein Gast. Verwahr dein Gold für schlechte Zeiten.«

Ich sagte beschämt: »Ich werde Eure Gastfreundschaft nicht missbrauchen!«

Knorr winkte ab. »Den Eindruck machst du mir nicht!«

Ich blickte betreten zu Boden. »Aber Ihr müsst damit rechnen, dass mein Vater mich suchen lässt.«

»Mach dir keine Sorgen, bis hierhin kommt er nicht, und sollte einer dieser Gesellen es wagen, einen Fuß über meine Tür zu setzen, werde ich ihn eigenhändig auf die Straße werfen. Also, an die Arbeit!« Er erhob sich von seinem Stuhl. »Ach, noch etwas, zur Ethik des Kaufmanns gehört, erstens: ›Übervorteile niemanden, denn es fällt auf dich zurück!‹, zweitens ›Habe immer das Ganze im Auge. Der Gewinn ist dazu da, das Glück der Menschen zu mehren. Nur wenn es anderen gut geht, geht es auch dir gut‹, drittens: ›Alles, was du besitzt, ist nur geliehen, du nimmst nichts mit ins Grab, sei deshalb mildtätig, wo immer es nötig ist!‹ – Ich habe keinen Zweifel daran, dass du es beherzigen wirst.«

»Das werde ich!«, sagte ich und ergriff seine ausgestreckte Hand.

Die Tage vergingen wie im Flug, kaum hatte ich mich eingearbeitet, betraute mich Samael Knorr mit weitreichenderen Geschäften. Von meinem Versprechen wich ich kein Jota ab.

Neben Knorrs drei Grundsätzen galt es sein Credo zu berücksichtigen: »Das Blühen der Wirtschaft ist die Poesie des Kaufmanns!«

Ich arbeitete Tag und Nacht, stellte fest, dass sich das Rechnungswesen vereinfachen ließ. Ich verkürzte durch genaue Berechnungen die Lagerhaltung, was einen größeren Umsatz nach sich zog, und ich sorgte dafür, dass die Angestellten eine geregeltere Arbeitszeit bekamen, weil ich jedem das Aufgabengebiet zuwies, für das er am besten geeignet war, was die Arbeitsprozesse ungemein beschleunigte.

Nur wenige Monate, nachdem Samael Knorr mich zum Vorsteher seines Kontors gemacht hatte, stand ein Geschäft mit Jan von Werth an. Ich schilderte ihm meine Begegnung mit dem General, was Samael Knorr dazu veranlasste, mich zum Verhandlungsführer zu bestimmen. Auch wenn meine dritte Begegnung mit Jan von Werth enttäuschend verlief, der Krieg hatte ihn fürchterlich gezeichnet, das Geschäft war schnell in trockenen Tüchern. Seit diesem Zeitpunkt zeichnete ich für immer mehr Geschäfte verantwortlich.

Ich merkte nicht, wie mir die Zeit durch die Finger lief: Sommer 1637, Winter 1638, Herbst 1639. Ein heftiges Erdbeben erschütterte am Morgen des 4. April 1640 die Region um Dülken und erschütterte Häuser und Kirchturm. Bis Maastricht waren die Erschütterungen nicht zu spüren. Durch die fahrenden Händler war ich über alles bestens unterrichtet, doch Dülken entfernte sich von mir mit jedem Tag ein Stück mehr. Offenbar hatte mein Vater die Suche nach mir aufgegeben. Ich hörte, dass er den Falcks ein hübsches Sümmchen gezahlt hatte, damit man die Sache auf sich beruhen ließ. Lis und ihre Brüder bewirtschafteten den Hof nun allein. Doch wie ich ihn kannte, würde er sich das Geld irgendwann zurückholen. Von daher erschien mir nicht verwunderlich, wenn die Falcks von Skorpionstichen bedroht wären. José Alemán war tatsächlich an einem Skorpionstich gestorben, und ich konnte nicht sagen, dass es mir nicht eine gewisse Genugtuung bescherte. Ein Gedanke, den der Eremit durch Gebete zu vertreiben mir geraten hätte. Ich fragte mich, hatte Ignacio doch mehr mit den Skorpionmorden zu tun, als ich ursprünglich dachte? Immerhin hatte er sich in gewisser Weise selbst beschuldigt. Von ihm hörte ich nur, er sei ganz von der Dülkener Bildfläche verschwunden. Immerhin gelang es meinem Vater, meinen jüngeren Bruder Jasper mit Amelie zu verheiraten, obwohl die Erhebung in den Adel wohl noch nicht erfolgt war, die Wirren des Krieges verhinderten sie offenbar.

Das Jahresrad drehte sich immer schneller, auf die Rechnungsformulare ließ ich schon den Januar 1642 eintragen; am 17. Januar, als ich bei der Niederländischen Ostindien-Kompanie eine Schiffsladung grünen Tee bestellte, endete die Schlacht auf der Kempener Heide, fast in Dülkener Sichtweite, mit einer vernichtenden Niederlage der kaiserlich-kölnischen Truppen Lamboys durch General Guébriant, jenem rauen Hund, dessen Gesicht Syphilispflästerchen zierten.

Kurz darauf erreichte mich die Nachricht vom Tod meiner Mutter. Sie musste an Auszehrung gestorben sein. Das betrübte mich, aber ich hatte keine Tränen für sie, nur ein Gebet. Unser Leben war ein einziger Ruf nach Liebe. Alles, was wir taten, geschah aus diesem Beweggrund. Jeder Kuss, jeder Mord ein Schrei nach Liebe. Der ganze verdammte Krieg war nichts anderes als ein tausendkehliger Aufschrei nach Liebe, durch Waffengewalt unterdrückt. Schwere Gedanken wie diese plagten mich selten, ich arbeitete sie einfach weg, und der Erfolg in Knorrs Geschäft gab mir recht. ›Vorwärts führt der Weg‹, sagte ich mir.

Mit der Zeit wuchs ich Samael Knorr immer mehr ans Herz, als wäre ich sein Sohn, vielleicht auch, weil er keine eigenen Kinder hatte. Wenn es die Zeit erlaubte, führte ich lange Gespräche mit ihm. Er war immer wieder überrascht von meinem Wissen und meiner inneren Freiheit, und je besser wir uns kennenlernten, desto mehr weihte er mich nicht nur in seine geschäftlichen, sondern auch in seine persönlichen Geheimnisse ein.

Schon nach meiner Ankunft hatte ich mich gewundert, welch illustre Gesellschaft Samael Knorr um sich versammelte, gediegene Herren, zweifellos, aber sie strahlten eine Weltläufigkeit aus, die mir bislang fremd war. Ich sah sie manchmal abends allerdings zufällig in der Diele, wenn ich vom Kontor in mein Zimmer ging. Die Kamingespräche, wie Knorr sie nannte, waren diesem erlauchten Kreis vorbehalten. Ich machte mich auch nicht anheischig, ihnen beiwohnen zu dürfen. Samael Knorr lud mich irgendwann von selbst ein. Er bat mich nur darum, mich neu einzukleiden.

38. Bild: Gott und die Welt

Ich konnte verstehen, dass Samael Knorr Wert darauf legte, seinen engsten Mitarbeiter in der feinsten Kleidung zu wissen, schließlich repräsentierte ich in der Gesellschaft auch sein Geschäft. Es war etwas anderes, als Viehhändler sein Brot zu verdienen; die Kaufleute legten mehr Wert auf Äußeres und auf Bildung, das ließen sie mich spüren. Zum Glück hatte ich gute Lehrmeister. Die Bildung, die Onkel Job mir vermittelt hatte, war immens. Und die Herzensbildung, die mir der Eremit zuteilwerden ließ, war ebenfalls ein kostbares Gut. Ich musste mich bei Fortuna bedanken, die ihr Füllhorn reich über mich ausschüttete, denn in Samael Knorr fand ich einen weiteren Lehrmeister, von dem ich so viel lernte, wie mein Vater in drei Leben nicht hätte lernen können.

Inzwischen hatte sich der Oktober auf die Zweige gesenkt, und es tat gut, sich in beheizten Räumen aufzuhalten, was ich noch immer als unglaublichen Luxus empfand, denn obwohl wir in Dülken nicht arm wohnten, gab es dort nur einen Kachelofen in der Küche.

Der offene Kamin in Knorrs Stadtvilla befand sich an der Rückfront zum Garten. Hinter dem fein ziselierten Gittertörchen, das, solange die Glut nicht ganz entfacht war, geschlossen blieb, lagen rot glühende Holzscheite und Kohlen, die eine angenehme Wärme verströmten. Auf der Marmorplatte vor dem Spiegel standen zwei mächtige chinesische Vasen, Kostbarkeiten, von denen Knorr wegen seiner Überseekontakte viele besaß. Amsterdam galt als Tor zur Neuen Welt, und durch dieses Tor kamen neue Gedanken und Einflüsse, die den engen Blickwinkel weiteten und auf die ganze Welt fokussierten, und weiter noch, auf den Kosmos.

Kunst und Kultur standen kurz vor ihrer Blüte des ›Goldenen Zeitalters‹, das in den 1650er Jahren anbrechen sollte. Die Bilder Rembrandts, die an Knorrs Wänden hingen, die eines Frans Hals und Jan Steen, alles kündete von großem, freiem Geist. Es war unglaublich, hier öffnete sich die Welt in ihrer fantastischen Weite. Die Sterne begannen zu singen, und die Diktatur der Kleingeistigkeit wurde von einem breiten Fluss an Großzügigkeit überströmt. Die Welt, so schien es, fing nach den entsetzlichen Jahren des Terrors an zu tanzen.

Ich hatte von Samael Knorr vieles gelernt. Er war nicht nur ein kluger Kaufmann, sondern auch ein begnadeter Mystiker. Von ihm lernte ich, die mystischen Dinge in Spiegelschrift zu schreiben. Er wies mich in die Geheimnisse der Magie ein. Er kannte die Kabbala und die Weisheit der Rosenkreuzer. Er gab mir einige Exerzitien auf, andere als der Eremit, wie die Konzentration auf einen Punkt oder die Erforschung des Goldenen Schnitts.

Die Atmosphäre bei den Kaminabenden war völlig ungezwungen. Samael Knorr sagte einige Worte zur Begrüßung und forderte dazu auf, sich mit denjenigen, die man noch nicht kannte, bekannt zu machen. Dann lief alles wie von selbst. Zwei livrierte Bedienungen servierten Getränke. Man prostete sich zu, redete zwanglos hier und da.

Einige Teilnehmer kamen von weither angereist. Die Gesellschaft und die Kontakte, die man hier knüpfen konnte, waren es ihnen wert. Einem stellte mich Knorr gleich vor: Constantijn Huygens, ein Mann mit dreieckigem Gesicht, Dreiecksbart um Kinn und Mund und immerwährend hochgezogenen Brauen. Er war als Diplomat und Sekretär von Friedrich Heinrich und Wilhelm II. von Oranien ungeheuer einflussreich und gut vernetzt durch seine weiten Reisen. Er

250

war entzückt, als ich ihm ein altes Gedicht von mir vortrug, denn er schrieb selbst und komponierte kleinere Stücke.

»Knorr, Euer Ziehsohn ist ein Juwel«, rief er amüsiert aus. Samael Knorr runzelte seine weißen Brauen. »Na, und ein bisschen verrückt ist er manchmal auch. Stellt Euch vor, er hat als knapp elfjähriger Knirps solchen Teufeln wie Jan von Werth und Carl von Rabenhaupt einen Flugapparat vorgeführt.«

Constantijn Huygens lachte. »Wahrscheinlich einen Papierdrachen.«

»Nein, nein«, stotterte ich. »Schon einen Flugapparat.«

»Unser guter Tillmann Swart war ein Wunderknabe, schrieb seit seinem neunten Lebensjahr Gedichte, lernte Latein, Griechisch und weiß der Teufel was, aber sein Vater wollte ihn partout zum Viehhändler machen.«

»Einen echten Flugapparat«, staunte Huygens. »Das müsst Ihr mir erklären!«

Dazu brauchte ich eine Feder, etwas Tinte und ein Pergament. Die Konstruktion hatte ich noch im Kopf. »Wenn die Menschen fliegen können, werden sie friedlich«, sagte ich.

Huygens war begeistert. »Ihr müsst Euren Flugapparat bauen, Swart! Hört Ihr, das ist Eure Pflicht! Allein Euer Gedanke, dass die Menschen friedlich werden, wenn sie fliegen können, ist genial! Ich besorge Euch jede Unterstützung, die Ihr braucht. An Geld soll es Euch nicht mangeln!«

»Wisst Ihr auch, warum Menschen fliegen lernen sollten?«, sagte ein säbelbeiniger Wissenschaftler mit großem, etwas grobschlächtigem Kopf, dessen froschartig hervortretende Augen ungezügelte Neugierde verrieten. Auch er trug diesen Dreiecksbart um Kinn und Mund, auch er zog die Brauen immer in die Stirn, wie Huygens, was seinen neugierigen Zug unterstrich. »Weil sie dann alle irdischen Anhaftungen verlieren, die sie beschweren.«

»... und weil wir uns so den Engeln nähern«, sagte einer von hinten.

»Bereits Roger Bacon gab sich Träumen über Flugmaschinen hin und wies die blinde Gefolgschaft früherer Autoritäten von sich, nicht nur in theologischer, sondern auch in wissenschaftlicher Hinsicht«, versuchte ich das Gespräch wieder auf eine wissenschaftliche Ebene zu lenken.

»Nur müssen wir davon ausgehen, dass die Gedanken unseres jungen Freundes reine Utopie sind«, sagte ein feiner älterer Herr mit distinguiertem Schnurrbärtchen hinter mir.

»Nein, nein«, entgegnete ich. »Meiner Vermutung nach muss es gelingen, die Windkraft zu bündeln.«

»Was meint Ihr damit?«

»Denkt an den Rhein«, sagte ich. »Den mächtigen Strom, der über weite Strecken zwischen festen Dämmen dahinfließt. Man sieht den Fluss, den Damm, das feste Land. Das Wasser läuft in einer geordneten Bahn – oder wenn Ihr wollt, konzentriert. Ab einem bestimmten Punkt tritt der Strom über seine Ufer, weil er sich dem Meer nähert, das alle Flüsse und Ströme in sich aufnimmt, ob sie Waal, Schelde oder Ijssel heißen. Das Rhein-Maas-Delta verzweigt sich in alle Richtungen, manche Flüsse fließen wieder zusammen, und trotz genauen Hinsehens weiß man nicht einmal mehr, was noch Strom ist und was bereits Meer. Doch nur wenn der Fluss in einem Flussbett verläuft, entwickelt er eine große Kraft.«

»Schön und gut, was hat das mit dem Fliegen zu tun?«

»Nun, es ist nur ein Beispiel ...«

Der froschäugige Mann mit dem großen Kopf neben mir erhob seine Stimme: »Verteidigt Euch nicht, mein Freund, Euer Gleichnis ist wunderbar. Es ist auf alles anzuwenden, auf den Krieg, auf die politischen Verhältnisse, auf die Religion, auf die Wissenschaft und vielleicht sogar auf den Kosmos. Ich gratuliere Euch!«

»Alles ist Konzentration und alles Zerstreuung, wie beim Einatmen und Ausatmen«, sagte ich. »So wie wir uns einen Punkt denken können und uns darauf konzentrieren, können wir die Naturkräfte konzentrieren.«

Der froschäugige Mann neben mir hob sein Kinn und verriet damit den ihm innewohnenden starken Willen. »Bravo! Ich denke, also bin ich. Versteht Ihr? Wir sind erst durch das Denken! Es ist nicht genug, einen guten Kopf zu haben; die Hauptsache ist, ihn richtig anzuwenden!«

Die Herren stießen ein vornehmes Lachen aus.

»Dafür, mein Freund, heißt es, den anderen zu akzeptieren!«, sagte der Mediziner.

»Unsere Epoche scheint mir allzu sehr von der Intoleranz angekränkelt zu sein«, sagte der froschäugige Mann.

»Die Lepra des Geistes, die einhergeht mit der Lepra des Herzens ist die schlimmste Krankheit unserer Zeit«, pflichtete ich ihnen bei, »wir suchen das Trennende zwischen unseren Spuren statt das Verbindende.«

»Sehr gut! Es gilt, das Verbindende zwischen unseren Spuren zu suchen«, rief Samael Knorr aus.

»Voilà, Ihr habt dichterisches Talent!«, sagte mein Gegenüber und rieb über seine Froschaugen, als wollte er mich im klarsten Licht sehen. »Wer seid Ihr?«

»Nur der Sohn des Viehhändlers von Dülken, Tillmann Swart. Darf ich nach Eurem Namen fragen?«

»Descartes«, sagte er, »René Descartes.«

Wir redeten die ganze Nacht durch und suchten das Verbindende. Es war die ›Hollandsche geleerdheid‹, vor der ich mich verneigte, der große, freie Geist wehte durch Gedanken und Worte. Mein Gott, welch ein verschwenderischer Reichtum an Genie und Scharfsinn! Wie arm waren die deutschen Lande dagegen, wie bitterlich arm für lange Zeit.

Der freie Geist ergriff Besitz von mir. Freiheit, das bedeutete, keine Angst zu haben vor nichts und niemandem. Keine Geißel, keine Zensur, kein erhobener Zeigefinger. Den Unterdrückern musste man nur die Macht nehmen, und den Sklaven, der die Ketten brach, brauchte man nicht zu fürchten. Es war, als könnten Thomas von Aquin und Martin Luther miteinander reden wie zwei ganz normale Menschen. Über alles konnte gesprochen werden, über Pythagoras' Sphärenharmonien und Platons Mathematik, alles bis zu der Tabula Smaragdina des Hermes Trismegistos. Das Universum war ein großes Buch, das unserem Blick ständig offen lag. Hier waren Galileos Gedanken keine Ketzerei, und Giordano Brunos Gedanken erhoben sich wie ein Phönix aus der Asche, und ich sah, wie Franziskus die Asche um Vergebung bat. Erst hier lernte ich zu verstehen, welche unerhörte Leichtigkeit in der Freiheit des Glaubens lag. Allem Denken haftete die Unabhängigkeit des Geistes an. Es war alles im Fluss. Die Erde hatte angefangen sich zu drehen. Das war schon fast wie Fliegen.

Das Kamingespräch verging wie im Fluge. Samael Knorr nickte zwischenzeitlich ein paarmal ein, ein paar andere ältere Herren verabschiedeten sich. Ich durchmaß den Saal mit meinem Blick einmal der Länge nach, blieb dann am Fensterkreuz hängen, an dem eine Blumenampel mit Röschen befestigt war: rosa mystica. Eine Amsel saß darauf und stimmte ihren morgendlichen Sonnengesang auf die Schöpfung an. Ich sah hinaus in den Garten auf den Pavillon, der das Grundstück abschloss, auf die kleine, marmorglänzende Terrasse mit den beiden Löwen, auf die regelmäßigen Kieswege, die abgezirkelten Beete, die zum schmiedeeisernen Gartentörchen führten. Das Tor zu einer neuen Zeit hatte sich geöffnet.

39. Bild: Abschied und Ankunft

Eine neue Zeit, ein neuer Tag. Die Morgensonne fand mich wieder an meinem Arbeitstisch. Die Zeit zu war wertvoll, um sie durch Schlaf zu verschenken. Einen Flugapparat bauen, das trieb mich an. Was für ein Traum! Worte und Zahlen nahmen ihre gewohnten Konturen an, sodass ich mein Pensum bereits um die Mittagszeit erledigt hatte. Während der hellen Mittagsstunden dachte ich nur an die Zukunft. Ich strebte keine Titel und Ehren an, aber ich musste zugeben, ich suchte das Glück dieser Welt. Ich musste Konstruktionen entwerfen, Maßnahmen ergreifen, nach Leiden zur Universität fahren, um Huygens und Descartes zu treffen. Ich fühlte mich wie ein König und dachte über die Felder nach, über die ich als Junge gelaufen war, glücklich die Arme schwingend, und hinter mir Onkel Job, der mich öfter als einmal vor den Schlägen meines Vaters rettete und mich zum Fliegen brachte.

So war die Lage am schönen 1. Mai 1648, als ich auf den Maastrichter Markt ging. Eigentlich wollte ich nichts Besonderes, mir nur die Füße vertreten. Ich brütete zu lange über die Geschäfte und meinen Flugapparat nach, mitunter schmerzten mir Schultern und Nacken, und die Beine wurden schwer. Vom Blumenstand hörte ich ein mädchenhaftes Lachen, das glockenhell durch die Luft läutete, und ich sah eine schöne junge Frau, deren Goldlocken um ihren weißen Hals schaukelten. Als wäre dieses Bild an sich nicht schon zu kitschig gewesen, setzte eine sentimentale Erinnerung ein. Die wächserne Blässe ihres ebenmäßigen Gesichts, die elfenhafte Anmut. Ein wenig voller war ihr Gesicht geworden, und ein kleiner Bauch schien sich zu wölben, »Lalena«, sagte ich.

255

Ihre Blicke flogen mir wie Tauben entgegen. »Woher weiß ein feiner Herr wie Ihr meinen Namen?«

»Damals, als ich Jan von Werths Heerlager verließ, hatte ich nicht gehofft, dich wiederzusehen.«

Sie lachte auf. »Ihr? Ach, Ihr habt mir damals das Leben gerettet.«

Ihre Worte klangen süß in meinen Ohren und ließen ein unbändiges Verlangen in mir aufsteigen. Leichtes Schaudern erfasste mich, mir wurde klar, dass ich noch immer in sie verliebt war. Es war wie ein Traum, der in Erfüllung ging. Ich sah sie wieder, und diesmal würde ich sie küssen dürfen.

»Na ja, ich habe damals mit Jan von Werth gesprochen, und wie ich sehe, hat er Wort gehalten und dafür gesorgt ...« Ich geriet ins Stottern, denn ihr Blick bat mich, nicht weiterzureden, aber eins musste ich doch wissen: »Wie kommst du nach Maastricht?«

Sie lachte, doch in ihrem Lachen klang etwas auf, das mich verunsicherte. Ich musste an die Liebesgeschichte von Jan von Werth und seiner Griet denken, die sich ihm versagte und die er später als hoher General wiedersah. Etwas anders lag meine Geschichte schon, Lalena hatte mich nicht abgelehnt. Aber ich wusste: Was sie jetzt sagen würde, wäre ein Schlag, und tatsächlich: »Wo die Liebe hinfällt«, sagte sie. »Auf einem Treck lernte ich Piet kennen. Wir zogen auf den Bauernhof seiner Eltern. Dort bauen wir Gemüse an und züchten Blumen.«

»Na, wenigstens handelt ihr nicht mit Vieh«, etwas Besseres fiel mir nicht ein.

»Mama«, rief ein sommersprossiger Junge.

»... und einen Sohn hast du auch.«

Sie lachte: »Wir haben ihn Tillmann genannt.«

»Tillmann ...«, sagte ich, tränenäugig.

256

»Ist etwas mit Euch?«

Ich drehte mich weg. »Nein, nein, mir ist wohl ein Tier ins Auge geflogen.« Ich drehte mich weg und schnäuzte mich ein paarmal in mein besticktes Damast-Taschentuch. Als ich mich wieder zu ihr drehte, mit klarerem Blick, sah ich ihr verschlissenes Kleid aus grobem Stoff, das sich ein bisschen zu weit über ihren Brüsten öffnete, und die plumpe Steinkette an ihrem Hals. Verspürte ich Neid?

»Also, dein Mann kennt sich mit Gemüse aus und mit Blumen, hast du gesagt.«

Sie nickte.

»Dann kennt er sich auch mit Gartenarbeiten aus?«

»Na, ist ja sein Metier.«

»Er könnte auch unseren Garten in Ordnung bringen?«

»Natürlich. Wo wohnt Ihr?«

»In dem großen Haus am Vrijthof.«

Sie linste scheel. »Ah! Ich glaube, das kenn ich. Muss schön sein, dort zu wohnen.«

»Na ja, überall, wo man sich wohlfühlt, ist es schön.«

»Ihr müsst eine große Familie haben und viel Geld«, sagte sie, ich merkte, es war ohne jeden Hintergedanken.

Ich lächelte. »Nein, weder noch. Ich bewohne nur eine Etage, die andere bewohnt der Firmeninhaber. Samael Knorr ist wie ein zweiter Vater für mich. Aber ich werde geschwätzig. Auf jeden Fall wird er nichts dagegen haben, wenn dein Mann unseren Garten macht. Mit dem alten Gärtner ist er nicht mehr sehr zufrieden.«

»Das wäre schön. Unsere Geschäfte gehen in letzter Zeit nicht gut.« Sie strich über ihren Bauch. »Und ich bin wieder schwanger.«

Ich sah sie an, ohne dass meine Züge irgendein Gefühl verrieten. »Ich gratuliere. Also, schick deinen Mann zu mir.«

257

»Wie ist noch mal Eure Adresse?«

»Das große Haus am Vrijthof. Warte, ich hab Papier und Bleistift, ich schreib es dir auf.«

Sie lachte ihr glockenhelles Lachen. »Ich kann nicht lesen. Und er auch nicht.«

»Mit wem quatschst 'n da so lange?«, rief ein vierschrötiger Geselle.

War er vierschrötig? Nein, ich sah ihn nur so. Bestimmt. Lalenas Mann war ein Bauer. Ein einfacher Bauer, bei Gott, das war schließlich keine Schande. Ich erklärte ihm den Weg zu Knorrs Haus, sagte ihm, er möge sich einmal wöchentlich um unseren Garten kümmern, und zahlte ihm eine stattliche Summe im Voraus, und am Ende schämte ich mich dafür, dass ich anfing, denselben Bakschisch zu machen wie mein Vater. Was wollte ich mir mit dem Geld, das ich ihnen gab, erkaufen?

»Bakschisch ist ein schönes Wort«, sagte Samael Knorr, als ich ihm die Geschichte von meiner Begegnung mit Lalena erzählte. »Es kommt aus dem Persischen und bedeutet im ursprünglichen Sinn Almosen.«

»Ich habe es bei Euch aufgeschnappt.«

»Jedenfalls rührt mich deine Geschichte an. Aber so ist es, man muss die Dinge ihren Gang gehen lassen. Ich weiß, das klingt nicht gerade weise, allerdings habe ich in meinem Leben immer die Erfahrung gemacht, dass man sein Glück nicht beeinflussen kann. Andere Dinge sollte man beeinflussen, solange man dazu in der Lage ist.« Er sah mich aus seinen kleinen tief liegenden Augen an. Sein Gesicht unter dem schlohweißen spärlichen Haar wies inzwischen einige Altersflecken auf. »Tillmann, du bist seit fast zwölf Jahren hier. Du hast eine enorme Entwicklung genommen, stehst mit den bedeutendsten Wissenschaftlern unserer Zeit in Kontakt und bist ein tüchtiger, aufrichtiger Kaufmann. Du hast zeitlebens Wert darauf gelegt, dich zu bilden und vorwärtszukommen. Was dir fehlt, man merkt es daran, wie nahe dir die Sache mit Lalena geht, ist eine Familie. Da geht es dir genauso wie mir.«

Ich sah, wie er über seine Adlernase rieb, was er nur tat, wenn er nicht weiterwusste oder Zeit gewinnen wollte. »Ich bin Euch zu großem Dank verpflichtet, Mijnheer Knorr. Ihr habt mir damals das Leben gerettet. Ich weiß noch, wie ich bei Euch anklopfte, fast mittellos, verfolgt von meinem eigenen Vater.«

»Ich habe dich schon damals als ein Geschenk Gottes betrachtet. Für mich warst du wie ein Sohn, den ich immer haben wollte«, er nickte, sein Zeigefinger fuhr noch immer über die Nase. Plötzlich stand er ruckartig auf. »Ich will dir reinen Wein einschenken, Tillmann. Die Ärzte geben mir noch ein halbes Jahr, vielleicht eins. Darüber bin ich nicht böse. Gott bestimmt, und ich werde dankbar alles von ihm annehmen, auch wenn es manchmal schwerfällt und so gar nicht mit meinem Willen übereinstimmt. Nun heißt es in der Schrift: Ehe ein Reicher in den Himmel kommt, geht eher ein Kamel durchs Nadelöhr; das ist nicht, was mich antreibt. Ich besitze ein fast unschätzbares Vermögen, doch ich habe meinen Reichtum nie ausgenutzt. Du erinnerst dich an die Ethik der Kaufleute, die ich dich lehrte, gleich als du ankamst. Ich habe lange überlegt, wie man diesen Besitz nutzbringend verwendet. Wenn du einverstanden bist, werde ich ein paar Schritte unternehmen, um die Dinge zu regeln: Erstens, ich werde dich adoptieren. Das sollte nach dem grandiosen neuen niederländischen Recht kein Problem sein. Du wirst immerhin in diesem Jahr dreißig und solltest die Geburtswehen weitgehend überstanden haben. Zweitens, ich werde eine Handelsgesellschaft gründen, deren Vorsitzender du sein wirst. Drittens, ich werde einen Teil meines Vermögens in einen gemeinnützigen Verein umwandeln, damit die Bildung gefördert wird und es Armenhäuser gibt. Viertens, ich erwarte deine Entscheidung in wenigen Tagen. Fünftens, ich erwarte keine Dankbarkeit, dafür erwarte ich, dass wir keine großen Worte über die ganze Angelegenheit verlieren! Ich sehe dir an, dass du nicht weißt, was du jetzt sagen sollst, darum sag am besten nichts. Ich würde jetzt gern einen Genever trinken. Ach, und noch etwas, Huygens, dieser verrückte Hund, brachte letztens aus Den Haag etwas ziemlich Neues mit: Tabakspfeifen und einen Tabak, der wie Weihrauch riecht. Du hast dich vielleicht in den letzten Tagen schon gefragt, ob ich einen Priester hätte kommen lassen, um mein Haus auszuräuchern. Nein, ich bleibe Protestant, aber der Geruch ist trotzdem erstklassig, und der Geschmack, na ja, wenn man nur nicht immer husten müsste ...«

Nein, ich antwortete nicht. Weniger, weil ich ihm den Gefallen tun wollte, sondern weil es mir die Sprache verschlagen hatte. So prägte sich mir der 1. Mai aus drei Gründen ein: Es gab so etwas wie Wahlverwandtschaften, und ich war Samael Knorrs Sohn geworden, wenn auch noch nicht amtlich; und ich kam auf den Genuss des Pfeiferauchens. Und der dritte Grund: Aus Deutschland kamen gute Nachrichten. So wie die Dinge lagen, waren die Kriegsparteien dabei, sich auf einen Friedensvertrag zu einigen. Der erste Erfolg war der Friede von Münster, zwischen Spanien und den Niederlanden. Fünf Jahre hatten die Herren dieser Welt darüber verhandelt und ihre jeweiligen Gottesbilder, Dogmen und Juristen auf den Verhandlungstischen tanzen lassen. Fünf Jahre, das hieß grob gerechnet, noch einmal eine Million Tote mehr.

Ein paar Tage später überraschte mich Samael Knorr mit der Ankündigung, dass wir Zuwachs in unserem Haus bekommen würden. Nein, es handele sich nicht um ein neues Hausmädchen, sondern um die Tochter eines befreundeten Wissenschaftlers aus Amsterdam. Judith Leyster hatte sie porträtiert, jene geniale Malerin des Goldenen Zeitalters, die als erste Frau in die Malergilde St. Lukas aufgenommen wurde – in einem anderen Land hätte man sie als Hexe verbrannt. Das Bild sei zufällig in seinem Besitz, behauptete Knorr, eine vorübergehende Leihgabe der Malerin. Natürlich wusste er, dass ich mich sofort danach auf die Suche machen würde. Tatsächlich wurde ich fündig, ich entdeckte ihr Gesellinnenstück: Entspannt und selbstbewusst sitzt eine junge Frau vor ihrer Staffelei, mit einem Zuruf scheint sie sich dem Betrachter zuzuwenden. Natürlich ein Selbstporträt.

»Denn du sollst dir kein Bildnis machen«, sagte Knorr mild lächelnd. »Nein, im Ernst, du wirst dir in der persönlichen Begegnung noch früh genug von Beatrice ein Bild machen«, um dann in großem Ernst zuzufügen: »Beatrice ist eine wundervolle Frau. Vergiss nie, jede Frau ist dir ebenbürtig, sie ist nicht aus deiner Rippe geschnitten. Aber ich rede schon, als würde ich eurer Hochzeit beiwohnen.«

Später, als ich allein in meinem Zimmer saß, dachte ich über Knorrs Sätze nach, und ich begann plötzlich Bilder zu sehen, viele Bilder, die anfingen, sich wie Karussellgondeln immer schneller zu drehen, ein merkwürdiger Zustand, der mehr an einen Rausch erinnerte als an eine geistliche Übung, und ich dachte an Ignacios Credo, dass alles nur Bilder sind. Alles nur Fantasien, unsere Gottes- und Menschenbilder, nur gemacht, um uns das Unverständliche vor Augen zu führen. Vielleicht deshalb die Forderung des biblischen Gottes, kein Bildnis anzufertigen. Ist es nicht so, dass ein Bild nur zwei Dimensionen zeigt? Und selbst wenn es die dritte zeigt, was ist mit der vierten und fünften? Was ist mit der Dimension des Atmens, des Herzens, der Seele? Bei unserem leibhaftigen Gegenüber sehen wir, was wir sehen. Gott können wir nicht sehen, wusste Moses, und in der Gottesbegegnung wird seine Haut zu Licht. Doch Jahrhunderte nach Mose malte Michelangelo in der Sixtinischen Kapelle einen langbärtigen Dionysos, dessen Zauberfinger den empfängnisbereiten Finger Apollons wie bei einer mystischen Hochzeit berührt.

Woher hatte Ignacio seine Erkenntnis genommen? Er war damals doch noch ein halbes Kind gewesen.

Ignacio!

Am frühen Morgen des 13. Mai 1648 stand ein krumm gebuckelter Mann in abgewetzter Kutte vor der Haustür und begehrte um Einlass. Er stellte sich als Ignacio Alemán vor. Ich glaubte ihm nur, weil er mir etliche Details aus unserer Kindheit zu berichten wusste, denn nichts von dem früheren Ignacio war zu erkennen. Sein Gesicht war schorfig, seine Augen erloschene Vulkane und sein Mund eine leiernde Mühle.

»Du musst Lisbeth retten«, flehte er. »Niemand als du kann es. Dein Vater beschuldigt sie, Landvogt Onophrius umgebracht zu haben.«

»Womöglich durch einen Skorpion?«

»Die Symptome sprechen dafür.«

»Ich dachte, mit dem Tod deines Vaters wären die Skorpione in Dülken ausgestorben.«

»Offenbar nicht.«

Ich schüttelte den Kopf. »Für mich ist beim besten Willen nicht ersichtlich, weshalb mein Vater Lis beschuldigt.«

»Um sich an ihr zu rächen.«

»Wofür?«

»Weil …«, wie es schien, suchte er nach Worten. Oder wollte er nicht mit der Sprache herausrücken? »Er hat sich nicht geändert. Er steigt noch immer jedem Rock hinterher. Nun ja, du kennst ihn. Zuerst hat er Lis damit gedroht, sie in den Ruin zu treiben. Du musst wissen, der Falck'sche Hof warf immer weniger ab. Sie hat sich widerwillig auf ein Techtelmechtel mit ihm eingelassen. Er nannte sie ›Mein Hexchen‹. Jeder in Dülken wusste das.«

Ich spürte einen Stich im Herzen. »Das ist lächerlich, hörst du. Absolut lächerlich. Ich hätte wenigstens gerüchteweise davon gehört.«

»Zum Teufel, es ist so, wie ich es dir sage. Als sie sich ihm verweigerte, hat er ihr gedroht. Du hast doch am eigenen Leib erfahren, dass er keine Gnade kennt.«

»Schlimm genug, aber wie soll ich ihr helfen?«

»Wenn du nach Dülken zurückkommst und sagst, welch ein Lügner dein Vater ist, werden sie dir glauben. Nur dir wird man glauben …«

»Lis behauptet immerhin, ich wäre der Mörder ihres Vaters.«

»Sie weiß, dass es nicht stimmt!«

»Von wem?«

»Von mir.«

»Also hast du damals doch alles gesehen«, fuhr ich erbittert auf.

»Ich habe nichts gesagt, weil ich eifersüchtig auf dich war.«

»Dafür hättest du meinen Tod in Kauf genommen!«

»Allos ego – du bist ich … ich wollte mich damit strafen. Ihr wart die einzigen Menschen, die ich jemals liebte. Du und Lis«, sagte er und blickte zu Boden. »Ich wollte euch nicht

263

verlieren, doch das hätte ich zwangsläufig, wenn ihr ein Paar geworden wärt, egal, ob eure Liebe auf dem Scheiterhaufen geendet wäre oder ob ihr die Flucht angetreten hättet. Es war ein Zufall, dass ich nach dem Skorpionstich, an dem mein Vater starb, am Falck'schen Hof vorbeilief. Es war ein Zufall, dass dein Vater und der alte Falck in Streit gerieten. Und alles war doch kein Zufall … Tillmann, ich habe vieles in meinem Leben falsch gemacht. Ich tue Buße dafür. Ich habe die Eremitage im Hardter Wald bezogen. Von meinem Vorgänger wusste ich, dass du bei ihm gewesen bist. Er hat irgendwann beiläufig erwähnt, wohin es dich hingezogen haben könnte. Aber es gab auch so genügend Gerüchte in Dülken, wo du dich aufhältst. Vor ein paar Tagen kam Lis' Bruder zu mir und berichtete von der Anklage gegen sie. Ich habe mich sofort auf den Weg gemacht. Bitte, hilf ihr. Es hat zu viele unnötige Tote gegeben.«

»Du willst mich in eine Falle locken.«

»Denk nicht so von mir.«

»Wie soll ich dir glauben?«

»Ich weiß, du wirst mir glauben!«

»Keine gute Antwort nach alldem, was passiert ist. Eins möchte ich vorher noch wissen: Wer ist der Skorpionmörder?«

»Weißt du es noch immer nicht?«, er fuhr mit beiden Händen durch sein schorfiges Gesicht. »Mein Vater. Er bekam die Tiere aus dem Morgenland. Der Bader stellte damals die richtigen Vermutungen an. Trotzdem wäre es viel zu ungewiss gewesen, einen Skorpion auf die Opfer anzusetzen, in der Hoffnung, er würde das Opfer töten. Mein Vater hatte in seinem Leben genügend Todesarten gesehen und genügend Menschen getötet, um zu wissen, wie man den Tod herbeiführt. Vergiss nicht, er war der Auftragsmörder deines

Vaters. Er hat die Leute beseitigt, die dem Aufstieg deines Vaters gefährlich werden konnten. Dafür machte dein Vater ihn zu seinem Kompagnon. Was haben sich die beiden dabei gedacht? Mein Gott, wie oft habe ich mich das gefragt. Die Menschen sind roh geworden durch diesen grauenvollen Krieg, Tillmann, in dem ohnehin niemand mehr nach einem Mörder fragte. Vielleicht betrachtete mein Vater die Sache sogar spielerisch. Ein Mord konnte für ihn etwas Geniales besitzen, vor allem, weil er die Menschen damit in die Irre führen konnte. Mein Vater war, wie du weißt, ein gebildeter Mann, der in der Welt viel herumkam und sich nicht nur auf deutschen Schlachtfeldern herumtrieb. So machte er sich 1628 auf die Reise nach London. Dort lehrte ein genialer Mediziner, William Harvey, der auch den britischen König Charles I. behandelte. Durch seine weitreichenden Adelskontakte war es für meinen Vater kein Problem, Zugang zu Harvey zu bekommen. Er hatte 1628 ein zweiundsiebzigseitiges Werk *Exercitatio Anatomica de Motu Cordis et Sanguinis in Animalibus – Anatomische Studien über die Bewegung des Herzens und des Blutes* – veröffentlicht, was ihm zu Ansehen in ganz Europa verhalf. Unter anderem argumentierte er darin damit, dass sich nach einem Schlangenbiss rasch eine Wirkung auf den ganzen Körper einstellte. Es war der erste Hinweis darauf, dass man über das Blut Arzneimittel im gesamten Körper verteilen könnte«, Ignacio hob wie zur Entschuldigung seine Arme. »Mein Vater hätte sich so etwas immer gedacht. Er hatte gesehen, wie Menschen nach einem Skorpionstich oder Schlangenbiss krepierten. Doch er war ein zu penibler Mensch, um sich auf ein Tier zu verlassen, auch wenn er das deinem Vater weismachte, indem er tote Skorpione an eure Haustür nagelte. Zunächst dachte er daran, das Gift in die Adern zu spritzen, doch auch das erschien ihm zu

265

unsicher, außerdem ließen sich Spritzen nicht so leicht beschaffen. Aber mein Vater wollte die Morde zelebrieren. Also besorgte er sich von einem Alchemisten Schierling. Mit einem Trank aus seinen Früchten oder Wurzeln wurden im Altertum Verurteilte hingerichtet, wie der griechische Philosoph Sokrates. Der Schierling gehört zu den giftigsten einheimischen Pflanzenarten und wirkt vor allem auf das Nervensystem. Die Vergiftung äußert sich durch Brechreiz, Verlust des Sprech- und Schluckvermögens und Muskelkrämpfe, bis schließlich durch Atemlähmung der Tod eintritt. Also dem eines Skorpionstichs nicht unähnlich. Mein Vater flößte also dem Opfer diesen Trank ein und nagelte an die Tür eures Hauses einen Skorpion, damit dein Vater eingeschüchtert wurde.«

»Und wieso fand der Bader Skorpionstiche?«

»Ein Zufall. Oder sagen wir, die Experimentierfreude meines Vaters. Bei der alten Witwe Heimann wollte er ausprobieren, wie schnell ein Skorpionbiss wirkt. Offenbar hat es geklappt.«

»Und dein Vater starb bei einem Unfall, weil er die Skorpione zu sehr reizte?«

»Er starb im Schlaf. Ich habe einen Skorpion an seinen Hals gesetzt. Ich wollte nicht mehr, dass er tötete.«

»Was danach wohl auch nicht mehr geschehen ist, bis jetzt der Landvogt sterben musste, ich nehme an, weil er meinem Vater im Weg war.«

»Weil er ihm den Adelstitel bis jetzt vorenthalten hat, obwohl dein Bruder seine Tochter heiratete. Sein Nachfolger wird der bisherige Amtmann Hilse, der wohl leichter zu beeinflussen ist. Dein Vater will unbedingt geadelt werden.«

Ich spürte wieder diesen unbändigen Hass auf meinen Vater aufsteigen. Ein ungutes Gefühl, dem ich nicht nachgeben wollte. »Ignacio«, sagte ich. »Ich traue meinem Vater viel zu, auch einen Mord, schließlich hätte er mich selbst geopfert, ohne mit der Wimper zu zucken. Aber für die Inszenierung eines Mordes fehlt ihm die Fantasie.«

»Es geht um Lis. Ich bin mir sicher, dass sie es nicht war!«

»Weil du es warst?«

»Nein.«

»Du kommst in Sack und Asche hierher. Du erzählst mir Geschichten ... nein, lass es mich in deinen früheren Worten sagen: Alles sind Bilder. Bilder, die stimmen können oder auch nicht.«

»Bitte, Tillmann, es geht um Lis' Leben.«

»Die du immer noch liebst, obwohl du angeblich Eremit bist.«

»Ja, ich liebe sie noch. Aber ich bin Eremit. Es ist besser, in der Einsamkeit zu leben, als in der Welt zu leiden.«

»Oder die Welt leiden lassen«, sagte ich. »›Ich hasse die Welt‹, hast du mir damals entgegengespien, und ich werde nie deinen tötenden Blick, den du beim Aussprechen dieser Worte hattest, vergessen. Du weißt sehr gut über die Art und Weise, wie dein Vater die Morde beging, Bescheid ... lass mich ein bisschen spekulieren, Ignacio. Dein ganzer Hass auf die Welt, dein Selbst- und Menschenhass, all das gäbe genug Anlass, zum Mörder zu werden. Und noch etwas, dein Vater hat deine Seele zerstört, weil er dich hasste wegen deiner Anfälle, wegen deiner Zartheit, weil aus dir nie ein Soldat würde ... er hat dich zum Instrument gemacht. Du kamst zu mir zum Frühstück. Ich habe den Tag nicht vergessen, den 1. Juli 1636. ›Du hast zu viele Tote gesehen...‹, sagte ich zur dir. Deine Antwort hat mich damals verzweifeln lassen: ›Es können gar nicht genug sein. Es ist nicht mal schwer jemanden umzubringen, du musst jemandem nur ein bisschen Gift einträufeln. Wenn man's geschickt macht, geht das sogar im Schlaf. Auf die Zunge – und schon ist das Leben dahin.‹

Und dann nahmst du, als wäre nichts gewesen, lachend deine Laute und spieltest eine wundervolle Melodie, die wie ein Engelsgesang klang, der mich ergriff. Doch das, was du damals gesagt hattest, hat sich in mein Hirn gebrannt, wie der Viehraub auf der Lüneburger Heide. Durch deinen Satz hatte ich zum ersten Mal nach langer Zeit wieder Angst vor einem Menschen. Vor dir, Ignacio. Und jetzt weiß ich, warum. Du warst der Mörder. Nein, sag nichts. Du warst das Instrument deines Vaters, er hat dich abgerichtet, weil du zwar hoch aufgeschossen, aber im Gegensatz zu ihm von schmaler Statur warst, und du warst leise, ein leiser Schleicher, der sich an die Opfer heranschleichen konnte, um ihnen das Schierlingsgift einzuträufeln. Er hat dich abgerichtet, du warst sein Bluthund. Auf der einen Seite das sensible Kind, feinnervig, hochbegabt, musisch, auf der anderen Seite der kleine Junge, dessen Seele ein brutaler Mörder zerstörte, indem er ihn zum Mörder machte.«

Ignacio sprang auf und klatschte in die Hände. »Bravo, bravo! Du hast von mir gelernt, die Bilder zu deuten. Offenbar war ich ein guter Lehrmeister für dich.«

»Du bist kein Meister, Ignacio. Mein Onkel war einer. Der Eremit. Und der alte Knorr, bei dem ich jetzt lebe.« Auch ich erhob mich. »Ich glaube dir sogar, dass du im Wald lebst, aber nicht als gläubiger Eremit. Wie es ausschaut, ernährst du dich von Fliegenpilzen, die deinen Verstand noch mehr vernebeln.«

»Du hast kein Recht, mich zu beleidigen.«

»Keine Beleidigung, Ignacio, du brauchst Hilfe!«

»Versteh doch, ich bin um Lis' willen hier.«

Ich blickte ihm kalt ins Gesicht. »Gut, machen wir ein für

alle Mal reinen Tisch! Wieso die ganze Inszenierung mit Kaplan Senkel und meinem Onkel?«

»Ich habe dir damals am Breyeller See gesagt, dass sich dein Onkel mit schwarzer Magie beschäftigte. Er war ein Zauberer und zog Kaplan Senkel in seinen Bann. Sie experimentierten mit der Tollkirsche, mit Bilsenkraut und dem Stechapfel. Mein Vater besorgte ihnen alles für ihren Rausch.«

»Um mir das zu zeigen, hast du mich damals zum Burgacker an Vieten Billas Hütte gelotst?«

»Nein, ich wollte dir zeigen, was deine Mutter und mein Vater miteinander machten. Ich wollte, dass deine Seele genauso leidet wie meine.«

»Du ekelst mich.«

»Vergiss für einen Moment deine Gefühle. Du tust geradeso, als lebtest du auf der Insel des zweiten Gesichts. Ich habe dir gesagt, dass Kaplan Senkel aus Eifersucht handelte und dass deine Mutter meinen Vater auf Knien anflehte, deinen Onkel zu befreien.«

»Warum hast du behauptet, er würde als Eremit im Hardter Wald leben?«

»Ich weiß es nicht mehr, Tillmann. Ich weiß nur, dass er nach Mönchengladbach ins Benediktinerkloster auf dem Abteiberg geflohen ist und von dort zur Abtei Brauweiler. Dort verliert sich seine Spur. Wie du weißt, besaßen auch die Klöster ihre eigene Gerichtsbarkeit, nicht nur das Heer.«

»Und wer war die Gestalt mit der Pestmaske?«

»Mein Vater oder ich. Such dir aus, wer dir besser gefällt.«

»Der Herr sei ihnen gnädig«, sagte ich und schickte ein Stoßgebet zum Himmel. »Er sei auch dir gnädig. Du hast mir so viele Geschichten erzählt, Ignacio. Bei dir weiß man nie, was man glauben soll und was nicht … Es sind alles nur Bilder, nicht wahr?«

Ignacio fiel auf die Knie. »Tillmann, es geht um Lis' Leben! Sie ist in höchster Not.«

»Auch nur ein Bild!«, sagte ich hart, was ich im gleichen Moment bereute. »Allos ego – du bist ich … Das ist das Merkwürdige an der ganzen Sache. Warum werde ich mit dieser Geschichte konfrontiert? Wo ist der Ignacio in mir? Nach alldem könnte ich den Glauben verlieren, aber ich habe trotz alledem keinen Zweifel an der Allmacht eines liebenden Gottes. Wenn der Mensch ihn zulässt. Also gut, ich komme mit dir nach Dülken! Zuvor will ich von dir wissen, wer den Landvogt umgebracht hat!«

»Dein Vater.«

»Das soll ich dir glauben?«

»Nur er kann es gewesen sein.«

»Sei's drum!«

So gut es ging, erklärte ich Samael Knorr die Angelegenheit, bat ihn um seine Handfeuerwaffe, von der ich wusste, dass sie sich im Sekretär befand, und sagte ihm zu, auf mich aufzupassen …

40. Bild: Alte Heimat

Ich musste aufpassen, nicht ungerecht zu werden, egal, was geschah. War mein Maastricht nur eine Fiktion? Und was war dann mein Dülken?

Zum ersten Mal nach zwölf Jahren sah ich den Niederrhein wieder. Ein Haufen verirrter Schafe und Böcke rannte blökend an uns vorbei, vom wilden Geschrei ausgehungerter Stallburschen getrieben. Die Dörfer und Städte, durch die wir kamen, waren verödet, die Felder ringsum lagen brach. Der Burgacker war eine Wüste. Am Morgen des 14. Mai erreichten wir Dülken. Ich ritt durch das Lindentor ein, meinen Augen bot sich ein Bild der Trostlosigkeit. Der Krieg hatte tiefe Wunden geschlagen. Von den Häusern, die einst den Ort geschmückt hatten, standen nur kümmerliche Ruinen, zertrümmert und geplündert von den herumvagabundierenden Söldnern. Alles, was nicht von Moos überwuchert war, stand schwarz von den Flammen der Brandschatzung. Efeu überrankte die Grabstätten, allein Sankt Cornelius stand noch, die zerstörten Fenster gähnten wie lebende Tote. Vom Kirchenportal standen nur noch wenige Reste. Das Dach lag in Trümmern, wie ein gefallener Engel. Überall wucherte hohes Unkraut, sodass man kaum die Straßen erkennen konnte und nicht wusste, wo sich früher blühende Gärten erstreckt hatten. Die wenigen Zeichen von Leben waren Krähen, auf der Jagd nach Aas, egal ob Mensch oder Tier. Die taumelnden Menschen, die mir begegneten, kamen mir vor wie Narrenschiffe auf dem Weg in die Nacht. Dabei spannte sich der Himmel hell und freundlich über uns an diesem 14. Mai 1648.

Lisbeth hatte man auf dem Markt an den Pranger gestellt. Ignacio führte mich zu ihr. Lis konnte nichts mehr sagen, sie

271

steckte im Dickicht ihrer Ängste fest, und je mehr sie kämpfte, desto tiefer trieben diese Ängste die Dornen ihrer Fantasie in ihr Fleisch. Sie war nicht mehr das siebzehnjährige Mädchen, mit dem ich vor langer Zeit zärtliche Küsse ausgetauscht hatte, aber ich erkannte sie sofort. Die Leute spien aus vor ihr. Sie ist in höchster Not, hatte Ignacio gesagt. Als ich das hörte, begriff ich nicht, was mir diese Worte mitteilen sollten. Nun aber, als ich Lis direkt vor mir sah, verstand ich. In ihrem Gesicht war nichts, was man Leben hätte nennen können. Nein, das war das falsche Bild. Ich sollte es so beschreiben: Wie eine Stadt, die man restlos zerstört hat, war ihr Gesicht von allem entkleidet, was man als Leben bezeichnen könnte.

»Ich bin es, Lis, Tillmann. Keine Angst, ich hole dich hier heraus!«

Kaum noch fähig, mich aufrecht zu halten, atmete ich, wie es mich der Eremit gelehrt hatte, langsam ein und aus, um nicht den Halt zu verlieren. Doch wie ich damals nach dem Mord an ihrem Vater einen Zeitriss erlebte, riss jetzt mein Ichgefühl auseinander. Nein, sie war nicht tot. Sie lebte noch, eine menschliche Ruine in der stummen Welt des Schreckens. Ein Wachmann kam auf uns zu. Mit der Pistole drohend, befahl ich ihm, Lis loszumachen. Er gehorchte, doch sie bewegte sich nicht. »Du bist frei«, sagte ich. Jetzt bewegte sie sich mechanisch, doch nicht der leiseste Anflug einer Regung überflog ihr Gesicht. Mit ihren gebrochenen Augen starrte sie mich an. Zumindest glaubte ich das, doch ich schien nicht da zu sein, ich war für sie wie eine unendliche Leere. Als wären wir Wesen aus einer jenseitigen Welt, näherten sich uns ein paar Neugierige.

»Lasst sie in Ruhe«, sagte ich. »Wer es auch nur wagt, sie anzufassen, wird niedergestreckt!«

Aus der Ferne erkannte ich Bürgermeister Fegers Windhundgesicht, aschfahl auch er, Haare wie Schnee.

»Bürgermeister, wo ist mein Vater? Ich habe ein paar Worte mit ihm zu reden!«

»Wer seid Ihr?«, fragte er.

»Tillmann Swart. Und jetzt geht und holt meinen Vater!«

»Der ist doch tot«, sagte der Bürgermeister. »Hier haben doch gestern die hessischen Truppen alles niedergebrannt, und dann haben sie deinen Bruder Jasper und seine Frau Amelie niedergestochen und deine Schwestern auch. Und deinem Vater haben sie am Blauen Stein einen Genickschuss verpasst. Bis zum Schluss hat er die Geldschatulle umklammert. Obwohl sie leer war.«

Mich überkam eine Welle von Übelkeit. Ich zwang mich mit äußerster Disziplin zur Ruhe. »Und warum muss die arme Frau noch am Pranger stehen?«

»Sie ist eine Hexe«, sagte der Bürgermeister.

»Wenn Ihr schon ein armes Luder wie sie an den Pranger stellen müsst, was kommt als Nächstes? Richtet Ihr als Nächstes Fledermäuse hin?«

»Sie ist nach Recht und Gesetz verurteilt!«

»Welche Ahnung habt Ihr schon von Recht und Gesetz.«

Lis' Brüder kamen über den Blauen Stein herbeigelaufen. Wahrscheinlich hatte Ignacio sie benachrichtigt. Sie schienen mich nicht zu erkennen, worauf ich auch keinen Wert legte. Ich befahl ihnen, Lis' mitzunehmen und sich um sie zu kümmern. Ich würde in den nächsten Tagen vorbeischauen, wie es ihr ging. In Begleitung von Ignacio zogen sie Richtung Steintor zum Bistard, wo ihr Hof lag.

»Geht nach Hause«, sagte ich zu den Leuten. »Der Krieg ist vorbei. Morgen werden sie den Westfälischen Frieden verkünden.«

273

»Ihr scheint ein hoher Herr geworden zu sein, dass Ihr das alles wisst«, entgegnete der Bürgermeister.

»Wenn Ihr das so seht, wird es wohl stimmen.« Ich drehte mich grußlos um und ging in die Corneliuskirche, die Schuttreste lagen auf dem Boden, im Heiligenschein Marias fehlten die Edelsteine. Die marmorne Pieta, Nachbildung von der Michelangelos im Petersdom, war noch unversehrt. Ich setzte mich davor, wie sich Onkel Job davorgesetzt hatte, wenn er etwas mit Gott zu besprechen hatte. Je tiefer ich ins Gebet sank, desto lebendiger wurde der Stein. Ich hätte schwören können, dass neben mir ein unsichtbarer Engel stand, denn ich spürte einen anderen Atem, der mir vertraut war wie der eines nahen Menschen.

Ich ging in das Haus meiner Eltern. Erstaunlich wenig Verwüstung. An einer Wand fand ich den Schrank, in dem sich wunderbarerweise noch die Papiere meines Vaters befanden. Sogar noch eine halb volle Flasche »Dülkener Gold« stand darin. Ich trank einen kleinen Schluck, der auf der Zunge brannte. Der Genever von Samael Knorr schmeckte milder. Das Bett im Schlafzimmer war unberührt, als hätte hier seit Jahren niemand mehr geschlafen. Ich legte mich hin, ich brauchte dringend eine Zeit, um mich zu erholen, denn ich fühlte mich wie eine leere Hülse.

In diese Hülse steckte jemand einen schönen Traum. Der Himmel glänzte weit und heiter. Ich sah andere Gestalten. Sie tanzten, als hätten sie den alten Menschen ausgezogen und sich in bunte Gewänder und festliche Kostüme gehüllt. Sie sprangen von einer Seite zur anderen, man umarmte und küsste sich, dieses chaotische Durcheinander erzeugte aus sich selbst heraus eine faszinierende Ordnung. Die Freude führte Regie. In diesem Karneval des Friedens ging es durch schmale Straßen und breite Alleen, in denen man eine prickelnde Luft atmete. Die warme Sonne legte ihre wärmende Decke über das säuselnde Blattwerk. Mal roch es nach frischen Rosen, mal nach Myrrhen- und Weihrauchdüften. Dem Zug voran gingen drei Magier aus dem Morgenland, sie sangen und klatschten in die Hände. Überall standen Einwohner an den Straßenrändern, feierten und tanzten mit in diesem bunten Reigen zu der schwungvollen Musik, die, tremolierenden Kehlen entlockt, von Harfen und Schalmeien begleitet wurde. Zwischen den Bäumen, die Blätter aus allen Regenbogenfarben hatten, hingen Girlanden aus Blumen und silbrigem Efeu. Singende Boten verkündeten, dass in der Stadt Freudentänze und Festlichkeiten auf allen Plätzen begonnen hatten. Die Gesichter der Menschen strahlten wie die Sonne, ihre Haare glänzten wie pures Gold. Ihr Lachen, glockenhell, strotzte vor befreiender Fröhlichkeit. Sie zogen weiter bis zum Markt, dort standen sieben Häuser, eins aus Granat, das andere aus Amethyst, das nächste aus Opal, das vierte aus Lapislazuli, das fünfte aus Rubin, das sechste aus Saphir und das siebte aus Licht. Inmitten des Platzes stand eine Säule aus Kristall, auf deren Spitze sich ein Rad mit Schneeglöckchen drehte, und aus dem Edelsteinbrunnen vor der Säule flossen Milch und Honig. Ich sah Lis, wie sie mit Ignacio tanzte, und meinen Vater, wie er sich mit allen versöhnte. Ich sah meine Mutter, die mir zulächelte, und meine Geschwister. Ich sah Lalena, mit ihren Kindern auf dem Arm, und eins saß bei Jan von Werth auf dem Rücken. Ich sah, wie die Soldaten ihre Uniformen vom Körper rissen und wie Schwerter zu Pflugscharen wurden. Das Paradies öffnete seine Pforten, und Milch und Honig flossen. Die Liebe ist das Größte von allem.

Erst am anderen Morgen wachte ich auf. Beim Frühstück merkte ich einen unangenehmen Stich in meinem Fuß, und tatsächlich fand sich auf dem Boden ein Skorpion, der sich offenbar von mir bedroht gefühlt hatte. Ich schüttelte mich. Meine Fantasie musste mir einen Streich gespielt haben, nach den ganzen Ereignissen konnte es in Dülken keine Skorpione mehr geben. Ich verpackte den Kanten Brot sorgsam und trank zur Beruhigung ein Gläschen »Dülkener Gold«. Wir schrieben den 15. Mai 1648. Die Ratifizierung des Westfälischen Friedens wurde verkündet, und ich machte mich an die Arbeit, um das Geschäft meines Vaters aufzulösen. Lange konnte ich nicht stehen bleiben, mein Fuß schmerzte, und ich verspürte ein unangenehm heftiges Stechen in der Brust. Jeder Atemzug brannte wie Feuer …

Epilog

Wie Feuer brannte meine Hand. Ich konnte sie kaum noch bewegen, so viel hatte ich geschrieben, doch das Buch meines Lebens war noch nicht voll. Der Engel packte mich am Gelenk und massierte es.

»Ich hatte einen Traum«, sagte ich. »Hältst du es für denkbar, dass es das Paradies auf Erden gibt?«

»Natürlich wäre es möglich«, erklärte der Engel, »Es ist ein Rätsel, dass die Menschen nicht begreifen, dass sie, wenn sie sich bessere Welten vorstellen, am Ende auch das irdische Jammertal verändern.«

»Ich fange langsam an zu verstehen«, sagte ich.

»Nun, dazu bist du hier!«

»Womit noch nicht geklärt wäre, wer den Landvogt getötet hat.«

»Ignacio hat in diesem Fall nicht gelogen. Es war dein Vater.«

»Gut, wäre das auch geklärt. Und Ignacio hat gestern Nacht den Skorpion in die Küche geschmuggelt, in der Hoffnung, er würde mich stechen?«, mutmaßte ich hellsichtig.

Der Engel nickte: »Aus Eifersucht, weil er dachte, du würdest wieder mit Lis anbandeln.«

Ich reckte mich und schnaufte durch. »Also gut. Wohin geht es jetzt?«

»Wohin möchtest du?«

»Das liegt daran, welche Auswahlmöglichkeiten ich habe.«

»Im Leben gibt es immer mehrere Möglichkeiten.«

»Moment mal, ich denke, ich bin tot.«

»Wo denkst du hin«, sagte der Engel und sah mich aus seinen wässrig-weißen Albino-Augen an. »Ein Skorpionstich ist nicht immer tödlich. In den wenigsten Fällen eigentlich. Du befindest dich momentan in einem … nun, sagen wir, einem Zustand zwischen den Welten.«

»Und wieso hast du mich meine Lebensgeschichte aufschreiben lassen? Ich denke, erst im Tod rauschen die Bilder eines Lebens am geistigen Auge vorbei.«

»Wie du schon treffend bemerktest, damit du langsam verstehst. Es gilt, das Verbindende zwischen unseren Spuren zu suchen.«

»Engel«, sagte ich. »Du hast mir die Vergangenheit gezeigt, kannst du mir auch die Zukunft zeigen?«

Der hünenhafte Albino-Engel nickte und hielt mir den Spiegel vor.

Ich sah einen selbstzufriedenen Mann mit kräftigem Unterkinn, er hielt eine Pfeife zwischen seinen schadhaften, wie angeknabbert wirkenden Zähnen, und in seinen Augen spiegelte sich die Gerissenheit eines Kaufmanns. Ich sah einen rundlichen Mann mit etwas zu langem Gesicht und schlotternden Wangen, aber nicht zu dünnem Hals, er hielt ein Buch in der Hand und blickte streng. Ich sah einen Mann mit einem übermüdeten, gereizten Gesicht und Schatten unter den Augen. Seine ausgebreiteten Arme steckten in Flügeln. Ich sah einen Mann, der saß im Kreis seiner Kinder, neben sich eine Frau in weißem Gewand, wie ein Engel.

»Also komm schon, Tillmann«, sagte der Engel, »entscheide dich!«

Nachdem ich gewählt hatte, reichte er mir ein Glas und empfahl mir, es in einem Mal zu leeren. Ich kam der Aufforderung nach, obwohl der Trunk reichlich bitter schmeckte. Die Bilder verschwanden. Ich hörte das Pulsen meines Herzens. Und dann irgendwelche Geräusche, die ich lange vor meiner Geburt im Echoraum der Gebärmutter gehört hatte. Warum kehrten sie wieder? Ich hatte plötzlich nicht mehr das Gefühl, mich in meinem eigenen Körper zu befinden. Kurz das Aufleuchten eines Blitzes. Hätte es nicht auch ein Komet, ähnlich jenem anlässlich meiner Geburt, sein können? Ich war zu weit weg und derlei Spekulationen nicht mächtig, sodass ich folgerte, es handele sich um das Licht der Welt, die ich ein zweites Mal erblicken sollte, und fiel schwer atmend zurück in den Zustand des Unbewussten.

»Tillmann, wo bleibst du denn?«, hörte ich die dunkle Stimme von Samael Knorr ungeduldig rufen. »Alles ist bereit zu deiner Hochzeit, nur du fehlst!«

Ich kam mir vor, als würde ich nicht meinem Bett, sondern einem Sarg entsteigen, und fühlte, dass die kleinste Zeiteinheit einen maßlosen Raum an Erinnerung bergen kann wie ein Samenkorn das Licht. Wie spät war es eigentlich? Meine Schritte spürte ich kaum, als ich die breite Treppe hinuntertrat, an den Bildern von Rembrandt und Frans Hals und Judith Leyster vorbei. Die Gäste waren tatsächlich schon alle da. Im entfernten Spiegel des Salons sah ich dich sitzen, du winktest, und es war nicht schwer, zu dir zu kommen, denn alles, was dich umgab war Licht und Liebe ...

Nachwort

Begonnen hat alles im Januar 2014, getrieben von einer vagen Idee. Günter Doetsch, Inhaber des *Dülkener Bücherecks*, fragte mich, ob ich mir vorstellen könnte, zur 650-Jahresfeier der Stadt Dülken einen historischen Roman zu schreiben. Die Ratlosigkeit in meinem Blick muss Bände gesprochen haben. Über Dülken? Na gut, ich lebe hier seit sechsundfünfzig Jahren. Das Wahrzeichen Dülkens ist der „Strippke" genannte Neumond und damit unzertrennlich verbunden die reiche Geschichte der Dülkener Narrenakademie. Aber sonst? Wenn Sie Dülken googeln, finden Sie folgenden Hinweis: »Dülken ist mit gut 20.000 Einwohnern nach Alt-Viersen der zweitgrößte Stadtteil von Viersen (Nordrhein-Westfalen). Im Rahmen der kommunalen Neugliederung wurde Dülken am 1. Januar 1970 ein Stadtteil von Viersen.« Das Verhältnis zwischen Viersen und Dülken ist ungefähr so wie das zwischen Neumond und Polarstern, also gutnachbarlich. Doch dem rheinischen Frohsinn sind keine Grenzen gesetzt. Beseelt von diesem Geist, begann die Idee in mir zu reifen. Dennoch erbat ich Bedenkzeit. Mit meiner journalistischen Arbeit bin ich eigentlich sattsam beschäftigt.

Günter ließ nicht nach. Wir diskutierten verschiedene Ideen, und die Zeitreise führte uns in den Dreißigjährigen Krieg. Schließlich sagte ich unter Vorbehalt zu, falls sich ein Verlag zur Veröffentlichung fände. Günter fand ihn. Damit hatte sich die Sache mit der Bedenkzeit erledigt. Ich verfertigte Exposé und Treatment, entwarf Handlungen und Figuren und verwarf sie. Wir diskutierten bei Kaffee und Tabak, mal auf dem Balkon, mal in meinem Arbeitszimmer. Business as usual. Als Nächstes machte ich mich daran, die

Geschichte Dülkens zu studieren, die anhand vieler Quellen gut belegt ist. Dann die Kriminalgeschichte des Dreißigjährigen Krieges. Auch die ist gut belegt. Günter half an allen Ecken und Enden. Zwischenzeitlich hatte ich der *Tagespost*-Redaktion mitgeteilt, dass ich für die nächsten Monate in einem Zustand innerer Emigration leben würde und vom Tagesgeschehen so weit entfernt bliebe wie, sagen wir, der Neumond vom Polarstern.

Es gibt Autoren, die beim Schreiben fröhlich mit der Welt parlieren. Ich bin unkommunikativ. Meinen Mitmenschen sage ich bestenfalls »Guten Tag«. Wer schreibt, muss schweigen können. Meistens ist deshalb nötig, nach längeren Texten eine Wiedergeburtsanzeige aufzugeben. Seit Februar lebte ich mit meinen Figuren, die sich immer mehr entwickelten, im 17. Jahrhundert. Sigmund Freud hätte seinen Spaß gehabt. Nach und nach verschwanden die Stadtpläne, Traktate und Heimatbücher im schwarzen Loch aller Recherchen, der Erinnerung. Der Rest ist Schreiben. Disziplin ist die Mutter der Kreativität. Hört sich hart an, ist aber so. Wer Wölkchen an den Himmel schreibt, muss mit beiden Beinen auf der Erde bleiben und trotzdem fantasieren. Ein Roman ist schließlich kein Sachbuch, in ihm geben sich Fiktion und Realität die Hand. Alle Ähnlichkeiten mit lebenden und verstorbenen Personen sind aber kein Zufall, sie sind gewollt. Mein Jan von Werth hat gewiss nur wenige Ähnlichkeiten mit der historischen Figur. Es ging mir nicht darum, Bekanntes zu wiederholen, sondern im Minenschacht der Seele zu entdecken, wo er oder andere historische Figuren seiner Prägung in mir zu finden sind.

Beim Schreiben dieses Romans ist mir noch einmal die Gottlosigkeit von Glaubenskriegen verdeutlicht worden und die Wichtigkeit des Dialogs – eben nicht das Trennende zwischen unseren Spuren zu suchen, sondern das Verbindende. Auf diesem Weg lernte ich die Botschaft von Papst Franziskus zu verstehen. Feindschaft kommt durch Feindschaft zustande und hat nichts mit Glaube zu tun: »Dem, der dich auf die eine Wange schlägt, halt auch die andere hin.« Viel Zeit, den Frieden zu lernen, bleibt uns in unserem globalen Dorf wohl nicht.

Zwischenzeitlich erreichten mich Signale aus einer anderen Welt: »Wie geht es? Lebst du schon oder schreibst du noch? Halte durch! Beste Grüße, Günter.«

Ich hielt durch, und nun möchte ich ein paar Hände schütteln. Wo fange ich an? Am besten beim Verleger: »Lieber Ralf Kramp, vielen Dank, dass Sie den Mut hatten, sich auf ein Projekt einzulassen, von dem Sie kaum mehr als ein paar Federstriche kannten!«

Neben ihm steht gleich die Lektorin: »Liebe Nicola Härms, ich danke Ihnen für die äußerst angenehme und kreative Zusammenarbeit und für Ihre Mut machenden Worte.«

Ebenso gilt mein Dank der Dülkener Bibliothekarin: »Liebe Birgit Jandt-Olk, herzlichen Dank für Ihre Mitarbeit, Ihr kritisches Lesen und die hilfreichen Korrekturen.«

Nicht zu vergessen der Leiter des Viersener Stadtarchivs: »Lieber Marcus Ewers, für Ihre Hilfe, wichtigen Hinweise und wertvollen Erläuterungen herzlichen Dank.«

»Lieber Günter, bei Dir fällt mein Dank ganz kurz aus, aber es ist das größte Dankeschön, das ein Autor machen kann: Ohne Dich wäre dieses Buch nie entstanden.«

Mein Dank gilt auch Gertrud Bohnen, meiner ehemaligen Lehrerin und Rektorin der Paul-Weyers-Schule, die sich verdient gemacht hat durch ihren unermüdlichen Einsatz für das »Dölker Platt«. Ich habe allerdings bewusst die mundartlichen Passagen nicht in Dülkener Platt geschrieben, sondern um der Lesefreundlichkeit willen lautmalerisch.

Überaus nützliche Informationen fand ich in etlichen Traktaten und Büchern, besonders herausheben möchte ich:
- Doergens, Hugo: »Chronik der Stadt Dülken«, 1925
- Engelbert, Günther: »Der Hessenkrieg am Niederrhein«, Annalen des historischen Vereins Niederrhein, 1960
- Fetten, Gustav: »Die 11 Geheimnisse der Narrenakademie zu Dülken«, 1983
- Goossens, H.: »30-jähriger Krieg am Niederrhein insbesondere in der Gladbacher Gegend«, 1912
- Hesse, Heinz und Margret: »Jahre des Schreckens für Kempen 1640-43«, Heimatbuch des Kreises Viersen 2005
- Nabrings, Arie: »Dülkener Narrenakademie – Heimatmuseum – Holtz'sche Windmühle. 200 Jahre Geschichte einer Dülkener Mühle«, Droste 2002
- »Die Schlacht bei Krefeld«, in »Die Heimat«, 1955
- »… was bereits 1000 Tonnen teutscher Gulden gekostet hat … – die Region Viersen im 30-jährigen Krieg«, Herausgeber Stadtarchiv Viersen, 2004
- »Tatort Viersen«, Herausgeber Stadtarchiv Viersen, 2011
- »Rheinischer Städteatlas«, Habelt Verlag, 1979

So, nu ist gut. Noch nicht ganz, bei meinen an- und abwesenden Musen muss ich mich ebenso bedanken wie bei den vielen Mitarbeiterinnen und Mitarbeitern, die bei einem solchen Projekt mit Hand anlegen.

Eins darf nicht fehlen, das jahrhundertealte Erkennungszeichen aller Dülkener, in welchen Winkel der Erde es sie auch verschlagen hat: »Gloria tibi Dülken«.

Zum guten Schluss möchte ich mich beim Cherubinischen Wandersmann bedanken, der mich seit meinem dreizehnten Lebensjahr begleitet:

>>Mensch, werde wesentlich!
Denn wenn die Welt vergeht,
so fällt der Zufall weg:
das Wesen, das besteht!<<

Sei's drum ...

Viersen-Dülken, im Juli 2014

Regine Kölpin
DAS SIGNUM DER TÄUFER

Taschenbuch, 376 Seiten
ISBN 978-3-95441-157-3
9,95 EURO

Ostfriesland 1549 – Der harte Winter will kein Ende finden, die Herrlichkeit Gödens ist seit Wochen von der Außenwelt abgeschnitten. Da taucht vor der Tür der Hebamme Hiske Aalken eine völlig entkräftete Frau auf, die behauptet, Hinrich Krechting, der ehemalige Täuferführer aus Münster, der in Gödens Zuflucht gefunden hat, habe vor Jahren ihren Vater ermordet. Sie bittet Hiske um Hilfe, doch der widerstrebt es, sich gegen ihren Ziehvater zu stellen. Kurz darauf tauchen bei Krechting bedrohliche biblische Botschaften und geheimnisvolle Münzen auf, die ihn zutiefst erschrecken. Hat ihn seine Vergangenheit eingeholt? Sind die Papisten ihm erneut auf den Fersen?

Als Jan Valkensteyn, Hiskes nach Ostfriesland heimkehrender Verlobter, entführt wird und sein Reisebegleiter einem brutalen Mord zum Opfer fällt, findet man auch bei dem Toten eine der mysteriösen Münzen. Hiske muss auf der Suche nach ihrem Jan einen Kampf gegen finstere religiöse Machenschaften antreten, den sie eigentlich nicht gewinnen kann.

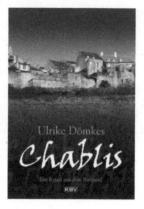

Ulrike Dömkes
CHABLIS

Taschenbuch, 224 Seiten
ISBN 978-3-95441-186-3
9,50 EURO

Es sieht zunächst nach einem entspannten Urlaub im nördlichen Burgund aus. Die deutsche Weinhändlerin Marlene Roth und ihr Lebensgefährte Claudio Manera genießen die traumhafte Landschaft, das gute Essen und natürlich den Chablis, bis eines Morgens im Wasser der Fosse Dionne, einer kreisrunden Karstquelle am Rande des Städtchens Tonnerre, die Leiche einer jungen Frau gefunden wird.

Von einem Moment auf den anderen ist der ganze Ort in hellem Aufruhr, und Marlene und Claudio stecken schon bald bis zum Hals in einer vertrackten Kriminalgeschichte um Lebensmittelfälschung, Erpressung und Mord.

»*Neben der Spannung ist es der Humor und die feine Ironie, die die Lektüre vergnüglich machen.*« *(Kempen Kompakt zu ›Vin Santo‹)*

Nadja Quint
DAS MÄDCHENGRAB

Taschenbuch, 236 Seiten
ISBN 978-3-942446-81-5
9,90 EURO

1856 – im kleinen Örtchen Reetz wird die achtjährige Fine nach dem Tod der Eltern das Pflegekind der Schwarzen Marjann, die im Mittelalter noch als Hexe gegolten hätte.
In jenen Tagen erschüttert eine Reihe grausamer Morde das Dorf. Hannes, der Sohn von Marjann, verschwindet spurlos, und es heißt, er sei auf der Suche nach einem besseren Leben nach Amerika ausgewandert. Die Dorfbewohner aber sind sich sicher, dass er der Mädchenmörder ist. Verdächtigungen und Misstrauen breiten sich im Dorf aus, und der Landjäger hat seine Not damit, den Spuren des mordenden Unholds zu folgen.

Die wissbegierige Fine beginnt ebenfalls, überall neugierige Fragen zu stellen, und erst als das nächste Mädchen einen schrecklichen Tod stirbt, beginnt sie zu ahnen, dass sie sich damit in große Gefahr begibt.

Ein atmosphärisch dichter Roman, der den Leser in eine längst vergangene Zeit mitnimmt, in der Armut und Entbehrung das Leben in der Eifel prägten.

Jürgen Ehlers
NUR EIN GEWÖHNLICHER MORD

Taschenbuch, 328 Seiten
ISBN 978-3-95441-170-2
9,90 EURO

Juli 1939. In einem Park in Hamburg wird die Leiche einer Frau gefunden. Sie wurde mit einem Stein erschlagen, ihr Gesicht mit einem Messer unkenntlich gemacht.
Kommissar Berger und seine Leute haben das Opfer rasch identifiziert: Ines Reuther, 45 Jahre alt, geschieden und sehr wohlhabend.
Vieles deutet auf einen Raubmord hin, aber auch andere Motive sind denkbar. Die Tote war eine exzentrische Frau mit einem ausschweifenden Liebesleben. War es ein eifersüchtiger Verehrer? Oder eine der beiden Töchter, die an das Geld herankommen wollten, bevor ihre Mutter alles verschleudert? Eine von ihnen ist mit einem SS-Offizier liiert, was Bergers Arbeit nicht gerade erleichtert.
Wer ist der geheimnisvolle Anrufer, mit dem die Tote angeblich wenige Stunden vor dem Mord telefoniert hat? Und wer ist die Besucherin aus Polen, mit der sich Ines Reuther in Hamburg getroffen hat? Gegen den Rat seiner Freunde beschließt Berger, nach Polen zu fahren, um der Sache auf den Grund zu gehen. Kurz nach seiner Ankunft wird er verhaftet. Er erfährt, dass Deutschland soeben Polen angegriffen hat.

»Ehlers zeigt einmal mehr, dass er ein sorgfältiger Rechercheur und guter Schreiber ist.« (Lübecker Nachrichten zu ›Blutrot blüht die Heide‹)